더 픽서
The Fixer

더 픽서The Fixer

초판 1쇄 발행 | 2017년 4월 15일

지은이 | 정세현

펴낸곳 | 도서출판 책너머
출판등록 | 제307-2015-66호
주소 | 서울시 성북구 성북로4길 52 106-1506호
문의전화 | 070-4379-6348
팩스 | 02-6003-0297
원고투고 | overbook79@naver.com

©정세현, 2017

ISBN 979-11-957255-3-3 03810
값 14,000원

더 픽서
The Fixer
: 부정한 방법을 쓰기도 하는 해결사

CASE 1, 2, 3, 4

정세현 지음

복면 때문에 숨을 쉬기가 답답했다. 여기가 어디지. 자동차 소리가
계속 들리는 것을 보면 서울을 벗어난 것 같지는 않다.

"가서 묶은 줄 풀어주고 복면도 벗겨줘."

누군가 다가와 복면을 벗기자 앞에 와이셔츠 소매를 걷어붙인 사내
가 보였다. 책상 위에는 서류 파일이 가득했다.

"차민혁 씨, 이 케이스들 다 얘기하려면 시간이 많이 걸릴 것 같으니
바로 시작합니다. 최종천 부총리의 비위 사실이 담긴 태블릿PC를 종편
기자가 주워갈 수 있게 빈 사무실에 흘려준 것은 당신네 더 픽서가 한
일이지?"

"그런 일 없습니다. 변호사를 불러주시죠."

"다음, 미래자동차 급발진사고 실험은 어떻게 조작한 거야? 2년 전
연비축소 건 하고 같은 방법을 쓴 건가?"

"당신네들 검찰인가요, 아님 경찰 쪽인가요?"

"다음, 2015년 KBO의 불시 도핑테스트 때 한상현 선수의 소변을 그

짧은 시간에 어떻게 바꿔치기한 거야? 분명 그때 스테로이드 하고 마약 성분이 나왔어야 하는데, 희한하게 아무것도 안 나왔어."

"…."

"다음으로 넘어가지. 발해조선의 김 박사가 중국 심양조선으로 스카우트되어 넘어갈 때 내연녀 사진은 어떻게 확보한 거야? 뭐 대답 안 해도 좋아. 시간은 많으니깐. 이제 큰 케이스에 대해 얘기 좀 하지. 2011년 야당 서울시장 경선에 있어서 여론조사 착신전화를…."

"그만!"

순간 소리를 지르며 잠에서 깼다. 너무도 생생하면서도 아찔한 꿈이었다. 셔츠 뒤가 땀에 흠뻑 젖었다. 지금까지 케이스들의 보안에 대해 신경은 썼지만 더 조심할 필요가 있을 것 같다. 법률적으로도 더 대비를 해 놓아야겠다. 법무법인 문지의 신상구 대표에게 부탁드려 변호사한 명을 추천받는 것을 생각해 봐야겠다.

목
차

윤식의 말처럼 드럼통에 담겨 바다에 던져질 수도 있었다고 생각한다면 모두에

게 좋은 결말일 수 있겠지만 그래도 승원의 마음 한쪽에서는 조금 억울하다는 생

각이 꿈틀거렸다.

'그 인간은 아무렇지도 않게 이 땅에서 잘 살아가겠지?'

청춘을 위한
멘토는 없다

The Fixer

'여기가 대한민국의 중심이다.'

사무실이 위치한 광화문 거리를 지날 때마다 이승원 변호사는 그런 생각을 했다. 하지만 티타임 중 로펌 동료들 사이에서 '대한민국의 중심이 어디인가'를 놓고 논쟁이 벌어진 지금, 승원은 조용히 지켜만 보고 있다. 행정수도를 표방하는 세종시, 서초역 법원단지에서 강남역 삼성타운을 잇는 선, 돈과 권력이 모여 있는 여의도 등등 다양한 의견이 나왔지만 승원에게 묻는다면 대한민국의 중심은 언제나 광화문이라고 답할 것이다.

세종문화회관 앞 계단에 서서 고개를 돌리면 광화문이 보인다. 청와대, 경복궁, 정부종합청사, 미국대사관, 교보문고, 동아일보를 지나 청계천, 시청, 덕수궁에 이르는 이 거리에서 조선 왕조로부터 대한민국 정부로 이어지는 질서가 생겼고 지금까지 계승되고 있다. 역사적 변곡

점에서 수많은 촛불이 모여든 곳도 바로 광화문이었다.

사실 승원에게 광화문은 지난 삶의 모든 흔적이 담긴 공간이다. 승원은 효자동에서 태어나 어린 시절을 보냈고 정동에 있는 창덕여중과 이화외고를 다녔다. 학창 시절 교복을 입고 친구들과 세종문화회관 옆 '오시네' 가게에서 튀김을 먹고 교보문고에서 『수학의 정석』을 샀다. 대학 때는 일민미술관에서 소개팅으로 만난 남자와 풋사랑을 했고 차인 후에는 거성호프에서 그 새끼를 욕하며 맥주를 들이켰다.

하지만 승원이 광화문을 다시 보게 된 것은 변호사 일을 시작하면서부터였다. 서초동이나 강남 어딘가에 있을 줄 알았던 김앤장 법률사무소가 광화문에 있고 경희궁의 아침, 용비어천가, 파크팰리스 같은 주상복합건물 안에서는 대한민국호號의 방향을 정하는 크고 작은 의사결정들이 내려진다. 이 동네에서 치킨을 배달하는 이들은 밤이면 뉴스에 나오는 얼굴들과도 자주 마주친다. 미술관 큐레이터와의 연분으로 세상을 시끄럽게 한 고위공직자의 스캔들도 치킨을 배달하던 청년의 입을 통해 처음 알려졌다. 표면적으로 광화문에는 대한민국을 대표하는 기관이 위치하고 있고 그 이면에 눈에는 보이지 않지만 대한민국을 움직이는 인물들이 자리 잡고 있는 것이다.

"대한민국의 중심이라면, 아무래도 광화문으로 봐야 하지 않을까요?"

회색 카디건 단추를 채우며 법무법인 문지의 대표 신상구 변호사가 한마디 끼어들었다. 이 사무실에서 일하고 있는 이라면 누구라도 신 대표의 말을 진지하게 듣게 된다. 그는 법조계에서 존경심을 불러일으키는 몇 안 되는 원로 중 하나다. 특히 법무법인 문지의 구성원 모두는 그에게 감사한 마음을 가질 수밖에 없다. 사실 그가 로스쿨 석좌교수 자리를 마다하고 여기저기 아쉬운 소리를 해가며 사건 수임을 해오는 이유도 오롯이 후배들에게 일할 기회를 만들어 주기 위해서이다.

"이 변, 잠깐 제 자리에서 볼까요?"

사담私談을 마치고 다시 서류 뭉치들과 법조문의 세계로 돌아가려는 찰나, 신 대표가 승원을 불러 세웠다. 그의 방으로 들어가자 신 대표가 밀봉된 서류 봉투와 주소가 적혀 있는 작은 쪽지를 내밀었다. 두툼한 봉투는 개봉 여부를 확실하게 알 수 있도록 단단히 밀봉되어 있었다. 쪽지에는 신 대표의 필체로 종로구 내수동으로 시작하는 주소와 별다른 이름이나 전화번호도 없이 'the fixer'라는 문구가 무심하게 적혀 있었다.

"더 픽서?"

낯선 단어에 흥미를 느낀 승원이 자신도 모르게 머리에 떠오른 생각을 입 밖에 내고 말았다. 고쳐야지 하면서도 쉽게 고치지 못하는 버릇이었다.

"이름이 좀 특이하지요? 내 제자가 운영하고 있는 법인이에요. 어찌 보면 로펌과 비슷한 일을 하는 것 같지만 다루는 일들이 법률 이슈에만 한정되어 있지는 않아요. 일반 로펌이 군함이라면, 이 친구들은 잠수함이라 말할 수 있겠네요."

본인은 특별히 의식하고 하는 것 같지는 않지만 해군 법무관 출신인 신 대표는 해군과 관련된 비유를 자주 쓰곤 했다. '잠수함이라면 남들 눈에 띄지 않고 일한다는 뜻일까? 아니면 한 도시를 날려버릴 수 있는 핵미사일을 들고 다닌다는 것일까?' 승원이 잠수함의 이미지를 떠올리고 있는 동안 신 대표가 설명을 덧붙였다.

"가게 되면 법률자문을 비롯해 다양한 업무를 접해볼 수 있을 겁니다. 자세한 설명은 그쪽에 가서 듣도록 하세요. 앞으로 우리 문지와 더 픽서 사이의 협업이 많아질 텐데 이 변이 가교 역할을 해주기 바랍니다. 처음에는 그들의 업무나 일 처리 방식이 당혹스러울 겁니다. 일하다가 정 힘들다 싶으면 나한테 연락 주세요."

"네, 알겠습니다. 그런데 왜 문지 멤버 중 저를 보내시는 건가요?"

"그동안 보여준 이 변의 공격적인 일 처리가 어쩌면 그들과 맞을지 모르겠다는 생각을 해 봤습니다. 때마침 차민혁 대표로부터 사람 좀 추천해달라는 부탁이 들어왔고요. 일단 객원멤버로서 케이스 한두 건을 같이해 보시고 본인과 안 맞는다 싶으면 다시 돌아오면 됩니다."

"네, 아직 마무리 짓지 못한 제 수임 사건은…?"

"그 사건들은 저와 박 변이 마무리 짓겠습니다."

법무법인 문지 사람들은 대부분 초식과의 동물들이었다. 승소하기 위해 증거조작이나 위증교사까지도 아무렇지 않게 하는 다른 변호사들과는 DNA가 다른 사람들이다. "가난한 변호사는 사자보다 무섭다."
는 말이 정설인 법조계에서 가난하지만 사자가 되지 못하는 친구들을
신 대표가 불러 모은 것이다.

승원은 달랐다. 동료들이 꺼리는 이혼이라고 쓰고 치정이라고 읽는
사건이라든가, 상속재산을 앞두고 가족끼리 죽자 사자 하는 사건까지
가리지 않았다. 동료들이 뒤에서 뭐라고 하건 변호사는 정의나 선악의
판단보다는 의뢰인을 위해 일한다는 것이 그녀의 기준이었다. 또한 지
저분한 사건일수록 법정에서 경험할 수 없는 사회의 이면을 배울 수 있
다는 게 승원의 생각이었다. 하지만 밀봉된 서류를 건네는 신 대표의
평온하지만 의미를 알기 어려운 표정은 신경이 쓰였다. 미지의 정글로
덜 키운 자식을 내보내는 아비 사자의 얼굴이라고나 할까. 자리로 돌아
오자마자 승원은 'fixer'를 검색해 보았다.

fixer

1. (부정한 방법을 쓰기도 하는) 해결사

2. (사진의 색상을 고착시키는) 정착제

"해결사라고? 무엇을 해결해준다는 거지?"

마우스로 '더 보기'를 누르자 더 많은 뜻이 펼쳐졌다. 그나마 'political
fixer'는 '정치적 해결사'라는 고상한 풀이가 가능했지만, 미국 속어인
'jury fixer'는 '배심원 매수자'라는 저렴한 뜻이 꼬리표처럼 붙어 있었다.

돈으로 배심원이나 증인을 매수해서 재판을 이기는 작자들이라면 변호사의 적이면 적이지 동료는 되지 못할 것 같았다. 어쩌면 우리 사회에서 '해결사'라는 이름이 주는 느낌 그대로 톱과 쇠파이프를 손에 든 깍두기 머리 아저씨들이 있을지 모를 일이었다.

하지만 이미 간다고 신 대표에게 말해 버린 터였다. 또 신 대표가 자신을 추천한 이유가 분명 있을 거라고 생각했다. 사실 승원도 비록 법의 테두리 안에서였다고는 하지만 이기기 위해서라면 수단과 방법을 가리지 않는 부류에 가까웠다. 그 경계선에서 위험한 줄타기를 스스로 즐기기도 했다. 무엇보다 존경하는 신 대표가 자신의 '제자'라고 표현한 차민혁이라는 사람에 대해 호기심이 일었다.

'뭐 일단 가 보면 알게 되겠지. 여기서 아무리 생각해봐야 달라질 건 없잖아.' 승원은 쪽지에 있는 주소를 검색창에 입력해보았다. 걸어가도 될 만큼 가까운 거리였다.

더 픽서의 사무실은 광화문에 이토록 호젓한 골목이 있나 싶은 곳에 자리 잡고 있었다. 사무실이 있는 3층 건물은 담쟁이덩굴이 붉은 벽돌 벽을 타고 제법 올라간 것으로 보아 지어진 지 꽤 된 듯했다. 문 위에 'The Fixer'라는 작은 금속 명판이 눈에 띄지 않게 붙어 있었다. 입구에 있는 벨을 누르려 할 때 이미 안에서 밖을 살피고 있었는지 먼저 문이 열렸다. 작은 체구에 안경을 쓴 모습이 어딘가 깐깐해 보이는 20대

여성이 얼굴을 빼꼼 내밀었다.

"이승원 변호사님 맞죠? 들어오세요."

씩 웃어 보이긴 했지만 자기 할 말만 하고 홱 돌아서는 여성을 따라 승원도 안으로 들어섰다. 현관을 지나자 바로 방송국 스튜디오처럼 방음을 고려한 두툼한 문이 하나 버티고 있었다. 그 문을 열자 실제로 높은 천장과 넓은 공간을 가진 공간이 등장했다. 그 중심에는 회의용 사각 테이블이 있었고 벽 각각에는 개인이 쓰는 사무용 책상과 휴식용 소파가 놓여 있었다. 때로는 촬영도 진행하는지 전문가용으로 보이는 카메라와 조명들도 구석에 있었다.

승원의 눈썰미는 남달랐다. 지하철을 이용할 때도 무료한 시간을 때우려 어느 승객이 제일 먼저 내릴까 관찰하는 습관이 있었다. 슬며시 그 앞에 가 있으면 보통은 세 정거장을 지나기 전에 자리에 앉을 수 있었다. 비록 짧은 순간이었지만 승원은 그 공간에 책상 네 개가 놓여 있는 것을 확인했다. 핏이 딱 맞는 슈트를 입고 미소를 보내는 서른 언저리 남성과 두툼한 헤드폰을 쓰고 누가 지나가건 말건 모니터만 보고 있는 20대 초반의 남성이 보였다. 아무런 물건도 놓이지 않아 깔끔하다기보다는 휑한 책상은 소파에 드러누워 신문지를 덮고 잠을 자는 40대 아저씨의 책상일 테고, 서류를 잔뜩 쌓아 올려 파티션처럼 만들어 놓은 책상은 자신을 안내하는 여성의 것이리라.

스튜디오 위쪽에는 내부 전체를 내려다볼 수 있는 통유리로 된 공간이 있었다. 일종의 조종실처럼 보이는 그곳은 승원의 짐작이 맞는다면 신 변호사님이 말한 '제자' 차민혁 대표의 사무실일 것이다. 여성의 뒤를 따라 계단을 오르니 명패가 붙어 있지 않은 문이 하나 나타났다. 승원을 안내한 여성은 지금까지의 쌀쌀맞은 태도와는 달리 조심스럽게 문을 두드렸다.

"들어가겠습니다."

별다른 장식물 없이 한쪽 벽이 책장으로 된 그 방에는 30대 후반으로 보이는 단호한 인상의 남성이 앉아 있었다. 그는 안내를 받은 승원이 회의용 원탁에 앉자 그쪽으로 와 함께 자리에 앉았다. 승원이 먼저 명함을 꺼내어 남성에게 건넸다.

"법무법인 문지의 이승원 변호사입니다."

남성은 승원의 명함을 받으면서 동시에 자신의 명함을 건넸다.

"반갑습니다. 차민혁이라고 합니다. 신 대표님이 문지의 파이터라고 소개하던데요."

"어떤 의미로 하신 말씀인지 모르겠지만, 물면 놓지 않는 성격이긴 합니다."

승원은 왠지 그와의 기싸움에서 밀리기 싫었다.

차민혁의 새하얀 손등은 크게 고생하지 않고 살아온 인생을 설명하는 듯했다. 'The Fixer'라 적힌 명함에는 이름과 주소 그리고 사무실 대표전화 외에는 다른 어떤 정보도 없었고 뒷면은 아예 비어 있었다. 〈아

메리칸 사이코〉라는 영화에서 본 듯한, 두꺼운 상아색 종이에 금장의 세련된 폰트가 인상적인 명함을 승원은 잠시 들여다보았다. 한 건의 의뢰라도 놓칠까 싶어 앞면에 온갖 연락처로 도배를 하고 뒷면에는 식당 차림표처럼 각종 수임 분야를 적어 놓은 자신의 명함과 비교되었다. '미니멀리즘과 빼곡한 명함, 의뢰인들은 어느 쪽에 신뢰감을 가질까.'

민혁이 승원에게 손을 내밀어 보였다. 무슨 뜻인지 바로 알아차린 승원은 신 대표로부터 받은 서류 봉투를 넘겼다. 봉투가 열리자 두툼한 파일이 드러났다. 민혁은 빠른 속도로 파일을 살피더니 진지한 표정으로 대기하고 있던 여성에게 파일을 건네며 짧게 말했다.

"인영 씨, 15분 드리죠."

"네!"

인영이 파일을 들고 사무실을 나서자 민혁이 서류 하나를 승원 앞에 내려놓았다. 제목을 보니 업계에서 약칭 CA^{Confidential Agreement}라 불리는 '비밀유지서약서'였다. 민혁은 펜 하나를 서류 위에 올려놓더니 자기 자리에 가서 앉았다.

"한번 읽어보시고 저희 객원 멤버로 함께 일하실지 아니면 바로 돌아가실지 결정하시죠."

자기 할 말만 하고 입을 다무는 유형의 사람. 경험상 철저한 프로이거나 대신 일을 처리해주는 사람이 뒤에 있거나, 둘 중 하나였다. 아무래도 전자에 가깝다고 생각한 승원은 프로다운 모습을 보이기 위해 우선 꼼꼼히 문구들을 읽어 나갔다.

변호사는 글로 말한다. 정확히 표현한다면 논리와 근거로 말한다. 영화나 드라마에선 변호사의 무기가 화려한 말솜씨로 그려지지만 한 번이라도 법정에서 재판을 방청해 본다면 적어도 대한민국 법정에선 그런 장면이 흔치 않다는 것을 알게 된다. 문서로 기록하고 입증할 수 있는 자료를 확보하여 싸우는 것이 실제 변호사의 세계다.

그런 점에서 민혁이 건넨 비밀유지서약서는 더 픽서가 어떤 곳인지 알려주는 실질적인 명함 역할을 했다. 정말 깔끔한 문서. 군더더기 없이 필요한 것만 딱 체로 걸러낸 느낌. 한마디로 프로였다. 특히 호감을 주는 것은 문서에 담긴 태도였다. 허세를 부리거나 압력을 행사하지 않으면서 최대한 정중하게, 그렇다고 허술하지도 않았다. 기분 좋게 사인하도록 이끌지만 만약 분쟁이 생긴다면 빠져나갈 구멍이 없는 그런 문서였다. 더 픽서가 다루는 업무 성격을 대략이나마 이해할 수 있게 된 승원은 문서를 다 읽기도 전에 무언가에 이끌려 사인을 하고 말았다.

"내려가시죠. 바로 케이스 시작입니다."

1층으로 내려오자마자 차민혁 대표가 직원들에게 승원을 소개했다.

"이번 케이스에 같이 참여하게 된 이승원 씨예요. 밖에서 우리를 도와주는 문지 소속의 변호사인데 일단 픽서의 객원 멤버로 생각해주세요. CA에 사인했으니 내부 정보 또한 공유해도 됩니다. 서로 신상은 술

자리서 얘기하도록 하고, 바로 케이스로 들어가죠."

승원은 구성원들을 하나씩 살펴보기 시작했다. 어떤 모임이든 멤버들 사이의 공통점이 보인다. 무언의 약속인 드레스코드나 자주 쓰는 단어, 살아온 삶을 투영하는 얼굴. 하지만 여기 모인 이들은 너무나 제각각이었다. 그들의 모습에서는 좀 전의 문서에서 느꼈던 서늘함이랄까 깔끔함이랄까 그런 것을 찾아보기 어려웠다. '다국적군 아니면 외인부대인가, 불어로 래정 에뜨랑제라 불리는 프랑스에서 창설된… 너무 나갔다. 회의에 집중하자!'

한 번 질끈 눈을 감았다 뜨고 회의에 집중하려 했지만 승원은 여전히 구성원들의 면면을 살피고 있었다.

'차민혁은 중심점이자 사령탑이다. 말을 많이 하진 않지만 짧고 명쾌한 단어로 방향을 제시한다. 얘기하는 것을 보면 우리 사회가 움직이는 메커니즘을 누구보다도 훤히 꿰뚫고 있다. 그러니 이런 비즈니스를 맡고 있는 것이다. 옷 태가 좋은 강우주는 조금 수다스럽게 느껴질 만큼 말이 많다. 말에서 진정성이 느껴지진 않지만 분명 듣는 이를 붕 띄워 놓는 재주가 있다. 홈쇼핑 호스트를 해도 잘할 것 같다. 얼핏 듣기로는 로스쿨을 2년 다니다 그만두었다고 한다. 처음 현관에서 나를 맞이했던 유인영, 여기서 유 실장으로 불리는 그녀는 회의에 나오는 모든 이슈들에 대해 바로 바로 백데이터를 제시한다. 검색을 하지 않아도 이미 과거 사건이나 중요한 법조문과 판례가 머릿속에 들어 있다. 신문을 덮고 자던 김윤식은 툴툴거리다가 뜬금없는 말을 툭 던진다. 아마도 이 사람의 가치는 사무실보다는 거리에서 확인될 것이다. 회의에서도 헤드폰을 벗지 않는 김승주는 노트북과 태블릿, 스마트폰에 스마트워치까지 오가며 쉴 새 없이 기계를 만진다. 영화에 나오는 해커 캐릭터를 보면서 늘 과장되었다고 느꼈는데 승주를 보니 실제로 그런 사람이 적어도 한 명은 있는 것 같다.'

"사건 브리핑은 잘 들었고 승주 씨, 관련 자료 좀 화면으로 띄워주시죠. 보면서 처리 방향을 잡읍시다."

차 대표의 말에 승주가 키보드를 치자 케이스 관련 자료들이 화면에 펼쳐졌다.

넘어가던 화면이 20대 여성의 얼굴 사진에서 멈췄다. 여성의 얼굴은 심하게 맞아 엉망이 된 상태였다. '왼쪽 얼굴에 심한 상처가 집중된 것으로 보아 오른손잡이와 마주한 상황에서 가격을 당했겠지? 광대에 골절이 있는 것으로 본다면 둔기, 아마도 단단한 유리병 같은 것에 일격을 당하고 얼굴을 감싼 상태에서 몇 대를 더 맞다가 쓰러졌고 그 상태에서 발길질을 당하지 않았을까?' 하는 것이 나름 다양한 가정폭력 사건을 맡아본 승원이 내린 결론이었다.

"아가씨를 아주 골로 보내려 했구만."

"무엇으로 때린 거예요?"

"술병 같은데. 저런 놈은 나한테 한번 걸려서 맞는 고통이 어떤 건지 알아야 하는데."

윤식이 '우두둑' 소리를 내며 손가락을 꺾었다.

법정에 오르는 모든 부상은 결국 진단서라는 문서로 기록된다. 전치 몇 주라는 문구를 기준으로 구속이냐 아니냐가 결정되고, 다시 구속 여부에 따라 합의를 급하게 볼지 시간을 두고 진행할지가 결정된다. 다시 합의가 급한 정도에 따라 합의금의 액수가 결정된다. 대한민국 법정은 미국과 달라서 처절한 상처를 슬라이드로 비추면서 공방이 벌어지지는 않는다. 간혹 교통사고를 다루는 경우 블랙박스 영상이나 전문가에게 의뢰한 시뮬레이션을 보는 경우는 있지만 폭행 사건의 경우엔 진단서로 얘기되는 것이 일반적이다.

"전치 몇 주 나올까?"

"아마 6주 정도. 그런데 청담동 김 박사한테 성형수술 패키지로 부탁하면 3주 언더로 만들 수 있어요."

'만들다'라는 표현이 약간 거슬렸던 승원은 사진을 유심히 살피며 잠시 생각에 잠겼다.

하긴 만들려면 못 만드는 것이 없는 대한민국이다. 주민등록증, 법인 인감부터 시작해서 원하는 증언을 해줄 증인도 어렵지 않게 만들 수 있다. 법원의 판결이 순수하게 법리만으로 결정되는 것도 아니다. 대중의 공분을 사는 사건에 대해서는 더 잣대가 엄격해질 수밖에 없다.

이러한 대중을 움직이는 것이 바로 인터넷과 SNS다. 사실 법의학적으로 판단한 피해의 심각성과 시각적 자극이 꼭 일치하는 것은 아니다. 예를 들어 니코틴 원액을 주사하여 사람을 죽인 극악한 범죄라도 시신의 외관은 자연사로 보일 정도로 평온할 수 있다. 하지만 익사체의 경우 그 원인이 단순히 실족일지라도, 퉁퉁 불어버린 검붉은 피부에 안구마저 빠진 상태로 발견되어 보는 이의 마음을 크게 동요시키고 상상력을 자극한다.

그런 점에서 23세 강지수 양이 응급실에서 찍은 얼굴 사진은 충분히 자극적이다. 갸름한 얼굴, 커다란 눈과 도톰한 입술에서 눈에 띄는 미인임을 알 수 있었지만 그 아름다운 얼굴이 찢어지고 부어올라 엉망이다. 게다가 얼굴 한쪽에는 남자 구두임을 뚜렷하게 알 수 있는 발자국마저 찍혀 있다. 만약 피해자가 사진을 법정무기로 쓴다면 사회적 이슈가 되어 큰 주목을 받을 것이 분명하다. 한 가지 거슬리는 것은 얼핏 보이는 의상이 몸에 달라붙는 원피스, 이른바 업소에서 말하는 '홀복'이라는 점. 그러나 사진을 얼굴 중심으로 자르면 충분히 감출 수 있는 부분이다.

사실 이 사건의 경우 피해자가 업소에서 일하는 아가씨이고 사건 발생 장소가 흔히 '2차'가 가능한 성매매 업소라는 점도 크게 문제가 되지 않는다. 오히려 그런 점은 피해자가 아니라 가해자가 더 감추고 싶어 한다. 이 사건의 경우 특히 그렇다. 가해자가 '청춘의 진정한 멘토'라 불리며 한창 주가를 올리고 있는 베스트셀러 저자이기 때문이다.

허지용 교수는 시류에 대한 감이 좋은 사람이었다. 흐름을 주도적으로 만들어내는 능력까지는 아니지만 흐름에 올라타는 재주를 갖췄다. 업계에서 말하는 '탈'도 좋았다. 40대 중반이지만 날렵한 몸매에 슈트핏도 좋았고 지적으로 보이는 미남형의 외모를 가지고 있었다. 적당한 곱슬머리에 이국적인 분위기를 풍겼고, 보통 사람은 소화하기 힘들다는 동그란 명품 안경도 잘 어울렸다.

허 교수의 베스트셀러 『젊음을 걸고 도전하라』도 사실 평범한 책에 지나지 않았다. 대학원생 둘을 붙여서 초고를 정리하게 하고, 초판 인쇄비를 허 교수가 대는 조건으로 안면이 있던 출판사에서 별 생각 없이 낸 책이었다. 승진 심사 때 도움이 될까 해서 저서 목록을 하나 늘리려는 의도였다. 하지만 출판사의 권유로 제작한 홍보 영상이 인기를 끌면서 제대로 흐름을 타게 되었다.

신문기자 출신인 어느 소설가는 "강연 문화는 책 읽는 걸 싫어하는 사람이 많을 때 흥한다."고 말한 적이 있다. 그런 점에서 강연에 적합한, 정확히는 강연에서 사람들의 호감을 끌어내는 외모와 언변이야말로 허 교수의 든든한 밑천이었다. 허 교수의 강연을 듣고 책을 산 사람들이 그를 베스트셀러 작가로 만들어 주었지만, 그들에게 책은 일종의 기념품에 불과했다. 강연에서 받은 감동이 책에 없다고 해서 문제될 것은 없었다. 그렇다고 허 교수의 책이 요즘 서점에 깔린 다른 '자기계발서'에 비해 내용이 빈약한 편도 아니었다.

허 교수는 운도 좋았다. 이른바 '청춘 시장'을 장악하던 쟁쟁한 멘토들이 약속이나 한 듯이 주춤해진 상황이었다. 트렌드 전문가인 서울대 교수는 청춘을 아픈 것이라고 정의하면서 격려의 메시지로 큰 인기를 끌었지만 '아프면 환자지 그게 청춘이냐'는 비아냥거림에 시달려야 했다. 외모마저 고운 하버드 출신의 스님은 트위터로 힐링 메시지를 전파하며 베스트셀러 작가가 되었지만 상담 내용 때문에 여성 비하 논란을 일으키고 말았다. 대중 심리학자를 표방하며 여성 대통령 후보에 대한 생식기 발언으로 화제를 모았던 사립대 교수는 학교에서 해임되면서 방송에서도 자리를 잃었다.

경기장은 계속 돌려야 하는데 뛸 선수들이 사라졌다. 마침 그 자리에 허 교수가 들어선 것이다. 허 교수는 국내 적당한 대학을 나와 영국의 한 지방도시 이름을 딴 대학에서 박사학위를 받았다. 사람들의 탄성을 자아내는 학벌발로 먹히는 상품은 아니었다. 하지만 이런 점이 스펙 쌓기에 지친 청춘들에게 호감을 샀다. 또한 허 교수가 철학을 전공했다는 점도 다른 멘토들에 비해 깊은 울림을 주는 효과로 작용해 플러스 요인이 되었다. 무엇보다 강연 시장에서 허 교수의 절대강점은 대중과의 접점에 있었다. 한 명도 소외받는 느낌을 갖지 않게 관중 모두에게 하는 아이컨택eye contact, 중저음의 신뢰감을 주는 보이스voice, 10초간의 침묵으로 관중의 궁금증을 불러일으키는 쇼잉showing, 이 모두가 늦은 나이에 발견한 본인만의 숨은 능력이었다. 또한 중간중간에 의도적으로 배치한 영어단어는 영국식 옥스퍼드 발음을 사용해 토익 듣기평가 발음에 익숙한 젊은이들에게 고급스러운 강연으로 전달되도록 만들었다.

B&B그룹 계열사인 B&B미디어에서 새롭게 시도하는, 그리스 광장에서 이름을 가져온 '아고라 프로젝트'의 메인 강사 겸 진행자로 발탁되면서 드디어 허 교수도 셀럽 반열에 들어섰다. 아고라 프로젝트는 저명인사들을 중심으로 한 콘텐츠를 쇼 형태로 구성해 다양한 부가 서비스를 통해 판매할 의도로 기획되었다. TED의 업그레이드 버전이라고 볼 수 있다. 유튜브 채널을 적극적으로 이용하며 영어 강연을 결합해 글로벌 시장까지 노렸다. 강연 내용을 짜깁기하여 사진을 잔뜩 넣은 화보집 비슷한 책을 만들어 베스트셀러를 만드는 것도 당연한 수순이었다. 봉투의 힘이기는 했지만 일부 경제부 기자들은 뉴미디어의 성공적 수익 모델 탄생이라며 칭송을 연발했다. 하지만 아고라 프로젝트가 상승 탄력을 받기도 전인 3회 차 녹화가 있던 날, 메인 진행자 허 교수가 그만 사고를 치고 만 것이다.

폭행 사건이 벌어진 후 허 교수는 다급한 마음에 주변 사람 중 가장 힘이 있는 조승형 상무에게 전화를 했다. 그는 최근 재계 서열 20위까지 오른 B&B그룹 회장의 차남이며 이 사건을 더 픽서에 의뢰한 장본인이다. 아고라 프로젝트는 조 상무가 아버지에게 인정받고 형의 견제를 피하기 위해 야심 차게 시작한 것이었다. 제대로 자리 잡기도 전에 망하게 내버려둘 수는 없는 노릇이었다. 그래서 새벽 시간인데도 직원 둘을 데리고 나가 허 교수의 사고를 수습했다. 조 상무의 적극적인 도움에 허 교수는 감격했지만 그의 빠른 일 처리는 허 교수를 위해서가 아니라 자신을 위한 것이었다. 아버지로부터 "니놈 하는 일이 다 그렇지. 사람 보는 눈이 그렇게 없어서야."라는 질책을 듣지 않기 위해서다. 그러려면 어떡하든 아버지 귀에 들어가기 전에 반드시 틀어막아야 했다. 비용이 얼마가 들더라도 이제 막 해보려는 프로젝트가 망하는 것보다는 싸게 먹힐 터였다.

"허 교수, 집에 들어가지 말고 송도 쪽 호텔 잡아 드릴 테니 잠시 잠수 타세요. 옷가지는 챙겨서 보내겠습니다."

"제발 시끄럽지 않게 해결 부탁드립니다."

대책 없는 허 교수의 말에 '그렇게 시끄러울 일은 왜 저질렀어. 어휴, 지 신경 써준다고 시즌 1 진행까지 맡겨 주었더니 바로 이런 사고로 보답 하냐?' 면박을 주려던 조 상무는 우선 수습에 집중하기로 했다.

"저도 직접 나서기는 어려우니 전문가한테 일을 맡길게요."

"검찰 출신 변호사인가요?"

"아뇨, 좀 더 전문적으로 처리하는 팀이 있습니다."

조 상무는 회사 일을 몇 번 맡아준 신상구 변호사가 일전에 말한 '더 픽서'를 떠올렸다.

케이스에 대한 분석과 의견 개진이 끝나자 모두 민혁을 주목했다. 파악한 정보를 근거로 해결 방안을 정할 시점이다.

"다시 강조하지만 본 케이스는 절대 외부에 알려져서는 안 됩니다. 언론도 절대 냄새를 맡아서는 안 되고요. 이것이 클라이언트가 우리에게 비싼 돈을 지불한 첫 번째 이유입니다."

"사회부 신삥들이나 주간지서 냄새 맡으면 신나서 달려들겠네. 맛있는 불량식품이잖아. 2차 술집에, 미모의 업소아가씨, 베스트셀러 작가, 양주병 폭행이라…. 나 보고 쓰라고 해도 소설 한 권 나온다. 거기다 미디어계 재벌이 뒤에 있다? 일단 재미가 있잖아!"

윤식이 의자에 몸을 깊숙이 파묻으며 너스레를 떨었다.

"윤식이 형은 병원에 가서 강지수 환자를 확보하되 일단 위치만 확인하고 주변을 차단해 주세요. 접촉은 내부에서 옵션을 정리한 다음 시도하겠습니다."

"오키. 미녀를 확보하라. 간만에 구미가 땡기는 일이네."

윤식은 무거운 몸을 일으켰다.

"우주 씨는 업소 사람들을 개별적으로 접촉해서 정보를 모아 주고, 동시에 CA 사인 작업도 함께 진행해줘요."

강우주는 로스쿨 졸업을 일 년 남겨두고 그만뒀지만 어느 정도의 법률 문제는 처리할 수 있었다. 민혁은 금고에서 꺼내 온 5만 원짜리 지폐 묶음을 우주에게 건넸다. 눈대중으로 2천에서 3천 정도였다. 현찰을 앞에 놓고 얘기한다면 CA에 자필서명을 받기도 훨씬 수월해진다. 특히 문구를 꼼꼼히 읽지 않고 사인부터 하고 보는 보통의 한국인이라면 더더욱 그렇다.

"유 실장은 좀 더 딥하게 서치하면서 케이스 별 대응 전략을 준비해 주세요."

승원은 인영을 단순히 자료 조사 업무를 담당하는 직원 정도로 생각했다. 그러나 협상 전략을 준비하라고 민혁이 맡길 정도라면 신뢰 받을 만한 능력을 갖추고 있다고 봐야 했다.

"승주는 SNS 감시. 관련된 내용 아무거나 올라오면 우선 나한테 보고부터 하고."

"나의 스파이더 프로그램, 가동 시작합니다!"

승주가 장난처럼 경례를 해 보인다. 승원은 회의를 하는 동안에도 스마트폰을 손에서 놓지 않던 승주의 모습을 봤기에 이미 일을 시작한 것인지 지금 막 시작하려는 것인지 파악하기 어려웠다. 각 악기 파트의 소리를 끌어내는 오케스트라 지휘자처럼 차 대표의 지시가 내려지자 더 픽서는 움직이기 시작했다.

인영이 승주에게 다가가 쿡 하고 찌르자 승주가 알았다는 듯이 서랍을 열어 스마트폰 여러 개를 꺼냈다. 인영은 그중 두 개를 윤식과 우주에게 건네고 남은 두 개를 양손에 들고 민혁 앞에 섰다. 민혁이 하나를 고르자 인영은 그걸 고를 줄 알았다는 표정을 지으며 남은 스마트폰을 챙겨 자기 자리로 향했다.

'사건을 맡을 때마다 본인 것을 쓰지 않고 대포폰을 지급하는 것일까?' 승원은 분명 하나의 케이스가 끝나고 나면 케이스 자료들을 완벽하게 초기화하여 흔적을 지웠을 거라 짐작했다. 국내에서 판독이 쉽지 않은 중국 제품을 쓴다는 것만으로도 상황 파악이 가능했다.

"각자의 임시 번호로 초기 세팅해 두었습니다. 상황판 패스워드는 제 생일을 기억해주시라는 의미에서 이번에는 1129로 했습니다." 승주가 말했다.

'고객의 보안 때문일까, 아니면 본인들 일 처리 방식을 감추기 위해서?' 지금까지 본 것만으로도 더 픽서의 일 처리 방식은 승원에게 낯설고 불편했다. '이번 케이스까지만 지켜보고 거취를 결정하자. 아직은 객원 멤버일 뿐이니깐.'

B&B그룹, 서열 변동이 거의 없는 대한민국 재계에서 유일하게 자수성가해서 자산 순위 20위권으로 입성한 회사이다. 실제로 최근 몇 년간 B&B그룹의 성장은 놀라웠다. 책을 팔아서 모은 자금으로 리조트를 지었고 여기서 번 돈으로 저가 항공사까지 인수했다. 그것도 한 권에 만

원 조금 넘는 어린이 학습만화를 팔아서 말이다. 사실 조 회장은 전형적인 옛날 출판사 사장으로 새로운 시도를 그리 좋아하지는 않았다. 하지만 한번 뽑은 직원은 오래 곁에 두고 믿고 맡기는 스타일이었다. "내는 잘 모르니, 니 맘대로 해 봐라." 그가 즐겨 쓰는 이 말은 그의 경영방침이기도 하다. 경영학과 교수들이 '권한위임형 리더십'이라 억지로 이름 붙인 태평한 경영 스타일이 평범한 출판사 사장을 전경련에서 한자리 차지하는 그룹 회장으로 만들었다.

시작은 별거 아니었다. 김 양으로 입사해서 김 대리가 된 여직원이 아이를 키우다 보니 학습만화를 해보고 싶다고 해서 허락했을 뿐이었다. 원래 편집 스타일이 좀 고지식한 출판사라 재미를 중시하던 기존 도서와 달리 학습 내용을 강화하고 양장으로 제작했던 것이 부모들의 마음을 움직였다. 갑자기 전국에서 주문이 밀려든 것이다. 게다가 성인용 책 시장이 얼어붙던 때라 모든 인원을 학습만화로 돌려 종수를 늘린 것이 적중해 대박을 넘어서 초대박을 치고 말았다.

생각지도 못한 한류 바람이 출판계에까지 불어왔다. 한류 연예인 한 명의 캐릭터를 만들어 만화에 삽입하자 태국을 시작으로 동남아 전체에서 수출 주문이 들어왔다. 결국 대만을 거쳐 중국에 상륙했고 깐깐하다는 일본에까지 판권을 수출할 수 있었다. 학습만화로만 2백 권이 넘는 출판 목록을 갖게 되었고 유사품이 늘어 경쟁은 심해졌어도 여전히 만만치 않은 고정 수익을 내고 있다. 유명 포털에서는 콘텐츠 이용을 조건으로 먼저 투자를 제안했고, 해외 펀드에서도 투자가 들어와 현금을 쌓아 놓고 어디에 쓸지 고민하는 상황이 되었다.

이런 상황을 먼저 활용한 이가 부사장 자리를 차고 있던 조 상무의 형이었다. 옛날 사람인 조 회장은 장남 자리를 인정해서 쌓여있는 투자금의 일부를 조 부사장에게 맡겼다. 그는 초기에 영화를 만들어보겠다고 적지 않은 돈을 까먹었지만 이후 대학 시절 대부분의 시간을 보낸 요트동아리 인맥 덕을 보게 되었다. 돈 냄새 맡는 데 귀신인 컨설팅회사와 법무법인에서 일하는 선후배들이 조 부사장에게 각종 제안서를 들고 먼저 찾아왔다. 술과 골프로 끈끈한 친목을 도모한 후 공격적으로 M&A 시장에 뛰어들었다. 업계에서는 B&B그룹의 실제 이름이 BUY&BUY가 아니냐는 얘기도 돌았다. 처음에는 장남의 행동을 의심스러운 눈으로 바라보던 조 회장도 회사를 사들여 그룹 모양새를 갖추고 회장님 소리를 듣는 것이 나쁘지 않았다. 역시 사업은 운발이라는 말처럼 리조트 부지로 미리 매입한 땅에 지방혁신도시가 들어오게 되면서 되팔아 막대한 차익을 남겼고 마침내 저가항공사까지 좋은 가격에 사들일 수 있었다. 때마침 불기 시작한 제주도 열풍은 고스란히 B&B그룹의 수익으로 연결되었다. 지난 몇 년의 성과로 인해 조 회장의 마음속 그룹 지분 정리는 장남인 조 부사장을 중심으로 그려졌다.

조 상무는 아버지가 다섯 살 차이 나는 형에 비해 자신을 너무 어리게만 본다고 생각했다. 아버지의 뜻과 달리 신방과를 전공으로 선택한 조 상무가 직접 회사 경영에 참여하고 싶다고 했을 때도 마뜩잖게 보았을 뿐이다. 어머니가 나서서 난리를 치지 않았다면 상무 직함을 다는 것도 불가능했을 것이다. 어쨌거나 아버지는 상무 직함을 주고 형 회사 건물에 사무실 하나를 내주었다. 형은 선심 쓰듯 그룹의 모태인 출판 사업을 해보라 하였지만 캐시카우인 회사들에는 기웃거리지 말라는 위협적인 사인을 동시에 주었다. 출판 사업을 가지고 어떻게 아버지의 눈에 띌까 고민 끝에 컨설팅 회사를 찾았고, 비싼 수수료의 대가로 그들이 가지고 온 답이 금번 '아고라 프로젝트'였다. 듣기에도 그럴싸한 이름에 그럴싸한 기획이었다. 그런데 이 모든 것이 이놈의 허지용이 때문에 물거품이 될 위기에 처했다.

군이 신 변호사의 추천이 아니더라도 더 픽서의 일솜씨는 재벌 그룹 자제들 모임에서 유명했다. 양육권이 걸린 이혼 소송, 부모님의 마음을 얻어야 하는 재산 분할, 있는 집 아이들의 치기 어린 사건사고를 그들만큼 깔끔하게 해결할 사람은 없다는 것이 중론이었다. 신문 사회면에 나올 만한 사건사고도 더 픽서에 맡기면 술자리 무용담으로 조용히 마무리할 수 있었다.

그래도 벌어진 일에 대해서 당사자로서 조바심이 나는 건 매한가지다. 조 상무는 여전히 집에 들어가지 못하고 사무실에서 초조하게 시간을 보내고 있다. 창밖의 한강 야경을 보다가 책장에서 산토리히비끼 21

년산을 꺼내왔다. 얼음 잔에 술을 가득 채운 순간 전화가 울렸다. 발신자 이름을 보니 허 교수였다.

'가만히 있으라니깐 왜 전화질이야.' 화가 났지만 지금은 잘 다독여야 할 때다. 어떻게든 이번 사건을 무마해 아고라 프로젝트 시즌 1까지는 그와 같이 가야 한다.

"네, 허 교수님. 송도서 잘 쉬고 계시죠? 몰래몰래 아래에 있는 카지노나 가보세요. 뭐라고요? 그래서 뭐라고 하셨습니까? 잘하셨습니다. 일단은 아무 말 하지 마세요. 제가 알아보고 연락드리겠습니다."

불안이 현실이 되었다. 조 상무는 지난 건강 검진에서 녹내장 진단을 받고 안압을 관리 중이었는데 갑자기 안압이 올랐는지 눈도 아프고 머리도 어지러웠다. 두 손으로 얼굴을 감싸고 통증이 가라앉길 기다렸다. 어떻게든 헤쳐 나가야 할 때다. 인터폰 버튼을 눌러 애써 침착한 목소리로 말했다.

"차 바로 대기 시켜."

승원이 곁에서 지켜본 결과 우주의 무기는 말이 아니라 매력이었다. 매력이라는 한자 뜻 그대로 사람의 마음을 잡아당기는 힘이 있었다. 더 픽서에 머무는 동안 현장에 최대한 나가서 경험해보자 생각한 승원은 우선 우주를 따라나섰다. 우주가 업소 사람들을 만나 진술을 듣고 비밀유지서약서에 사인을 받고 돈을 건네는 과정을 지켜보며 승원은 새로운 세계를 경험하는 느낌이 들었다. 비밀 유지의 대가로 돈이 오가는, 아무래도 어둡고 꺼림칙한 기분이 드는 일이지만 강우주를 거치면 그냥 그래도 될 것 같은 일이 된다. 법률을 공부했었기에 본인 행동의 위험성을 알 텐데도 그는 전혀 개의치 않는 듯했다.

게다가 우주는 빠르고 유연하고 정확했다. 따로 조용한 곳으로 자리를 옮길 필요조차 없었다. 잠깐 스쳐가는 아가씨를 잡아 얘기를 듣고 서명을 받고 돈을 건넨 후 다음에 만나야 될 사람의 정보와 연락처까지 따냈다. 승원은 우주가 사람을 낚아채는 모습을 지켜보면서 자연 다큐멘터리에서 맹금류가 하늘에서 내려와 먹잇감을 사냥하는 장면을 떠올렸다.

미남에 키도 컸으니 여자들은 그럴 수 있다 치자. 우주의 진가는 웨이터를 상대할 때도 고스란히 드러났다. 업소라는 환경에서 닳고 닳은 웨이터들과도 빨리 친해지고 쉽게 승부를 냈다.

"액수가 중요하죠. 특히 한 번에 딱 끝내는 것이 포인트!"

봉투에 얼마가 들었는지, 사람마다 금액은 어떻게 정하는지 묻는 승원의 질문에 우주가 한 말이다. 그의 설명으로는 상대방이 적다고 느껴서 더 없는 것도 실패, 너무 많아서 더 받을 수 있겠다는 생각이 들게 해도 실패라고 했다. 기대한 것보다 한두 단계 위라서 기분 좋게 수락하는 것이 적정가요, 노하우라고 한다. 협상을 통해 금액을 조정할 수 있다는 느낌을 주는 순간 주도권을 잃게 된다는 것이다.

승원이 들은 허지용 교수의 사건 당일 정황은 이랬다. 아고라 프로젝트 녹화를 마친 허 교수는 촬영 스태프들과 저녁을 먹으며 반주로 소맥 몇 잔을 마셨다. 허 교수의 촬영을 맡았던 전담 VJ가 성남에 산다고 하자 허 교수는 집까지 태워주겠다고 호기롭게 말했다. 대리기사를 불러 분당 집으로 향하는 길에 술 취한 허 교수는 인생선배랍시고 이런저런 얘기를 늘어놓았다. 교수라는 작자들의 직업병이다. 허 교수의 영향력으로 뭐라도 얻어낼까 기대한 VJ가 "예, 예." 하며 경청해주자 신이 난 허 교수는 더 떠들어댔다.

"한 잔만 더 하고 가자고. 자네 같은 젊은이들한테 내가 해주고 싶은 말은….."

"오늘은 많이 드셨는데 그만 들어가시죠."

"아냐, 저기 이자까야 가서 준마이 한 병만 딱 하고 가자고."

허 교수는 상대방 답변을 듣지도 않고 바로 가게로 들어갔다.

'택시비라도 줄 거야? 룸빵도 아니고 주야장천 또 술만 먹을 거면서.' 속으로 툴툴거리면서도 본인 처지가 처지인지라 VJ는 허 교수를 따라 들어갔다. 남자들의 술자리 얘기는 기승전걸起承轉girl로 통한다. 허 교수가 업소 여자들과의 연애담을 자랑하던 중 VJ가 룸살롱을 한 번도 안 가봤다고 하자 이자까야를 나와 바로 앞에 보이는 룸살롱으로 직행한 것이다. 그렇게 그 날 허 교수는 평촌에 있는 '에쿠스'라는 룸살롱에 처음 들렀다.

사실 이 사건은 술과 여자가 있는 자리라면 하루에도 수십 건씩 발생하는 뻔한 내용이었다. 신고식을 제대로 해라, 오빠 여기는 그런데 아니야, X발 그러면 여기가 텐프로냐! 말로 옮기기도 뭐한 그렇고 그런 지저분한 다툼이었다. 보통 욕이나 좀 하고 웨이터 불러서 아가씨를 바꾸네 마네 하고 말 일이었다. 하지만 다툼 도중 아가씨가 잔을 떨어뜨리고 촬영을 위해 비싸게 맞춘 양복을 버린 허 교수가 크게 흥분해 아직 따지도 않은 양주병으로 아가씨를 때리기 시작하면서 사소한 술자리 시비가 폭행 사건으로 번져버린 것이다. 누구보다 젠틀하고 친절할 것 같은 '청춘의 진정한 멘토'가 양주병으로 청춘인 아가씨를 내리치는 볼썽사나운 장면이 펼쳐졌다.

허 교수의 차는 지하 주차장에 주차되어 있었다. 우주는 CCTV 위치를 확인하고는 승원에게 자신을 가려달라고 부탁하더니 리모컨을 조작해서 쉽게 차 문을 열었다.

"이런 기술은 어디서 배워요?"

"여기서 몇 달만 일해 봐요. 금방 습득하게 될 거예요."

우주는 능숙한 솜씨로 블랙박스에 있는 메모리카드를 꺼낸 후 스마트폰에 연결해서 어딘가로 송신하기 시작했다. 지금까지 입수한 정보와 서명을 받은 서약서도 같이 전송했다. 아마도 사무실에 있는 승주에게 가지 않을까 승원은 생각했다.

그때 우주의 스마트폰으로 전화가 걸려왔다. 승원이 슬쩍 보니 발신자는 '웨이터 2'였다. 우주가 밝은 목소리로 전화를 받았다.

"아, 예. 네? 정말요? 그렇구나. 그분은 동네 건달 정도 되시나요? 사장님도 그쪽 분이신 건가? 그건 아니고? 네. 고맙습니다. 제가 며칠 내로 따로 인사드리러 찾아뵐게요."

전화를 끊고 우주는 살짝 표정을 찡그리며 승원에게 말했다.

"일단 사무실로 가야겠네요. 돈 냄새를 맡았는지 똥파리들이 꼬이네요."

병원에서 쉽게 정보를 파악하는 방법이 있다. 가해자 욕을 하면서 환자 가족인 척하거나 사죄하러 온 가해자 행세를 하는 것. 오늘 윤식이 선택한 '보험회사 직원'도 잘 먹히는 방법이다. 교통사고 환자와 합의를 보기 위해 아침저녁 가리지 않고 드나드는 보험회사 사람들은 대한민국 병원의 고유한 풍경이다. 윤식은 보험회사 배지를 단 양복에 넥타이를 매고 서류 파일 하나와 롤 케이크 정도가 들어있을 것 같은 제과점 쇼핑백을 들고 병원 복도를 거닐고 있었다. 강지수가 응급 수술을 마치고 입원해 있는 곳이 외과병동이라 윤식 말고도 보험회사 사람들로 보이는 몇 명이 눈에 띄었다. 다만 같은 지역이라면 보험회사 사람들끼리도 안면이 있어서 말을 섞지 않는 것이 좋다. 윤식은 너스 스테이션에 있는 상황판을 힐끗 보면서 강지수의 병실을 확인했다. 사십이 넘으면서 남들처럼 노안이 왔지만 직업으로 단련된 눈썰미는 쉽게 없어지지 않는다.

그런데 강지수의 이름이 없었다. 자세히 보니 보드마커로 강지수라고 적혀 있던 이름이 지워진 흔적이 보인다. 이럴 때는 바로 물어보는 것이 좋다. 윤식은 보험회사 직원답게 영업용 각도로 허리를 숙인 뒤 영업용 미소를 지으며 간호사에게 물었다.

"라인생명입니다. 강지수 환자 몇 호실인가요?"

"강지수 환자요? 언니 트랜스퍼 간 환자가 강지수였어?"

"강지수 환자, 트랜스퍼 갔나요? 어느 병원으로…?"

트랜스퍼라고 해 봐야 병원을 옮겼다는 거지만 조금이라도 상대방이 쓰는 용어를 맞춰 줄 때 심리적 장벽이 낮아진다.

"그건 모르겠어요. 사설 불러서 갔으니까."

"아이쿠 제가 좀 일찍 올걸 그랬네요. 예, 예 고맙습니다."

끝까지 영업용 미소로 인사를 하고 돌아선 윤식의 표정이 굳었다.

'사설을 써서 빼간다. 흔적은 안 남기겠다는 뜻인데. 누군가 사설 구급차를 불러 강지수를 옮긴 것이다. 우리 쪽에서 손을 썼다면 상황판에 이미 올라왔을 터.' 케이스를 맡고 새로 지급받은 스마트폰에는 각자가 보고한 내용이 실시간으로 업데이트 되는 상황판이 있다. 윤식은 강지수가 어딘가로 이송되었으며 추적을 시작하겠다는 메시지를 올렸다.

비상구 계단을 이용해서 1층으로 내려가면서 윤식은 안경을 벗고 보험회사 배지를 빼고 넥타이를 풀었다. 제과점 봉투도 구겨서 쓰레

기통에 넣었다. 어차피 빈 상자였다. 며칠 잠복근무한 경찰처럼 보이려 머리도 일부러 헝클어트렸다. 지갑에서 경찰 신분증을 꺼내 든 윤식은 병원 보안실을 찾아가 CCTV 영상을 확인할 생각이다. 강지수를 태우고 간 사설 구급차의 번호판만 확인할 수 있다면 일은 쉬워진다. 누군가 강지수를 숨기려 해도 응급 수술을 금방 마친 뒤라 어쨌거나 다른 병원으로 옮겼을 것이다.

윤식은 경찰 신분증에 붙어 있는, 지금보다는 젊은 자신의 사진을 보면서 쓴웃음을 지었다. 이 신분증은 진짜다. 승주에게 부탁한다면 현재 사진을 넣어 진짜보다 더 진짜 같은 신분증을 만들어 줄 것이다. 하지만 유통기한이 지난 것이라도 경찰대 졸업장과 더불어 받은 신분증을 들고 다니는 것이 윤식에게 그나마 남아있는 자존심 같은 것이었다.

스튜디오 안쪽에는 고급 소파와 탁자로 꾸며진 응접실이 준비되어 있었다. 지구본 모양의 커다란 양주 보관함까지 놓여 있는 것이 실용성을 최우선으로 하는 더 픽서의 다른 공간과는 사뭇 느낌이 달랐다. 차분하고 안정적으로 꾸민 이 방은 불안한 마음으로 더 픽서를 찾아온 VIP들을 위한 공간이었다. 방음도 잘되고 전용 화장실도 준비되어 있다. VIP들의 심기를 편하게 하는 것이 이 공간의 목적이라면 역시 실용성을 최우선으로 한다는 기본 전략에 오히려 충실한 것이리라.

깔끔하게 면도를 하고 깨끗한 옷으로 갈아입고 있었지만 허 교수의 얼굴 가득 불안이라는 감정이 뜨고 가라앉기를 되풀이하고 있었다. 승원은 점잖은 말로 허 교수를 다독이는 조 상무를 보고 본 케이스의 수임료가 그의 지갑에서 나왔음을 알 수 있었다. 허 교수는 그냥 불안해하고 있었지만 조 상무에게선 불만이 느껴졌기 때문이었다.

"더 픽서? 여기가 말씀하신 그곳인가요?"

허 교수가 물었다.

"네, 각 분야의 전문가들로 구성되어 조용히 일을 처리해주는 곳입니다. 이런 일에는 최고라는 평을 듣고 있습니다."

"조 상무님이 그렇게 말한다면야 맞는 말이겠지만, 절대 이번 일이 외부로 새어 나가면 안 됩니다. 내년에 대학에서 진급 심사가 있어요."

허 교수, 조 상무 그리고 승원 이렇게 셋이 응접실에 앉아 있었다. 사무실로 복귀한 뒤 우주는 인영과 지하에 있다는 자료실로 내려갔고 특별히 자기 자리가 없는 승원이 졸지에 들이닥친 클라이언트 일행을 맞는 역할을 하게 된 것이다.

"미스 리라고 했던가, 내 책 읽어봤어? 좋은 책이야. 꼭 읽어 봐. 저기 있는 술 한 잔 언더락스로 부탁해. 얼음은 큰 것 세 개만 넣고."

청춘 멘토가 처음 본 승원에게 너무도 편하게 하대를 하며 말했다.

업소에서 그 남자는 오 사장님으로 통했지만 안양 쪽에선 망치라는 별명으로 유명했다. 망치는 평촌과 범계 주변 업소 몇 곳의 뒤를 봐주고 있는데 강지수가 다니던 에쿠스도 그중 하나였다. 업소에서 피까지 보는 일은 흔하지 않다. 손님들끼리 화장실이나 복도에서 시비가 붙기도 하고, 간혹 진상을 부리는 손님들이 생기기도 하지만 대부분 적당한 선에서 마무리되기 마련이다. 적당한 선이란 최소 웨이터 선, 올라가면 부장이나 실장 직함을 달고 있는 반달(건달과 민간인의 중간인) 선에서 처리된다.

허 교수 건처럼 심한 폭행으로 번진 것은 오랜만의 일이었다. 연락을 받고 어떤 놈인지 혼꾸멍내려 달려갔지만 따로 온 양복쟁이들이 거액의 치료비를 내놓았기 때문에 망치는 오히려 그들이 떠날 때 진심으로 감사한 마음으로 손수 자동차 문까지 닫아주었다. '이 정도 돈이면 몇 달 동안 조직을 돌릴 수 있다.' 망치는 폭행을 당한 강지수가 본인이 따로 마음을 두었던 아가씨라 맘이 상하긴 했지만 지갑이 두둑해졌으니 참기로 했다. 지수한테는 받은 봉투 금액을 반으로 줄여 말할 생각이었다. '반도 너무 많은가? 삼분의 일이 적당하겠군.'

망치는 이쑤시개를 찾다가 눈에 띈, 허 교수에게 빼앗은 명함으로 잇몸 사이에 낀 음식물을 뺐다. '허지용, 허지용 어디서 들어본 이름인데.' 순간 망치는 허지용이 TV에 나와 재수 없게 떠들어대던 교수임을 알아봤고 잘 굴리면 건수가 될 것이란 생각이 번뜻 떠올랐다. '재수, 내가 덕을 쌓았더니 이런 횡재가.' 망치는 바로 애들을 시켜 강지수를 병원에서 빼돌린 후 허 교수에게 일간 한번 보자는 문자 한 통을 협박조로 넣었다.

'청춘 멘토께서 딱한 청춘에게 딱한 일을 저지르셨네. 설마 그 정도로 입 씻으려고 하시나. 방송서 보던 거보다 매너가 쬐금 없으시네. 조만간 찾아뵐 테니 준비하고 계시요.'

문자를 보고 놀란 허 교수가 조 상무에게 전화를 하고, 다시 조 상무가 더 픽서에 연락하여 모두 더 픽서 사무실로 모인 것이다. 허 교수가 조 상무에게 바로 SOS를 친 것은 요 며칠 그의 행동 중 가장 잘한 일이었다. 이런 일일수록 타이밍이 중요하다.

"일단 응급조치는 저희 쪽에서 취해 놓았습니다."

VIP룸으로 차민혁이 들어오며 말했다.

급할수록 프로의 진가는 발휘된다. 승원이 지금까지 경험한 어떤 집단도 이들처럼 일 처리가 빠르지는 않았다. 조 상무가 도착하기도 전에 우주의 보고로 업소를 관리하는 조직 동네 폭력배가 개입한 정황을 파악했고, 윤식의 보고를 받은 승주가 잠시 컴퓨터를 조작하더니 강지수를 태우고 간 사설 구급차를 확인했다. 윤식이 사설 구급차 업체를 찾아가 강지수의 행선지를 확인하고 바로 현장으로 출발했다. 조 상무는 차 대표로부터 지금까지의 대응조치를 듣고 조금은 여유를 찾을 수 있게 되었다.

민혁이 유리잔에 비타민정을 떨어뜨리자 기포가 올라왔다. 잔을 들이켜면서 민혁이 벽면의 커다란 TV에 화면을 띄웠다.

"화면 보시죠. 조금만 늦었어도 허 교수님 전국구 유명인사 되실 뻔했습니다."

허 교수와 함께 현장에 있던 VJ가 페이스북에 올린 비공개 게시물이었다. '청춘 멘토의 참교육 현장'이라는 제목 아래 흐릿하게 찍힌 현장 사진과 간단한 사건 정황이 올라와 있었다. '누구인지 알면 깜짝 놀랄걸? 좋아요 누르면 실명 공개ㅋㅋㅋ'라는 문구가 있었지만 아직까지는 비공개 상태를 유지한 것으로 보아 올리기 전에 고민하는 단계로 보였다.

"저 새끼가, 지 때문에 그날 가게 간 건데. 오히려 나한테 미안한 마음을 가져야 할 놈이. 하여간 젊은 것들한테 잘해 줄 필요가 없어."

허 교수는 화면에 보이는 VJ한테 온갖 욕을 퍼부었다.

"다행인 것은 이 소스를 우리 쪽에서 좀 전에 확보했습니다." 승원은 아까부터 보이지 않는 우주가 여기에 투입된 것이라 생각했다.

"술 편히 드시면서 쉬고 계세요. 진행되는 상황은 바로 알려드리겠습니다."

민혁이 허 교수를 안심시킨 후 응접실 문을 열고 나가자 문 앞에 서 있던 인영이 승원을 불렀다.

"이 변호사님. 잠깐만요."

승원은 무슨 구실이라도 만들어 이 어색한 응접실에서 빠져나가고 싶었고 그런 자신의 마음을 읽은 것 같아 인영에게 너무 고마웠다.

"네, 인영 씨 아니 유 실장님."

"편한 대로 불러주세요. 저랑 같이 현장으로 나가실래요? 조사할 것
이 있는데…."

"네, 그래요."

자신을 미스 리로 부르며 잔심부름이나 시키는 저 화상들과 있는 것
보다는 현장이 나을 것 같았다. 또한 유 실장의 일솜씨도 궁금했다.

인영과 함께 사무실을 나서는 승원의 눈에 승주가 돌리고 있는 화면
중 하나가 눈에 들어왔다. 승주는 문제를 일으킨 VJ를 비롯해서 우주가
만났던 업소 관계자들의 SNS를 실시간으로 모니터링 하고 있었다. 특
별히 승주가 조작하지 않아도 중요한 키워드로 의심되는 것이 등장하
면 시스템이 자동으로 체크해서 정리하고 있었다. 승원의 시선을 눈치
챈 승주가 어깨를 으쓱해 보이더니 다시 뭔가를 입력하기 시작했다.

인영의 운전은 터프했다. 승원은 가는 내내 오른쪽 손잡이를 꼭 잡
고 왼손은 주먹을 말아 쥐었다. 한 시간 걸려 도착한 곳은 안양시 어느
예술대학 인근에 있는 원룸이었다. 어떻게 찾아냈는지는 몰라도 승주
가 알아낸 강지수의 실제 거주지였다. 집에 아무도 없다는 것을 확인한
인영은 작은 카드 같은 것을 꺼내더니 손쉽게 디지털 자물쇠를 풀고 방
에 들어섰다. 우주는 남의 차를, 인영은 남의 집 문을 자유롭게 열고 닫

고 한다. 더 픽서 사람들에게 적법과 위법의 경계선은 중요하지 않은 것 같았다. 그들에겐 단지 필요한 것과 불필요한 것을 나눈 다음 필요한 일을 효율적으로 처리하는 게 전부였다.

"이런 것은 어디서 배웠어요?"

"예전에 검찰 수사관으로 일할 때 눈썰미로 익혔죠."

"검찰서 일했었어요?"

"그런 얘기는 다음에 소주 한잔하면서 하시죠."

승원은 업소에 다니는 여성들의 소송을 몇 번 수임한 경험이 있다. 주로 '마이킹'이나 '마이깡'이라 불리는, 선불과 관련된 채무 소송이 대부분이었다. 그때 알게 된 업소 여성들의 생활 방식에 비춘다면 강지수의 방은 조금은 달랐다. 그냥 그 나이의 평범한 여성이 사는 집처럼 꾸며져 있었다. 설거지가 가지런히 되어 있는 식기들을 보니 직접 요리를 해서 먹는 것으로 보이고 화장대 위에는 가족사진도 놓여 있었다. 업소 여성들은 유흥가 가까운 곳에 숙소를 두는 경우가 많았는데 강지수의 경우에는 오히려 거리가 제법 떨어진 대학가를 택했다.

인영은 수술실에서나 쓸 법한 라텍스 장갑을 꺼내어 손에 끼더니 익숙한 솜씨로 서랍들을 뒤지기 시작했다. 그리고 인영은 통장들과 수첩을 펼쳐 놓고 스마트폰으로 촬영했는데 승원은 촬영한 것이 곧바로 승주에게 전송되리라 짐작했다. 강지수가 쓰던 핑크색 노트북 컴퓨터에는 별다른 암호가 걸려있지 않았다. 인영은 따로 컴퓨터를 뒤지지 않고 스마트폰과 케이블로 연결했다. 승주가 원격으로 탐색하거나 아예 컴퓨터 내용을 통째로 긁어갈 것이다.

인영은 촬영을 마친 통장과 수첩을 제자리에 돌려놓기 시작했다. 승원도 기억력이 좋은 편이었는데 얼핏 봐도 원래 있던 자리에 삐뚤어진 모습까지 거의 그대로 갖다 놓더니 꺼내기 전에 찍은 사진과 비교하면서 실수한 곳은 없는지 확인까지 하고 있었다. 승원은 그런 인영의 모습을 보며 프로다운 꼼꼼함에 감탄도 했지만 왠지 나쁜 짓을 같이하는 것 같아 고개를 돌리다가 마침 구석에 놓인 귀여운 곰 인형과 눈이 딱 마주치고 말았다. 승원은 커다란 헤드폰을 목에 걸고 있는 곰 인형에게 한 번만 봐달라는 뜻으로 살짝 윙크를 했다.

"마지막으로 하나만."

인영이 배낭에서 지구본처럼 생긴 물건을 꺼내 방 중앙에 놓았다. 구형의 물체에는 카메라 렌즈 여러 개가 촘촘하게 박혀 있었다. 인영이 승원에게 고개를 끄떡여 밖으로 나가자는 신호를 보냈다. 아마도 방 전체를 촬영하는 그런 장치일 거라고 승원은 생각했다. 승원이 방을 나서자 인영도 따라 나오더니 작은 리모컨을 꺼내 스위치를 눌렀다. 문틈으로 플래시 같은 번쩍거림이 느껴졌다. 첩보영화에서 보던 것들이 실제로 있구나 생각하던 승원은 문득 이 방의 주인은 지금 어디에서 무엇을 할까 궁금해졌다.

망치가 강지수를 옮겨 놓은 곳은 안산에 있는 작은 병원이었다. 보험료를 더 받아내려 크게 아프지 않으면서 누워있는 나이롱환자들로만 가득 차 있는 특이한 병원으로 그것도 전문 분야라면 전문이었다. 윤식이 듣기로는 여기 사무장이 아주 노련해서 보험회사와 환자 모두 만족할 만큼 딱 좋은 진료 코스를 잡아 준다고 한다. 윤식이 도착해서 보니 망치를 포함해 모두 세 명이 병원 앞 편의점에서 술을 한잔하고 있었다. 지역 나와바리 싸움을 하는 것도 아니고 관리 대상도 여자 한 명인 데다 움직일 수 없는 상태였으니 망치 입장에서도 이 정도 인원이면 충분하다 생각했다. 더 솔직히는 요즘은 부하들을 동원하는 것도 다 돈이 드는 일이었다. 이번 일도 일당 십만 원을 준다고 하고서야 애들이 나서주었다.

윤식은 우주가 오기 전에 상황을 클리어 해야 했기 때문에 몇 가지 옵션을 고민했다. 오랑캐는 오랑캐로 다스린다고 지역 조폭에게 소스를 줘서 애들을 손보는 방법도 있었겠지만 그건 너무 시끄러워져서 오히려 주목을 끄는 문제가 있었다. 망치랑 맞대면을 해서 쇼당을 치는 방법도 생각했지만 저런 류의 인간은 오히려 옳다구나 하고 판돈을 올릴 가능성이 높았다. 결국 윤식이 선택한 옵션은 망치를 경찰에 넘기는 거였다. 승주가 경찰 전산을 뒤져 본 결과 다행히 망치에겐 일부러 잡으러 다니긴 귀찮은 수준의 혐의가 몇 개 걸려 있었다. 윤식이 오랜만에 인맥을 돌려 승진 점수가 필요한 지역 경찰을 하나 소개받았는데 그 역시 본인이 잡으러 오기는 귀찮아하는 눈치인 데다 괜히 잘못 나섰다 사시미 칼을 들고 있으면 어쩌나 염려하는 것 같아 윤식이 친절하게 포장해서 경찰서에 배달까지 해드리기로 했다.

솔직히 오늘은 윤식도 '액션'을 원했다. 가끔은 활용해줘야 몸의 근육들이 무술동작을 기억해준다. 한 번에 세 놈을 제압하는 것은 영화에나 있을 법한 얘기다. 지켜보다 망치가 화장실 가는 타이밍을 노렸다. 그래도 한때는 행동대장 했다는 놈이라 버둥거리는 했지만 오랜만에 고급 기술을 몇 개 섞어 가면서 요리를 하는데 입에서 노래 가사가 흘러나왔다.

"사랑은 개나 소나 다 한다지만, 너는 개소만도 못 한 바보야~"

윤식의 몸속에 숨어 있는 야성은 가끔은 이런 식의 물고 뜯고 할 기회를 만들어줘야 한다. 나머지 두 놈이야 그냥 동네에서 노는 어린 것들이라서 경찰 신분증을 보여주는 척하며 준비해간 수갑을 채워버렸다. 때마침 우주가 날렵한 스포츠카를 타고 나타났다. 윤식한테 매타작을 당한 행동대장 얼굴을 보더니 한마디 던졌다.

"이 형님, 아주 아작을 내셨네. 304호라고 했죠? 여기 대충 정리되었으면 같이 올라가시죠."

우주는 병실로 들어가자마자 침대에 바로 걸터앉았다.

"강지수 씨죠?"

"네."

"저는 강우주라고 합니다. 그러고 보니 같은 강 씨네요. 어디 강 씨? 아니 그런 것은 차차 알아가죠. 그냥 누워 계세요. 아직은 좀 아프시죠? 부기도 좀 있으시네. 우리 물 좀 먹어요. 에비앙 아님 토종 삼다수, 어느 쪽?"

우주는 가져온 주머니에서 두 개의 생수병을 꺼냈다. 강지수가 삼다수를 고르자 우주는 병뚜껑을 돌려 따지 않고 위쪽에 구멍을 뚫어서는 빨대를 꽂았다. 그러더니 손수건을 꺼내 호텔에서 컵을 감싸듯 생수병에 둘러서는 강지수에게 건넸다. 그녀가 손으로 받으려 하자 우주가 고개를 살짝 저으며 뒤로 빼더니 강지수 입에 빨대를 대어줬다. 갑자기 들이닥친 남자들을 보고 경계하던 강지수는 어느새 웃음기를 보이며 우주가 주는 물을 받아 마시고 있었다.

'그래, 눈덩이에 멍들어가며 주먹 주고받는 일은 내 몫이고, 아가씨 맘 사는 일은 네 몫이구나.' 그래도 윤식은 나쁘지 않았다. 마음에도 없는 말을 하며 남의 비위 맞추는 게 윤식은 몹시 힘들었다. 그런 능력을 갖추었다면 지금쯤 일선 경찰서장 정도는 하고 있을지도 모를 일이었다. 그래서 인상을 험악하게 쓸수록 칭찬받던 필드에서 형사 생활할 때가 좋았다. 대선 후보 경호에 차출되었다가 청와대 경호실로 파견 나가면서부터 몸에 맞지 않는 일을 해야 하는 경우가 늘었다.

좀 전에 오랜만에 몸을 풀면서 경호실 시절을 떠올렸다. 형사 노릇

할 때도 싸움이라면 자신 있었지만 경호실에서 체계적으로 배우고 연습하면서 실전 레벨이 확 올라갔다. 무도인들의 근육세포는 이런 순간을 스스로 느낀다. 경호실 파견 기간 중 이스라엘의 특공 무술인 '크라브마가'를 배워오는 연수단에도 뽑혔었다. 이스라엘 사람들은 닥치고 실전, 이런 분위기가 있어서 몸으로 치고받으면서 배우는 걸 좋아하는 윤식에겐 훈련 겸 즐거운 놀이 시간이기도 했다.

"우리 지수 씨 좋은 병원으로 옮겨 가시죠. 시트도 이게 뭐야. 외과 치료도 중요하지만 응급처치 끝났으면 바로 성형이랑 같이 들어가는 게 좋아요. 예쁜 얼굴인데, 케어 제대로 해야지. 그 병원 카페테리아서 파는 마끼아또가 또 죽여요."

언제 봤다고 우리 지수 어쩌고 하며 은근슬쩍 말까지 놓는 우주를 보고 윤식은 뭐라 한마디 하려다 말았다. '내가 사람 관절 꺾어서 포장하는 게 기술이라면 저 녀석은 말로 사람 후리는 게 능력이겠지.' 윤식이 그런 생각을 하고 있을 때 지수가 입을 열었다.

"지금 이 얼굴 보고도 예쁘다는 말이 나와요?"

"우리가 옮겨 드리려는 병원 원장님 별명이 아그리파예요. 아시죠? 고등학교 때 미술시간에 데생 그리던 그 조각상. 왜 이런 별명이 붙었겠어요? 그분 손 거쳐 간 아이돌이 내가 아는 애들만 수십 명이에요."

담배나 한 대 피우러 밖으로 나온 윤식은 지금까지 상황을 정리해 상황판에 올렸다. 스마트폰을 주머니에 넣고 담배를 꺼내려는 순간 사무실에서 바로 답장이 왔다. 옮겨 갈 병원은 이미 확보해 두었고 구급차도 안산 톨게이트로 진입했다는 내용이었다.

'우주가 지수 양 마음을 돌려놨어야 할 텐데. 뭐 안 되면 그냥 보쌈해서 옮겨가는 거지.'

더 픽서 멤버 모두가 한자리에 모였다. 사무실 지하에는 '큐브'라고 불리는 특별한 공간이 있었다. 문을 닫고 들어서면 사방이 하얀 벽으로 된 방인데 자세히 보면 벽에는 일정한 간격으로 회색 점들이 찍혀 있었다. 사방의 벽은 물론이고 천장과 바닥까지 스크린처럼 활용하거나 어딘가의 공간을 비슷하게 투영할 수 있도록 만들어져 있었다. 승원은 CSI를 비롯한 미국 수사드라마에서 비슷한 장비를 본 것 같았다.

"다들 지금까지 고생했습니다. 타임라인 보면서 중간점검 해 봅시다."

벽 하나를 제외하고 삼면의 벽에는 사건 발생부터 지금까지 대응한 상황들이 타임라인에 따라 펼쳐졌다. 승원과 더 픽서 멤버들은 나머지 벽을 등지고 서서 지금까지의 상황을 보고 있었다. 예상 가능한 모든 변수들에 선제적으로 대응했고 지역 조폭 개입이라는 예상 못한 상황에도 신속하게 대응했다.

재미있는 사실 하나는 SNS 시대임에도 VJ만 페이스북을 통해 폭로를 시도했을 뿐, 우주와 만나 서약서에 사인한 업소 사람들은 모두 입을 다물었다는 점이다. 본인이 목격한 것을 다 터뜨리고 SNS의 반짝 스타로 등극하느냐 현실적으로 남루한 월세방을 탈출하느냐 고민하던 VJ도 결국은 현실을 선택하였다. 사실 그가 페이스북에 올렸다고 하더라도 더 픽서는 대응책을 준비하고 있었다. 승주의 설명으로는 MIT의 한 동아리에서 최근 발견한 기술을 활용하여 당사자가 인터넷 장애나 핸드폰 고장처럼 여기게 하고는 계정을 닫아버릴 수 있다고 한다. 승원의 짧은 지식으로 이해하자면 해당 업체에 침투하는 것이 아니라 업체와 사용자 사이에 우회로를 만드는 방법이었다. 최대 장점은 사후 추적이 불가능하다는 것이었다.

타임라인에 떠 있는 내용을 보면 현재 VJ는 메인 촬영기사로 올라설 수 있다는 유혹에 빠져 모든 스마트 기기를 더 픽서에 자진 반납하고 서해안 어느 무인도에서 외부와 차단된 채 생존 대결을 펼치는 예능 프로그램을 촬영하고 있다. 촬영에 필요한 비용은 더 픽서에서 한 생수회사를 스폰서로 붙여줌으로써 해결되었다. 사실 이 예능 프로그램은 VJ를 격려하기 위해 급조된 기획이고 참가자 중 일부는 윤식이 동원한 경비업체 사람들이라 실제로 방송될 가능성은 높지 않다. 촬영을 마친 후 편성기획에서 밀렸다 핑계를 대면 될 일이다. 어쨌거나 VJ의 신변을 탈탈 털어 혹시 남아 있을지 모르는 소스를 찾고 그가 다른 생각을 한다면 압박할 수 있는 재료들을 찾기에는 충분한 시간이 될 것이다.

타임라인 한쪽으로 빠져나가 다른 줄기를 따라가 보니 허 교수는 현재 대만에 머무르고 있었다. 허 교수는 동아시아 시대를 대비해 해외연

수를 떠난다고 학교 측에 휴직을 신청했었다. 아고라 프로젝트는 졸지에 '차이나는 차이나' 강의로 유명한 철학자와 허 교수의 대담방송이 담긴 번외편으로 제작되었다. 허 교수는 옷가지와 골프채만 들고 급히 대만으로 건너갔고, 중국어 과외를 해주는 현지 대학생과 연애를 시작했다. 물론 연애라는 것은 그의 일방적인 얘기다.

타임라인에서 뻗어나간 모든 줄기들이 안정적으로 관리되고 있다는 뜻에서 '그린'으로 표시되어 있는데 이제 남은 문제는 가장 커다란 줄기이자 '옐로'로 표시되어 있는 강지수와의 협상이었다. 그나마 다행은 사건의 가장 큰 피해자인 강지수는 타임라인에서 한 번도 적대적 상태를 뜻하는 '레드'로 표시된 적이 없었다는 사실이다. 강우주의 매끈한 작업 덕인지, 더 픽서에 대한 신뢰가 쌓인 탓인지 모르겠지만 업소 생활을 여러 해 하면서 일단 흐름을 거스르지 않고 자신을 보호하는 방법을 배웠는지도 모르겠다.

승주가 뭔가를 조작하자 타임라인이 사라지고 큐브 전체가 강지수의 방으로 변했다. 현장에 가봤던 승원으로서는 실제 큐브의 공간에 관계없이 딱 강지수 방 정도의 크기처럼 느끼게 하는 기술에 감탄했다. 인영이 지구본처럼 생긴 카메라를 설치했던 이유가 이런 영상을 확보하기 위해서였겠구나 싶었다. 한편으로 승원은 최상의 협상안을 도출하기 위해서 꼭 이런 장비까지 필요할까 의구심도 들었다.

인영이 조 상무가 체결한 계약서를 보며 말했다.

"들어가는 비용은 제한 없다는 것이 클라이언트의 기본 입장입니다. 다만 이번 사건에 대해서 100% 침묵하기를 원합니다."

바로 반응한 것은 윤식이었다.

"100% 침묵이면 뭐, 도라무통에 넣고 공구리라도 치라는 거야? 사람이란 건 말이야, 비밀을 오래 담고 있을 수가 없어. 알잖아?"

농담처럼 말했지만 윤식의 말도 틀리진 않았다. 세상에 제일 가벼운 약속이 비밀 보장이었다. 그렇지만 승원 입장에서 지금까지 경험한 더 픽서의 스마트한 일처리를 봤을 때 드럼통에 사람을 넣는 장면은 잘 연결이 되지 않았다. '설마 거기까지 가진 않겠지?'

우주의 입에서 의미심장한 말이 맑은 음색으로 흘러나왔다.

"남의 비밀이 아니라, 자기 비밀이 되게 만들어야죠."

윤식도 지지 않았다. 우주를 툭 치며 한마디를 덧붙였다.

"우리 지수에겐 어떤 비밀이 있을까?"

인영이 입을 열었다.

"업소에 나간다는 사실을 숨기고 싶어 하는 프로파일이었습니다만, 그걸로는 약할 것 같은데요."

인영 쪽으로 다가서며 윤식이 말했다.

"네일 샵이나 옷 가게 하나 차려 줘. 업소 아가씨들 로망이잖아."

잠자코 방 안을 살피던 민혁이 곰 인형 쪽으로 다가가며 말했다.

"이건 뭐죠?"

민혁이 주목한 것은 곰 인형 목에 걸려있던 커다란 헤드폰이었다. 딱히 누구에게 묻겠다고 정한 것 같지는 않았지만 민혁이 헤드폰을 가리키며 물었다.

"이거 모르는 내가 봐도 하이엔드 제품 같은데?"

아무래도 이런 일에는 승주가 나서는 게 맞을 것이다. 승주가 헤드폰을 터치하자 작은 윈도우 하나가 입체적으로 떠오르더니 해당 제품의 스펙이 표시되었다.

"수작업으로만 만드는 스웨덴 제품인데, 우리 돈으로 한 칠백만 원 하네요."

윤식이 눈을 동그랗게 뜨면서 나섰다.

"무슨 아가씨가 아저씨들 취미를 가지고 있어? 저 아가씨도 오디오 마니아 뭐 그런 거야?"

무언가 생각이 난 듯 인영이 사진 몇 장을 허공에 띄웠다.

"이유가 있어요. 원래 지수 씨 꿈이 가수였습니다. 고등학교 때는 학교 축제에서 단독 공연도 했고요. 유명 기획사 연습생 오디션에서 최종까지 올라갔다가 탈락한 적도 있습니다. 머릿수 채우는 아이돌이 아니라 홍대 쪽에서 가끔 공연도 하는, 나름 실력파로 인정받았어요. 원래 실용음악과 진학 준비하다가 만취 상태에서 친구 차를 몰고 나갔다가 사고를 냈어요. 합의금 마련을 위해 사채를 썼고 갚지 못하자 업소 일을 시작했던 거예요."

"딱한 사연이네. 노래하는 거나 한번 들어볼까?"

승주가 동영상을 하나 띄웠다. 노래방 같지는 않고 사운드기계들이 보이는 것이 아마도 보컬 연습실을 빌린 모양이었다. 청바지에 하얀 셔츠를 입은 강지수가 문제의 헤드폰을 쓰고 노래를 부르고 있었다. 아델의 노래를 얇은 톤으로 소화했는데 나쁘지 않았다.

"유튜브 같은 데 올리려 했었나 봐요. 채널도 만들었는데, 비공개로 하나 올려놓고는 말았습니다."

승주의 말에 윤식이 바로 받아쳤다.

"얼굴 팔릴까 봐 못 했겠지. 요즘 세상 좁잖아. 누가 나가요 언니였다고 댓글이라도 달아 봐라. 어땠겠냐?"

민혁이 투명 보드판 앞에 서서 펜을 쥐고 꿈이라 쓰고 동그라미를 여러 번 쳤다.

"레버리지는 꿈. 여기서 해결안을 찾읍시다. 조건은 한국을 떠나는 것. 유 실장은 양쪽이 받아들일 만한 제안을 문서로 만들고 승원 씨가 신속히 법률검토를 해줘요. 완성되면 우주 씨가 들고 다녀옵니다. 윤식이 형은 마무리될 때까지 망치라는 친구 나오지 않도록 경찰 쪽 커버해줘요. 승주는 조기경보기 계속 띄워놓고. 자 시작."

민혁이 결론을 내리자 누구 하나 토를 달지 않고 바로 움직이기 시작했다. 각기 다른 배경에서 살아온 강한 개성의 전문가들을 한자리에 모으고 움직이는 민혁의 힘은 어디에서 오는 걸까? 민혁은 승원에게 눈길 한번 주지 않고 밖으로 나갔다. 승원은 더 픽서에 와서 서약서에 사인을 한 뒤로 민혁이 자신에게 개인적으로 말을 건 적이 한 번도 없다는 것을 깨달았다. 그렇다고 승원이 우주나 인영을 따라다니고 자료실이건 응접실이건 마음대로 드나들 때 제지한 적도 없었다.

강지수 앞에는 두 개의 파일이 놓여 있었다. 하나는 그날 있었던 사고에 대해서 일체의 소송이나 진정을 제기하지 않으며 비밀을 유지한다는 것이다. 물론 상당한 액수의 합의금을 받는다는 조건이 포함되어 있었다. 다른 하나의 서류는 앞의 것에 사인을 한다는 조건으로 함께 제시된 전속 계약서로 가수의 꿈을 이룰 길이 담겨 있었다. 단 중국으로 건너가 다국적 걸그룹의 멤버로 데뷔해야 하고, 향후 10년 동안 한국에서는 활동하지 않는다는 조건이 붙어 있었다.

지난주 더 픽서에서 강지수를 데리고 간 곳은 부유층을 상대로 안티에이징 시술과 미용 성형을 전문으로 하는, 일반인들에게는 잘 알려지지 않은 부티크 병원이었다. 이용객 대부분이 길라임이나 천이슬 같은 예명으로 예약하고 이용했다. 모든 입원실이 1인실로 운영되고 있었는데 최근에는 중국 부호들이 많이 찾고 있다. 아직 성형수술 전이었지만 승원이 보기에도 강지수는 응급실에서 찍었던 사진에 비한다면 부기도 가라앉고 피부색도 좋아 보였다. 우주가 계약에 따른 옵션을 설명할 때 살짝 웃어 보이는 여유마저 있었다.

강지수가 바로 서명을 하려고 펜을 달라고 하자 우주가 가볍게 손을 내저으며 말했다.

"지수 씨 인생이 걸린 중요한 선택이에요. 문구 하나하나 꼼꼼하게 살펴봐요. 사인하고 나면 되돌릴 수 없어요. 모르겠다 싶은 것은 바로 물어보고요. 혼자서 조용히 보고 싶으면 잠깐 나가 있을까요?"

"아니에요. 여기 계세요."

강지수는 자신의 미래가 담긴 두 번째 계약서를 먼저 펼쳐 놓고는 읽어 나가기 시작했다. 그런 강지수에게 우주가 한마디 건넸다.

"이기적으로 생각해요, 이기적으로. 누가 뭐라 해도 본인의 미래는 본인 스스로 선택해야 하니까."

"네, 그럴게요."

승원은 이미 두 계약서를 모두 보았기 때문에 둘 다 좋은 제안이라는 것을 알고 있었다. 10년간 중국에서 활동하는 계약서도 연예 활동을 적극 돕는다는 지원 방안이 잔뜩 들어있지 흔히 말하는 노예계약 조항은 보이지 않았다. '대표님이 부르는 술자리에는 이유 불문하고 참석해야 한다.'와 같은 문구도 없었다. 한국에서 한풀 꺾인 중고연예인이 중국으로 넘어가 대박을 치고 인생 후반에 역전을 한 경우도 자주 있는 일이었다. 강지수도 한국에서 데뷔해 업소 출신이라는 리스크를 안고 가는 것보다는 중국 활동이 훨씬 현명한 선택이었다. 한마디로 강지수 앞에 놓인 두 계약서는 그녀에게 평생 다시없을 기회였다.

그러나 승원은 어딘가 분했다. 돈을 벌기 위해 웃음을 팔던 아가씨가 잘난 척하고 싶은 중년 사내에게 무참하게 폭행당한 대가로 신데렐라가 될 기회를 잡은 것은 어쩌면 해피엔딩일지도 모른다. 하지만 이 모든 것은 강지수의 인권을 위해서도 아니고 허 교수의 인격을 위해서도 아니다. 돈은 얼마가 들어도 좋으니 사건을 수습하길 원했던 클라이언트를 위한 일이었다. 윤식의 말처럼 드럼통에 담겨 바다에 던져질 수도 있었다고 생각한다면 모두에게 좋은 결말일 수 있겠지만 그래도 승원의 마음 한쪽에서는 조금 억울하다는 생각이 꿈틀거렸다.

'그 인간은 아무렇지도 않게 이 땅에서 잘 살아가겠지?'

1분도 지나지 않아 강지수는 앞에 놓인 서류에 꾹꾹 자필로 서명을 해버렸다. 서명을 마친 그녀의 표정이 밝아졌다. 너무 밝았다.

'잊자. 잊어버리고 새 삶을 찾는 거야.'

이제 그녀는 최고 수준의 전문가들에게 성형수술을 받고, 회복 기간에는 중국어와 영어를 집중적으로 교육받을 예정이다. 보컬과 댄스 트레이닝은 중국으로 건너가기 전 일본이나 홍콩에서 진행할 계획인데 하루빨리 외국으로 내보내기 위해서다. 계약서에 따르면 중국 대학에 유학생으로 있다가 우연히 기획사의 눈에 포착되는 스토리로 데뷔할 예정이다. 그녀는 음주운전 사고 합의금 마련을 위해 포기해야 했던 대학생의 꿈도 다시 이룰 것이다.

외근이 없는 날이라면 점심시간에 승원이 가는 곳은 늘 정해져 있다. 남보다 조금 일찍 나와 혼자 밥을 먹고 단골 카페에서 커피를 테이크아웃해서 세종문화회관 앞 계단에 앉아 시간을 보낸다. 따뜻한 커피를 즐기며 그냥 지나가는 사람들을 보는 것이 변호사 업무로 날카로워진 발톱을 잠시나마 거두는 승원의 방법이었다. 강지수가 계약서에 사인을 마친 뒤로 승원의 파견기간도 끝이 나서 다시 법무법인 문지의 일상으로 돌아온 지도 삼 개월이 지났다. 그 후 강지수가 어떻게 되었는지는 알지 못한다. 계획대로 그녀가 중국에서 데뷔를 한다면 어떻게 소식을 찾아볼 수는 있겠지만 그것도 앞으로 어느 정도의 시간이 걸릴 터였다.

허 교수는 자기 삶으로 돌아왔다. 기업체 강연도 잘 다니고 TV에도 가끔 얼굴을 비춘다. 다만 허 교수보다는 대중이 먼저 변한 게 문제라고 할까? 허 교수에 대해 삐딱하게 말하는 댓글이 붙기 시작하는 걸 보면 앞서 인기를 누렸던 다른 멘토들처럼 그 역시 새로운 유행에 의해 밀려날지 모를 일이다. 화면으로 보기에는 이번 사건으로 내상을 입은 듯 보이진 않는다.

조 상무가 야심차게 기획했던 아고라 프로젝트는 대중의 관심을 끌기는 했지만 큰 수익과 연결되지는 못했다. 어떻게 다시 아버지의 마음을 살까 조 상무의 고민이 이어지던 중 조 회장이 갑자기 타계했다. 이때부터 그의 운발이 들어맞기 시작한다. 재계 원로들의 문상 중에 후처를 자처하는 젊은 여자가 요란한 화장을 한 채 나타났다. 격분한 조 회장의 부인은 회장이 신뢰하고 아끼던 큰 아들 대신 작은 아들에게 힘을 몰아주었다. 결과적으로 최종 지분상속은 장남과 차남이 큰 차이를 보이지 않는 수준에서 결정되었다. 조 상무의 대역전극이라 할 만하다. 재벌가에서 일반적으로 보기 어려운, 무엇인가 엉성하고 코믹한 상속 과정이었다. 종편 채널에서는 한동안 B&B그룹을 단골 소재로 우려먹었다. 승원은 어쩌면 이면에서 더 픽서가 조 상무를 위해 활동했을지도 모르겠다는 생각을 했지만, 굳이 그것까지 확인해 보지는 않았다. 솔직히 얘기해줄 사람들도 아니고.

"1980년인가 그랬어요. 교보문고가 생긴 게."

언제 왔는지 어느새 승원의 옆자리에 신 대표가 앉아 있었다. 승원의 점심시간 동선을 알고 있는 유일한 이가 바로 신 대표였다. 승원은 그와는 사적인 시간과 공간을 공유했다. 같은 카페에서 산 커피가 그의 손에 들려 있었다.

"그때는 큰 회사 건물 지하라면 아케이드라고, 상가가 들어서는 게 정답이었는데 교보생명 지하에 대형 서점이 들어서서 다들 놀랐죠. 책 좋아하는 사람들에겐 놀이터도 그런 놀이터가 없었어요. 책을 마음대로 꺼내 봐도 뭐라 하지 않는 것도 당시로선 파격이었죠."

교보문고 벽면에 커다란 글판이 보였다.

'사람이 온다는 건 실은 어마어마한 일이다. 한 사람의 일생이 오기

때문이다.'

승원은 신 변호사의 이야기를 들으며 조용히 고개를 끄덕였다. 다른 사무실 식구들이 '신 변'이나 '변호사님' 정도로 부를 때도 늘 깍듯하게 '대표님'이라 부르는 승원이지만 그와 있으면 마음 한편이 차분해지고 편해졌다. '신 대표님과 차민혁, 참 안 어울리는 관계인데 어떤 인연으로 친분을 이어가고 있는 것일까?' 잠시 따뜻한 커피 한 모금으로 목을 축인 신 대표가 말을 이어갔다.

"광화문을 어떻게 기억하나요? 사람마다 다 기억이 다를 겁니다. 아마 이 변은 2002 월드컵 응원을 먼저 기억할 거예요. 난 87년 6월이 먼저 떠오르네요. 당시 최루탄 가스 많이 맡았지. 아마 다음 세대는 촛불로 추위를 녹인 경험을 기억하겠죠. 대한민국 역사는 여기 광화문에서 만들어졌고 앞으로도 그럴 겁니다."

"대표님."

"예?"

"묻고 싶은 것이 있습니다. 더 픽서를 어떻게 생각하시나요?"

"이 변은 어땠어요?"

"단지 일 처리만을 놓고 보자면 제가 본 조직 중에선 제일 효율적인 팀이었습니다."

"이기는 것에 최적화된 팀이죠."

"네. 물론 의뢰인의 고민을 해결해줘야죠. 하지만 그 방법에도 법적으로 틀이 있고 넘으면 안 되는 선이 존재하죠. 하지만 더 픽서에겐 기본적인 직업윤리라고 할지, 어떤 선이 있어 보이지는 않았어요."

"그렇죠. 일을 처리할 때 이런 방식은 안 된다는 제약조건을 두지 않고 자유롭게 일하는 집단이에요."

"그 자유란 결국 가진 사람들의 넘치는 자금으로부터 나오는 거죠. 그게 거슬려요. 그 사무실, 장비, 인력을 움직이는 비용을 댈 수 있는 사람이 얼마나 될까요?"

"그게 딜레마죠. 그런데 그런 딜레마야말로 신경 쓰지 않는 사람에겐 아무것도 아닐 테죠. 신경 쓰기 시작한다면 한없이 무겁겠지만요. 이 변. 하나만 더 물을게요."

"네, 대표님."

"혹시 다음에도 더 픽서와 관련된 일이 있다면 다시 참여할 의향이 있나요? 싫다고 하면 앞으로 이 변에게 더 픽서 건은 언급하지 않을게요."

"대표님 저는…."

갑자기 시끄러운 소리가 광화문 거리에 울려 퍼졌다. 커다란 스피커 여러 개를 지붕에 단 승합차 한 대가 세종문화회관 앞에서 투쟁가를 틀면서 방송을 시작했다. 사람들은 잠깐 주목하는 듯했지만 각자 가던 걸음을 재촉했고 외국인 관광객 몇 명이 흥미로운 표정으로 지켜보기 시작했다. 길 건너 미국대사관 골목에 있던 경찰 버스에서 경찰 여러 명이 나와 길을 건너기 시작했고 그 모습을 본 방송 차량은 시청 쪽으로 차를 움직이기 시작했다.

신 대표가 씩 웃으며 먼저 자리에서 일어섰다. 승원도 따라 일어섰다. 커피 한 잔의 여유에도 끝은 있기 마련이다. 이제는 다시 악바리 변호사로 돌아가기 위해 잠시 거두었던 발톱을 꺼내야 할 때다.

'사악해지지 말자'가 구글의 슬로건이라 했던가? 기업을 하다 보면 사악해져야 할 때는 충분히 사악해져야 한다. 철저하게 악당이 되어야 한다. 다만 내가 악당이라는 사실을 들켜서는 안 된다는 것이 몇 번의 실패를 경험하고 난 뒤 마 회장이 얻은 교훈 중 하나였다.

인공지능 제갈공명

신인수 7단의 인생이 송두리째 흔들리고 있었다. 1차 대국을 아슬아슬하게 내어줄 때만 해도 아쉽지만 그럴 수도 있다고 생각했다. 하지만 2차 대국을 맞아 초반부터 압도당하고 있는 지금은 바둑 기사로 쌓아온 인생이 무너져 내리는 기분이었다.

신인수 7단이 아직 15세의 소년이라 해서 인생이란 말을 쓰기에는 이르다고 하지는 말자. 6세부터 바둑을 두기 시작해서 친구들과 한창 뛰어놀 나이에 먹고 자는 것을 뺀 모든 시간을 바둑만 생각하고 살아온 그에게는 적어도 바둑판에 인생을 걸었다고 말할 자격이 충분하다. 지금까지 전부를 걸었던 바로 그 바둑 인생이 미지의 상대에 의해 처절하게 부서지고 있는 것이다.

인수의 눈앞에 앉아 있는 상대는 31세의 중국 여성 린메이나林美娜였지만 바둑돌을 놓고 있다고 해서 그녀가 곧 인수의 상대라는 뜻은 아니다. 인수의 상대가 천장에 있는 카메라로 바둑판을 살피면서 레이저 포인터로 돌 놓을 곳을 표시해주면 메이나는 단순히 돌을 놓는 역할만 할 뿐이다. 이 대국의 상대는 사람이 아닌 인공지능 워룽臥龍이다. 그가 판을 끌고 가는 능력을 보면 괜히 삼국천하를 설계한 제갈공명의 호를 따 이름 붙인 것이 아님을 알 수 있다.

"신인수 7단, 입술을 뜯고 있네요. 예전부터 대국이 잘 안 풀릴 때 보이던 습관인데요."

"그래도 알파고보다도 계산 능력이 뛰어나다는 워룽을 앞에 두고 선전하고 있는 겁니다."

"그런데 궁금한 점은, 왜 알파고와 워룽은 직접 대결을 하지 않나요?"

"인간계의 고수들과 승부가 다 끝나면 경기가 만들어지지 않을까요? 말씀 드리는 순간 신인수 7단이 27수를 놓습니다. 이번 수는 어떻게 봐야 하나요?"

바둑채널뿐만 아니라 공중파 세 곳 모두가 이번 대국을 라이브로 생중계 하고 있다. 이세돌과 알파고 대결 이후 바둑 인구가 기하급수적으로 증가한 탓이다. 하지만 알파고 중계 때와 다른 점은 오늘 방송 광고의 광고주가 대부분 중국 게임회사들과 IT서비스 기업들이라는 것이다.

오늘 대국도 인간을 배려하기 위해 기계의 모습을 직접 드러내지 않고 대신 돌을 놓아 주는 사람을 앞에 두고 진행되고 있지만 초반부터 압도당하고 있는 인수의 입장에서는 눈앞에서 돌을 놓는 사람의 기색과 실제 적의 모습이 일치하지 않는 상황이 오히려 더 불편하고 불안했다. 경기 중 상대방의 표정에서 수를 읽어내는 경우도 있는데 오늘은 이것이 원천적으로 불가능했다.

아직은 대국 초반이라서 이곳 대국장에 있는 사람들이나 인터넷 중계를 보고 있는 사람들에게는 인수가 압도당하고 있는 것처럼 보이지는 않을 것이다. '돌부처'라는 별명을 가졌던 이창호 정도는 아니겠지만 인수 역시 승부의 세계에서 단련되어 왔고 일부 팬들이 '철가면'이라는 별명으로 부를 정도의 강한 멘탈 소유자라서 패배의 기색을 미리 얼굴에 내비칠 정도로 어수룩하지는 않았다. 하지만 표정을 침착하게 관리한다고 해서 마음이 평온하진 않았다. 무엇보다 패배를 미리 직감하는 이 상황에서도 달리 할 수 있는 일이 없다는 점이 답답했다.

사람들에게 공개적으로 밝힌 적은 없지만 어려서부터 인수는 대국 초반에 결국 승부가 어떻게 끝나게 될지 판이 읽혔다. 또 이런 판단은 대부분 틀리지 않았다. 순식간에 바둑판의 수들이 시뮬레이션처럼 머릿속에서 탁탁탁 채워졌다. 어린 기사들에게 천재나 영재 칭호가 자주 붙여지는 바둑세계이긴 하지만 적어도 애써 계산하지 않아도 판의 결말을 어느 정도 미리 내다볼 수 있다는 점에서 인수도 영재 이상임은 분명했다. 그런 인수에게 지금처럼 승리할 가능성이 전혀 내다보이지 않는 상황은 바둑 인생에서 처음이었다.

인수는 이번 대국을 준비하면서 앞서 진행된 알파고와 이세돌, 딥젠고와 조치훈의 기보도 철저히 연구했다. 한 수 한 수를 분석해본 결과, 자신이 인간 대표로 나간다면 이길 수 있을 것이라는 자신감도 들었다. 인간과 기계의 사고 차이에 대해서 따로 카이스트 뇌과학 교수로부터 과외수업까지 들었다. 하지만 이번 대국에서 사전 준비는 아무런 도움이 되지 않았다. 알파고나 딥젠고가 바둑이라는 것을 배워서 인간을 이기려 들었다면 워룽은 바둑을 두는 인간의 머리 위에서 상대를 조롱하며 가지고 논다는 생각까지 들었다. 두 번째 대국인 오늘은 워룽에 의하여 완벽히 분석, 평가, 조종을 당하는 마리오네트 인형이 된 느낌이었다.

하지만 현장 분위기는 결코 어둡지 않았다. 아니 오히려 흥겨웠다고 하겠다. 인수 자신이 느끼는 압도적인 패배와 공포는 오직 인수만의 몫이었다. 아직까지 현장이나 인터넷 중계로 보는 사람들에게는 그냥 특이한 수를 두는 인공지능 정도로만 보였다. 해설자들도 인간이라면 이렇게 두었을 텐데 워룽은 특이하게 이런 수를 두었다는 데 초점을 맞추었지 인수의 패배에 크게 주목하지는 않았다. 미리 알파고와 이세돌의 대결에서 인간이 인공지능을 만나 고전하는 장면을 본 것도 영향을 주었을 것이다. 아니면 애당초 이 모든 것을 하나의 쇼 이벤트로 편하게 관람하고 있을지도 모른다.

인수는 오늘 패배는 그렇다고 쳐도 앞으로 남은 세 번의 대국에 대해서 어떤 대응이나 준비도 할 수 없다는 생각에 괴로웠다. 오늘 경기 중간에도 대국을 포기하는 마음으로 다양한 수를 시도해 보았지만 워룽의 대응 패턴은 어제 1차 대국과는 확연히 달라져 있어 한 가닥의 실마리도 얻지 못했다. 하다못해 워룽이 두는 수를 그대로 흉내 내보는 유치한 방법까지 써서 도발해봤지만 워룽이 갑자기 두던 패턴을 바로 바꿔버려서 소용이 없었다.

'그냥 이대로 돌을 던지고 잠수 타고 싶다. 그러면 주최 측에 배상해 줘야 할 금액이 얼마나 될까?'

아직은 돈이 절실한 그로서는 선택하기 어려운 길이다.

오늘 자신이 느낀 굴욕적인 패배감을 눈치챈 사람은 아무도 없을 거라는 인수의 생각은 사실 틀렸다. 인수가 좌절하던 그 순간을 정확하게 간파한 사람이 있었다. 그는 놀랍게도 바둑에 대해서는 아는 것이 거의 없다. 하지만 여행사 가이드에서 시작해서 중국을 대표하는 IT서비스 기업을 일궈 낸 사업가로 사람의 마음과 상황을 읽는 일에 천부적인 능력을 갖추고 있었다. 바로 엘도라도 그룹의 마양馬揚 회장이다.

이번 대국을 주최한 기업이 바로 마 회장의 엘도라도 그룹이었다. 또한 인공지능 워룽을 개발한 곳이 바로 엘도라도 그룹 산하 연구소였다. 물론 마 회장은 이번 대국을 가벼운 이벤트 정도로 생각하고 허락했을 뿐 세부 내용에 관여하지는 않았다. 엘도라도 그룹은 전자상거래

사이트에서 출발해서 급성장을 이뤘기 때문에 그동안 대중문화와 관련된 다양한 이벤트를 주최하거나 협찬해 왔다. 이번 대국도 인공지능이라는 유행에 대응한다는 차원에서 긍정적으로 검토하라 한 지시였고 지금까지 대중의 호응이나 언론의 주목을 보면 성공적인 이벤트로 진행되고 있었다.

하지만 마 회장에게는 일말의 불안감이 엄습했다. 모든 대국을 마친 후 예상치 못한 방향으로 불씨가 번지고 그 불길이 마 회장이 이뤄낸 엘도라도 그룹을 향할지도 모를 일이다. 물론 지금의 엘도라도 그룹 규모라면 어지간한 리스크에 흔들릴 수준은 아니다. 무일푼에서 거대기업을 일궈낸 마 회장의 비결 중 하나는 다가올 위험을 미리 감지하는 놀라운 생존본능이었다. 그 생존본능이 오늘 마 회장에게 지금 위험하다고 속삭이고 있었다. '소비자들의 반중反中 기류까지는 피해갈 수 있다. 하지만 반 인공지능이나 반 엘도라도로 번진다면 피해가 너무 커진다. 더하여 위협을 느낀 미국이 워룽에 대해서 자세히 파고들기 시작한다면… 위험하다. 아직은 도광양회韜光養晦가 맞다.'

"회장님, 이번 워룽 이벤트는 성공인 듯합니다. 모든 매체를 합산한 순간 시청률이 1억 명을 넘어섰습니다. 1년 전 알파고 때보다 매스컴의 관심도 더 큽니다."

잠자는 시간을 빼고는 마 회장 곁을 지키고 있는 기획실장이 말했다.

"과연 그럴까요?"

"염려되는 부분이라도 있으십니까?"

"이대로 워룽이 완승하면 어떻게 될까요? 이제까지 흥미롭게 대국을 지켜보던 그 1억 명 중 상당수의 감정이 본인도 모르게 변할 겁니다. 작은 우려에서 시작한 감정은 곧 공포로 전이될 거예요. 잘못하면 인수군의 모국인 한국의 5천만 소비자를 넘어서 아시아 전체를 우리 엘도라도의 적으로 만들 수 있습니다. 극단적으로는 인공지능에 대한 러다이트 운동으로까지 번질 가능성도 있고요."

"네? 러다이트 운동이라구요?"

지난 10년간 옆에서 회장을 보필했기에 기획실장은 알고 있다. 세勢를 읽는데 그를 따를 자가 없다는 것을.

하루를 쉬고 나면 3차 대국과 4차 대국이 이틀 동안 이어진다. 다시 하루를 쉬고 마지막 5차 대국이다. 시간이 많지 않다. 게다가 한국의 어린 기사가 중국에 와서 처참하게 무너지는 장면을 온 세계가 지켜보고 있다. 가능하면 손을 대고 싶지는 않았지만 손을 대야만 한다. 그러나 보이지 않게 손을 써야 한다.

'누구에게 이 일을 맡길까? 역시 그를 불러야 하나.' 2년 전 한국 내 중국 자본의 금융시장 잠식에 대한 적대적인 분위기 속에서도 핀테크 우선사업자로 선정되는 데 결정적 역할을 해준 곳이 더 픽서였다. 마 회장의 머릿속에서 그들은 돈값을 제대로 하는 팀이다. 그리고 그것이 마 회장이 사람을 쓰는 유일한 기준이다.

"관련 자료 다 폐기해주세요. 파쇄기에서 나온 종이도 반드시 다시 소각로에 넣어 재로 변한 것까지 직접 확인해야 합니다."

픽서의 업무 성격상 보안은 그 무엇보다 중요하다. 일을 수임하고 해결한 모든 과정이 흔적이 남아서는 안 된다. 클라이언트들이 더 픽서를 신뢰하는 이유다.

"승주가 알아서 잘하겠지만 스마트폰으로 주고받은 내용들과 상황판에 올라온 자료들은 포맷 정도가 아니라 아예 흔적 자체를 지워야 해."

"오키, 이번에 구매한 가미우지 프로그램이면 아무리 뛰어난 대검찰청의 포렌식 기술자라도 복구 불가능합니다."

"알아서 잘하겠지만…."

때마침 차민혁 대표의 전화벨이 울렸다.

"마 회장님 오래만이네요. 지난번에 보내주신 마오타이주는 잘 먹었습니다. 지금까지 마셔본 것들과는 향이나 맛이 확실히 다르면데요."

마 회장이 누구지? 사무실 모두의 시선이 차민혁 대표로 쏠렸다.

"후진타오 주석으로부터 직접 받은 다섯 병 중 한 병입니다. 그런데 급히 부탁드릴 일이 있는데, 오늘 중으로 이쪽으로 넘어와 주실 수 있나요?"

"오늘이라구요? 아직 마무리 짓지 못한 일도 있고, 비행기 예약이 이렇게 급히 가능할지 알아봐야 합니다."

"오실 수 있다면 바로 제 자가용 비행기를 서울로 보내 드리겠습니다."

"이렇게까지 말씀하시는 것을 보면 급한 일이신가 보네요. 알겠습니다. 자세한 얘기는 가서 듣도록 하겠습니다."

전화 상대방이 엘도라도의 마 회장이라는 것을 알고 승원은 적잖이 놀랐으나 다른 멤버들은 큰 반응을 보이지 않았다. 더 픽서의 클라이언트는 어디까지일까.

"아직 마무리 짓지 못한 케이스가 있으니깐 이번에는 이승원 변호사와 저만 다녀오겠습니다. 이 변, 집에 가서 여권만 챙겨 두 시에 성남서울공항에서 보도록 합시다."

"네, 인천국제공항이 아니라 성남공항이요?"

승원은 모르고 있었지만 부호들의 전세기는 서울에서 인접한 성남 서울공항을 이용하고 있었다.

마 회장이 보내준 자가용 비행기는 생각했던 것보다 안락했다. 좌석도 집 소파보다 푹신했고 전담 승무원이 가져다 준 화이트 와인도 훌륭했다. 그러나 단지 그 이유만이 아니다. 이 비행기 전체가 승원과 민혁단 두 사람만을 위해서 날아가고 있다는 사실이 주는 묘한 쾌감이 있었다. 승원은 언젠가 어느 한류 스타가 토크쇼에서 중국에서 보내준 전용기를 타봤다고 자랑하면서, 경험하지 못한 사람은 아무리 설명을 해도 그 감동을 이해할 수 없을 거라고 했던 말을 떠올렸다. 감동까지는 아니더라도 들뜨고 흥분하기에는 충분했다.

"일하시면서 이런 전세기 자주 타세요?"

"뭐 가끔. 급한 일이 있을 때는요."

보고 있는 이코노미스트 잡지에서 눈을 떼지 않은 채 민혁이 답했다. 그의 단답형 답변에 대화를 이어갈 흥미를 잃은 승원은 스마트폰에서 엘도라도와 핀테크 사업을 키워드로 검색해보았다.

'중국거대자본, 한국의 걸음마 핀테크 시장까지 넘보나'

'말도 탈도 많은 핀테크 사업자 선정, 복마전 속으로'

'엘도라도 그룹, 한국을 엘도라도 금융의 전초 기지로'

'핀테크 사업자 선정, 최고 납입금을 약정한 엘도라도에게'

'엘도라도 그룹, 서민금융 지원에 거액 기부'

2년 전에 있었던 핀테크 사업자 선정과 관련한 많은 기사들이 검색되었다. 시간순으로 기사들을 살펴보니 초반 부정적인 기사들이 어느 순간 긍정적인 논조로 바뀌었다. 분명 더 픽서의 손을 탔을 거라고 승원은 생각했다.

더 픽서의 케이스 하나를 경험한 승원은 법무법인 문지로 돌아온 뒤 주변 휴민트를 돌려 더 픽서와 차민혁에 대한 뒷조사를 했었다. 언론사 기자들, 서울경찰청 정보과, 여의도 찌라시 작성팀, 국정원에 있는 사법연수원 동기까지 선을 댈 수 있는 곳이라면 다 찾아서 물어보았다.

"차민혁? 내 편이라면 천군만마고 적으로 만났다면 당장에 죽여야 할 놈이지."

"더 픽서에 대해서는 별 얘기가 다 돌아. BH 보안손님에 프리패스 멤버다, 아니다 백악관 라인이다라는 얘기까지. 사실 여부는 모르지. 내가 아는 팩트만 얘기하자면 차 대표가 맥킨지에서 워싱턴DC로 파견 갔을 때, K-STREET 쪽 사람들이랑 일하면서 생긴 네트워크 가지고 시작한 일이다 정도야. 원체 베일에 싸인 팀이라 자세한 것은 몰라. 그런데 갑자기 더 픽서는 왜 물어보는 거야? 거기서 일하려고? 당신 하고는 안 맞아."

"걔네들 온갖 그럴듯하게 포장은 하고 있지만 사실 범법자들 아냐? 가까이 하지 마. 언젠간 다들 법정에 서게 될걸. 하긴 변호사로서 잠재고객관리 하면 되겠네."

"한마디로 힘 있는 자들의 용병이야."

긍정부터 부정까지 다양한 얘기들을 들을 수 있었다. 아마 그 중간 어디쯤에 진실이 있을 것이다.

별도의 수속절차가 없어서 그런지 공덕동 집을 나와 항저우까지 오는 데 토털 세 시간이 채 안 걸렸다. 생각보다 중국은 가까운 곳에 있었다. 물론 돈이 물리적 거리를 더 가깝게 해주었다. 그렇게 해서 도착한 곳이 항저우에 있는 엘도라도 그룹 본사였다. 넓은 부지에 자리 잡은 엘도라도 그룹 본사는 미국의 구글이나 애플처럼 대학 캠퍼스 같은 모습을 하고 있었다. ABC 알파벳으로 번호가 매겨져 있는 건물들이 곳곳에 있었고 사업 확장의 추세를 보여 주듯 곳곳에서 새로운 건물들이 지어지고 있었다. 무엇보다 눈에 띄는 점은 미국의 대학생처럼 자유로운 복장을 한 젊은이들이 자전거나 전동 킥보드를 타고 이동하는 모습이었다.

낯선 풍경에 들뜬 승원과 달리 원래 말수가 적었던 민혁은 오늘따라 더 말이 없었다. 더 픽서와 일한 시간이 길진 않았지만 승원은 지금 차 대표의 입장이 상당히 불편할 것이라 생각했다. 알아본 바에 의하면 더 픽서는 수임에 있어 까다로운 것으로 유명했다. 생각보다는 많은 돈이 들지만 또 돈만 기준으로 수임하는 것도 아니었다. 케이스의 성공 가능성, 리스크, 사회적 파급력 등을 꼼꼼하게 체크한 후 수임 여부를 결정하는데 이번에는 의뢰 내용에 대한 정보 하나 없이 일단 중국으로 건너온 것이다.

정문 게이트에서 차량으로 10분 정도 가자 가정집 같은 마 회장의 집무실에 도착하였다. 엘도라도 그룹을 이끄는 마 회장은 본인 시간이 중요한 만큼 남의 시간도 소중히 여기는 사람이었다. 민혁과 승원이 안내를 받아 접견실에 들어서자 1분도 되지 않아 마 회장이 모습을 드러냈다. 생각보다 작은 체격에 평범한 인상이지만 알 수 없는 기백이 느껴지는 인물이었다. 마 회장을 대면한 접견실은 캠퍼스 같은 개방적인 본사 캠퍼스 분위기에 비한다면 은밀하게 이야기를 나눌 수 있도록 잘 닫혀 있는 공간이었다. 미디어에서나 보던 세계적인 기업인이 지금 아무도 배석시키지 않고 홀로 나와 민혁과 승원을 마주한 것이다. 마 회장은 자리에 앉자마자 본론으로 들어갔다. 중국인 특유의 발음이 섞이기는 했지만 고급스러운 비즈니스 영어를 구사했다.

"바쁘실 텐데 먼 걸음 해주신 점 감사드립니다. 의뢰 사항은 바로 이것입니다."

한쪽 벽면을 가득 채운 스크린에 최근 이슈가 되고 있는 인공지능 워룽과 한국의 소년 기사 신인수 7단의 대국 관련 자료들이 쭉 펼쳐졌다. 로마 콜로세움 원형경기장 형태의 세트에서 경기가 치러지고 있는데 곳곳에 엘도라도 그룹의 로고가 보였다. 언론에 보도된 내용과 인터넷 중계를 시청한 사람들의 추이 관련 자료도 있었는데 막대차트를 보면 이미 알파고나 딥젠고와의 대결 때 시청률을 한참 넘어섰다. 마 회장은 특유의 무표정을 짓고 있는 인수의 사진을 가리키며 말했다.

"남은 대국에서 신인수 7단이 패배하지 않도록 해주십시오. 이게 제 의뢰입니다. 단 조건이 있습니다. 경기 자체에 여러분이 절대 개입해서는 안 됩니다. 특히 인공지능 워룽이나 신인수 7단에게 직접 접촉하는 것은 금지입니다. 대국은 대국 자체로 진행되어야 합니다. 또한 당연한 얘기겠지만 제가 의뢰한 사실에 대해 철저한 비밀 유지를 요구합니다. 자세한 내용은 숙소로 이동하시면 저희 쪽 사람이 가서 설명할 예정입니다."

마 회장의 요구는 간단명료했다. 승원은 물어보고 싶은 것이 많았지만 이 자리에서는 일단 지켜보기로 했다. 1승이나 2승을 하게 해달라는 것이 아니라 '패배하지 않도록 하라'는 요구가 일종의 선문답처럼도 느껴졌다. 민혁의 반응도 궁금했다. 아무리 다양한 일을 처리하는 더 픽서라고 해도 이런 종류의 의뢰는 수임 범위를 넘어서지 않았나 싶었다. 민혁은 준비해간 서류 한 장을 꺼내 마 회장 앞에 내밀었다.

"생소하지만 재미난 케이스가 되겠네요. 저희도 수임의 전제 조건으로 회장님께 요청 사항이 있습니다. 읽고 나서 괜찮으시면 아래에 서명 부탁드립니다."

영어와 중국어로 작성되었고 평소 양식보다 간단하게 압축되어 있었지만 승원은 그것이 무엇인지 금방 알아차렸다. 승원도 작성한 적이 있는 CA, 즉 비밀유지서약서였다. 마 회장의 요구가 철저한 비밀 유지였는데 거꾸로 민혁이 마 회장에게 비밀 유지를 요구하고 있었다.

마 회장은 빠른 속도로 서약서를 읽어보더니 주저하지 않고 서명해서 다시 민혁에게 건넸다. 민혁이 서약서를 건네받자 마 회장은 자리에서 일어나 민혁과 승원에게 악수를 청했다.

"쉽지 않은 일인데도 흔쾌히 맡아주셔서 다시 감사드립니다. 앞으로 더 픽서와 같이할 일이 많아졌으면 하는 바람입니다."

마 회장은 1분 1초를 쪼개어 사는 듯 거침없는 일정을 보내는 사람이었다. 악수를 마치더니 돌아서서 바람처럼 접견실을 나섰다. 마 회장이 나가는 것과 동시에 보안원이 들어와 민혁과 승원을 밖으로 안내했다. '아직 구체적인 의뢰 내용도 조건도 듣지 못했는데 민혁은 무슨 생각으로 일을 받아들인 것일까? 어떤 기준으로 본 케이스의 성공과 실패를 판단한다는 것이지? 클라이언트가 세계적인 거물인 마 회장인데 감당하기에는 리스크가 너무 크지 않을까? 그리고 무엇보다 촉박한 시간도 우리 편이 아닌데….'

많은 생각을 하던 승원은 목을 돌려 스트레칭을 하다가 마침 고개를 돌리던 민혁과 눈이 딱 마주쳤다. 평소라면 싸늘한 미소를 지었을 민혁이 오늘은 어딘가 보통 사람 같은 미소를 지어 보였다. 하긴 난데없이 전용기를 타고 중국으로 건너와 TV에서나 보던 사람과 악수를 한 지금까지의 상황 자체가 리얼리티보다는 판타지 같은 일이었다. 아마 민혁은 '처음 겪어 보시는 일이죠.'라는 생각으로 웃어 주는 것이 아닌가 싶었다.

특별히 이야기를 나눌 상대가 떠오르는 것은 아니었지만 이야기를 한다고 해도 믿을 사람이 없을 것이라고 승원은 생각했다. 전용기를 타고 온 것은 상대방이 급해서 그렇다고 쳐도 5성급 호텔의 한 층을 민혁과 승원 두 사람이 통째로 쓰고 있는 지금도 그랬다. 한국이라면 미국 현직 대통령이나 마이클 잭슨 정도는 와야 이런 호사를 누리지 않았을까? 승원은 뜬금없이 셀카라도 몇 장 찍어 놓아야 남들이 믿지 않을까 생각이 들었지만 민혁 앞에서 없어 보이고 싶지는 않았기에 야경이 내려다보이는 의자에 앉아 불편한 하이힐부터 벗었다.

엘도라도 그룹의 일 처리 방식이 원래 그런 것인지, 아니면 이번 의뢰가 시급해서 그런 것인지 몰라도 민혁과 승원이 자리를 잡고 얼마 되지 않아 미모의 중국 여성이 방문했다. 리쯔충李紫瓊이라 자신을 소개한 여성은 별다른 인사말 없이 본론으로 들어갔다. 가방에서 아까 보았던 대국 관련 자료들을 꺼내어 탁자 위에 올려놓으며 얘기를 시작했다. 옆트임 치마 사이로 보이는 다리는 승원이 보아도 건강하고 늘씬했다. 승원은 똑 부러진 인상만큼 명쾌하게 일을 처리하는 그녀를 보고는 좀 전에 셀카를 찍지 않고 점잖게 앉아 있기를 잘했다고 생각했다.

"회장님의 요청사항을 다시 정리해 말씀 드리겠습니다. 죄송하지만 지금부터 하는 얘기에 대한 메모는 불허하겠습니다."

쯔충의 설명을 바탕으로 의뢰 내용을 정리하자면 이렇다. 마 회장의 요구는 문자 그대로 '신인수 7단이 패배하지 않도록'이다. 패배란 어떤 상태를 뜻하며 무엇을 달성해야 의뢰를 수행한 것인지에 대한 구체적인 설명은 없었다. 경기 자체에 절대 개입하지 않는 조건도 마 회장에게 들은 것과 같았다. 인공지능 워룽에게 직접 접촉하는 것은 물론이며 회사 측에서는 오늘 제공된 자료 외에는 어떤 협조나 정보도 제공하지 않을 거라고 했다. 마찬가지로 신인수 7단과 만나서 승패에 영향을 끼치는 행동을 해서는 안 된다. 뭉칫돈을 쥐어주며 풀 수 있는 가장 쉬운 길은 막힌 것이다. 한마디로 승부의 내용이 바뀌기를 원하지만 승부 자체를 조작하지는 말라는 얘기다.

"이번 일을 맡아 주신 것에 대한 사례입니다. 전액 현금입니다. 그 의미는 잘 아실 줄 믿습니다."

쯔충은 가방 하나를 탁자 위에 올려놓더니 가방을 열어 안을 보여 주었다. 위안화와 달러가 가득 들어 있었다. 해결과정에서 들어가는 비용과 성공 보수가 합쳐진 금액을 전액 선금으로 지불하며 사용 내역에 대해 따로 증빙은 필요 없다고 했다. 또 민혁과 승원은 공식적으로는 한류 콘텐츠 제휴에 대한 자문을 위해 왔으며 실무진과 미팅을 했을 뿐 마 회장을 만난 일 자체는 없다, 자문에 대한 수수료는 정식 통로를 통해 따로 지급될 것이라는 알리바이도 함께 알려주었다. '이 정도의 현금을 어떻게 가지고 귀국하지? 당국에 신고하면 자료로 남을 텐데.' 승원은 법을 다루는 변호사로서 당연한 의문이 들었지만 관련해서 민혁도 묻지 않았고 쯔충도 먼저 답을 주지는 않았다. 프로들끼리는 그 정도는 알아서 한다는 공감대가 있는 것 같았다.

자기 할 말을 다한 쯔충은 꼿꼿한 허리선을 보이며 나가다가 돌아서 한마디를 덧붙였다. "다른 것은 원하시는 대로 하셔도 되지만 일을 마치고 돌아갈 때까지 숙소만큼은 이곳으로 한정해 주세요. 머무시기에 불편한 점은 없을 겁니다. 룸서비스를 포함해서 호텔에서 제공하는 어떤 서비스라도 무제한으로 쓰시면 됩니다. 그럼 이만."

커다란 마호가니 원탁 위를 보니 비행기 티켓과 이미 지불된 호텔

영수증이 남겨져 있었다.

'쯔충이 따로 연락처를 남기지 않고 갔기 때문에 지금부터는 민혁과 나 둘이서 일을 해야 한다. 사실 난 아직 객원 멤버이고 이런 쪽 일 경험이 없기에 이번 케이스를 성공시키는 것은 고스란히 민혁의 몫이다. 무엇보다 시간이 충분하지 않다. 내일부터 모레까지 3차 대국과 4차 대국이 치러지고 다시 하루를 쉬고 나서 5차 대국이므로 나흘 남짓한 시간이 있을 뿐이다. 한국에 있는 팀이나 장비를 이동한다고 해도 하루는 걸릴 테고 이 낯선 땅에서 무엇부터 시작해야 할까?' 승원이 나름 민혁의 입장에서 생각을 해 보았지만 어디서부터 손을 대야 할지 가닥조차 잡히지 않았다.

한창 생각에 빠져 있는 승원을 보며 민혁이 뜻밖의 말을 건넸다.

"우리 쇼핑이나 하러 갈까요?"

호텔에서 걸어갈 수 있는 거리에 까르푸^{家樂福} 매장이 있었다. 민혁과 승원은 한가롭게 카트를 밀며 쇼핑을 했다. 둘 다 업무용 정장을 입고 급하게 중국으로 건너왔기 때문에 편하게 입을 수 있는 옷들을 몇 벌 골랐다. 전자 제품 코너로 가서 레노버 노트북 컴퓨터를 하나씩 골랐다. 음식은 호텔에 충분히 있었지만 그래도 하는 마음에 컵라면을 몇 개 챙겼다. 민혁은 초콜릿을 챙겨서 승원을 놀라게 하고, 승원은 화장품을 골라서 민혁을 놀라게 했다. 넓은 매장을 돌아다녀서인지 출출해진 두 사람은 지하 푸드 코트로 내려가 간단하게 요기를 했다. 승원은 안전하게 볶음밥을 시켰고 민혁은 중국 음식 치고는 빨간 국물이 눈에 띄는 우육면을 시켰다.

음식이 들어가고 나니 조금은 기분이 느긋해진 승원이 민혁에게 물었다.

"너무도 쉽게 일을 맡으신다고 하셔서 조금 놀랐어요. 이런 일도 더 픽서에서 처리하시나요?"

"하기로 했으니까… 해야죠. 또 수수료도 두둑하지 않습니까?"

"자신감 하나는. 지금부터 어떻게 풀어 가시는지 잘 지켜볼게요."

"무슨 남 일처럼 얘기합니까?"

"네?"

"이번 케이스는 이 변도 같이 참여하시죠."

"이번 일에 변호사로서 제 역할이 보이진 않는데요. 그리고 솔직히 저는 클라이언트가 정확히 무엇을 원하는지도 이해가 안 가요. 무엇을 어떻게 해달라는 것인지."

"일단 수임할 때도 옆에 계셨으니 같이 풀어 가시죠."

"무슨? 말도 안 되는! 전 아직 더 픽서 멤버가 아니에요."

"아까 가방 안에 든 것도 같이 나눕시다. 그럼 됐죠?"

'같이 일하자? 어떤 의미지? 정식 멤버로 들어오라는 제안인가? 그보다 아까 가방 안에 있던 금액은 얼마나 될까? 공덕동 아파트 원리금 상

환이 다음 달부터인데….'

한번 경험이나 해보자. 승원은 장난기 가득한 표정으로 민혁에게 물었다.

"그럼 비용 떼고 5:5 콜?"

민혁이 웃음기를 살짝 거두고 답한다.

"장사하셔도 잘하겠습니다. 들어가는 비용 떼고, 서울에서 일할 사람들까지 포함해서 머릿수대로 엔 분의 일."

승원도 장난기를 거두고 다시 묻는다.

"진심이에요?"

민혁이 말없이 고개를 끄덕이자 승원이 다시 묻는다.

"그런데 서울까지 그 돈을 어떻게 가져가실 건가요? 당국에 신고 안 하시면 바로 외환관리법 위반입니다."

그건 민혁도 생각을 더 해야 하는지 잠깐 미간을 찡그리더니 답한다.

"그건 뭐 어떻게든 될 겁니다. 요즘 세상에 돈으로 안 될 일이 있겠어요? 액수가 적어서 안 되는 거지. 물론 그 수수료도 비용에 포함되겠죠. 자 그럼…."

민혁이 승원에게 악수를 청하며 손을 내밀었다. 승원이 한마디를 덧붙이며 민혁의 손을 마주 잡았다.

"좋아요. 대신, 일회용 동맹입니다. 사실 아직까지 더 픽서 대해 마음을 굳히지 못했어요. 이상한 얘기도 많이 들리고."

"사람들 말이 전부가 아닙니다. 본인이 본 것만 놓고 판단하세요. 자 이번 일부터 시작입니다."

민혁이 악수를 청했다. 민혁은 딱 지금 두 사람의 사이만큼만 힘을 주어 손을 잡고 흔들었다. 적어도 승원은 이런 민혁의 깔끔한 면에 대해서는 만족했다.

호텔로 돌아온 민혁은 자신의 스마트폰에 작은 안테나 같은 것을 끼우더니 마치 전화를 하는 것처럼 혼잣말을 하며 객실 곳곳을 돌아다녔다. 쇼핑을 마치고 돌아오는 길에 민혁은 돌아가면 간단하게라도 도청 장치가 있는지 확인할 테니 그때까지는 TV를 크게 틀어 놓고 쉬고 있으라고 했다. 민혁 말로는 전문 장비는 없기 때문에 완벽한 탐지는 어렵다고 했다. 다만 일반적인 장비에 아무것도 걸려들지 않는다면 도청을 하지 않는 매너가 있거나 들키지 않을 정도로 고급 기술이 있는 것이니 둘 다 나쁘지는 않다고 덧붙였다.

민혁은 객실 중앙에 있는 넉넉한 응접실 공간에 자리를 잡았다. 최고급 호텔에 최고급 객실이라 응접실 벽면을 가득 채우는 대형 TV가 있었는데 민혁은 여기에 카메라를 연결해서 서울에 있는 더 픽서 팀과 화상 회의를 할 수 있도록 준비했다. 밖에서 사온 노트북 컴퓨터를 탁자 위에 세팅하자 그럭저럭 일할 수 있는 공간이 만들어졌다. 승원의 반대를 뿌리치고 민혁이 구입한 캡슐 커피 기계를 한쪽에 설치했는데 정작 기계로 달려가 카푸치노 한 잔을 뽑아 먹은 쪽은 승원이었다.

민혁이 시계를 확인하는 모습을 보자니 아마도 서울과 회의 시간이 정해져 있는 듯했다. 지금쯤 서울에서는 민혁의 지시를 받은 팀원들이 조사를 진행하고 있을 터였다. 줄곧 그와 같이 있었던 승원으로는 도대체 언제 서울에 지시를 내렸는지 알 수 없었지만 눈에 띄지 않게 움직이고 많은 명령을 내리지 않으면서도 모든 과정을 장악하는 점이 민혁의 장점이자 능력이라 생각했다.

승원이 민혁에 대해 생각하고 있을 때 문득 민혁이 물었다.

"이 변."

"네?"

"뭐 좀 물어볼게요."

"그래요."

"마 회장이 말한, '패배하지 않도록'이란 구체적으로 어떤 조건일까요?"

제일 중요한 이야기를 지나가는 말처럼 물어보다니. 승원은 평소 성격대로 '아니 그건 당신이 판단해야지' 하고 쏘아붙여 주려다가 일단은 표정 관리를 하기로 했다. 뭐 어쨌거나 지금은 회사의 대표이고 오늘은 비즈니스 파트너니까.

"어머, 그걸 나한테 물어보시면… 문구 그대로 해석한다면 꼭 이기게 할 필요까지는 없다, 그런 뜻일까요? 이기게 할 필요는 없지만 져서도 안 된다, 헷갈리네요. 바둑에 무승부가 있나요?"

승원은 말하면서도 너무 나이브한 답변이 아니었나 싶었다. 평소 절대로 쓰지 않는 '어머' 소리까지 섞었으니까 말이다. 승원의 답을 듣고 잠시 생각에 잠겼던 민혁이 입을 열었다.

"이 변도 한 번 지켜보았듯이 우리에게 일을 의뢰하는 사람들이 들고 오는 것은 '두려움'입니다. 현재의 불안이나 공포가 미래를 망치는 것을 막기 위해 큰돈을 쓰는 거죠. 그런 점에서 본다면….."

"마 회장이 두려워하는 것은 무엇일까?"

승원은 자기도 모르게 민혁의 말을 끊고는 머쓱해서 돌아보았다. 하지만 민혁은 자기 말을 잘라먹은 것보다는 승원이 자신과 같은 생각에 이르게 된 것을 기분 좋게 느꼈다. 승원과 민혁이 마주 보고 마 회장의 두려움에 대해 생각하고 있을 때 대형 TV에서 인영의 카랑카랑한 목소리가 들렸다.

"대표님!"

TV에는 서울에 있는 더 픽서 팀의 모습이 보였다. 아무래도 인공지능 관련 일이어서인지 승주가 제일 앞자리를 차지했고 산뜻한 블루 셔츠의 우주가 옆에 있었다. 윤식은 이번 일에선 자기가 나설 구석이 없겠거니 하는 심드렁한 표정으로 뒤쪽에 있었는데 승원이 생각하기에도 완력을 쓸 일이 이번에는 없을 듯싶었다. 그리고 어딘가 평소보다 좀 더 날카로운 느낌의 인영이 있었다.

항저우에 도착하고 나서 있었던 일에 대해 차 대표가 다른 멤버들과 공유했다.

"가방에 얼마가 들어 있는 거예요?"

인영다운 질문이었다.

"아직 안 세어봐서 모르겠는데. 일단 승주가 워룽이란 놈에 대해서 설명 좀 해줘. 제발 너희 동네 외계어 말고 민간인 언어로 말해줘."

승주는 간만에 본인 전공을 만난 듯 신나게 떠들었다.

"간단히 말씀드리면 IBM의 왓슨이나 구글의 알파고 같은 인공지능의 핵심은 기계가 스스로 학습하여 미리 입력하지 않은 내용까지 터득하는 메커니즘이에요. 차이가 있다면 왓슨이나 알파고는 막강한 성능의 슈퍼컴퓨터를 바탕으로 하는 것에 비해 일본의 딥젠고는 일반 서버 수준의 컴퓨터로 구현한 정도로 보면 됩니다. 이게 연산능력의 차이를 가르죠. 하지만 엘도라도 그룹의 인공지능 워룽의 경우 아직 어떤 하드웨어에서 돌아가는지 알려진 바가 없어요."

우주가 신인수 7단에 대해 알려진 것과 알려지지 않은 조사 내용을 말하고 인영은 엘도라도 그룹의 현 상황과 마 회장의 주요 특징에 대해서 보고했다. 아직까지 크게 주목할 점은 발견되지 않았다. 오히려 심드렁하게 있던 윤식으로부터 도움 될 얘기들이 나왔다. 회의 참석자들 중에서 유일하게 바둑을 둘 줄 알고 요즘도 가끔 기원을 드나드는 그였다.

"내가 보기에 작년 알파고는 그래도 바둑을 두었던 거야. 그런데 이번 워룽은 무슨 박보장기를 두는 느낌이야. 신인수도 평소와 다르게 전혀 자기 바둑을 두지 못하고 있어. 한 판도 아니고 두 판다. 무슨 이유일까." 그 순간만큼은 강력계 경찰 출신이라기보다는 기원에서 막 모셔온 바둑 선생 같았다.

회의는 마치 잡담을 하듯 편안하게 이어졌다. 원거리 화상 회의라는 형식도 그랬고 민혁도 평소와 다르게 부드럽게 진행했지만 어쩌면 이번 일이 그만큼 막연하다는 뜻이기도 했다. 하지만 민혁은 다시 냉정한 회사 대표로 돌아가 각자에게 업무 지시를 내렸다.

"승주는 워룽의 개발자가 누군지, 서버 위치는 어디인지 알아봐. 우주 씨는 신인수가 다녔던 학교랑 기원을 찾아가 사람들 만나보고 옛날 얘기들을 캐 봐요. 유 실장은 박혜빈 정신과전문의께 연락드려 신인수 촬영 파일에 대해 분석을 의뢰해주세요. 내가 급히 부탁하는 거라고 말씀드리면 다른 일보다 먼저 처리해 줄 겁니다. 윤식이 형은 단골 기원에 가서 사람들과 이번 대국을 복기하면서 거기서 나오는 얘기들을 취합해줘요. 시간이 많이 없다는 것 명심들 해주고 내일 3차 대국 끝나고 다시 미팅합시다."

"간만에 일이 아니라 취미 활동 하면서 돈을 벌겠네. 고마워 차 대표." 맡은 업무에 신이 난 윤식이 답했다.

회의를 마치려고 할 때 인영이 머뭇거리며 민혁을 불렀다.

"대표님."

"네, 유 실장."

"오늘 박 원장님께 파일 넘겨드리고 저도 현지로 합류하고 싶어요. 현장이 그쪽인데 두 분으로는 일손이 달리지 않겠어요?"

"아닙니다. 시간도 촉박하고 굳이 건너올 필요는 없겠습니다."

평소라면 민혁의 지시에 바로 물러날 인영이 오늘은 이상하다 싶을 만큼 집요했다.

"대표님. 현장 경험이 없는 이 변으로는 아무래도…."

민혁은 그런 인영을 잠시 바라보다가 부드러운 목소리로 답했다.

"유 실장. 나는 이번 케이스로 인해 우리 팀 멤버를 중국 쪽에 노출시키고 싶지 않아요. 앞으로 많이 들어올 차이나 비즈니스를 위해서라도 그쪽에서 일해 주는 것이 맞아요."

'그렇다. 여기는 중국이다. 엘도라도 그룹의 눈도 지켜보고 있겠지만 어디서나 지켜본다는 중국 공안의 감시망에 굳이 노출될 필요도 없다.' 그런 점에서 승원은 민혁의 판단이 이해되었다. 동시에 그렇다면 자신은 노출되어도 상관없는 존재라는 것인지 살짝 기분이 상했다.

"알겠어요."

TV 화면으로 보아도 차 대표의 지시에 100% 수긍하는 얼굴은 아니었다.

중국을 세계의 공장이라고 부른다고 들었지만 이런 공장까지 있을 것이라고는 승원은 생각하지 못했다. 지금 민혁과 도착한 곳은 온라인 게임 아이템을 만드는 공장이었다. 도심에서 꽤 떨어진 한적한 곳에 있는 평범한 건물이지만 안으로 들어서면 방마다 수십 대의 컴퓨터가 온라인 게임에 연결되어 있다. 눈에 보이지 않는 공간에도 컴퓨터가 가득 차 있을 것이라 생각해 보면 이 건물에만 얼마나 많은 컴퓨터가 돌아가고 있을지 파악이 안 되었다. '윙윙' 컴퓨터 팬에서 나오는 소리가 굉장했다.

두 사람은 승주가 보내준 주소를 들고 묻고 물어 이곳을 찾아 왔다. 원래 민혁만 오겠다고 했지만 승원도 따라붙었다. 승주의 설명에 따르면 온라인 게임 아이템은 무식하게 시간을 들여서 만들어내도록 되어 있고 시간을 들이느니 돈을 내고 아이템을 사는 쪽으로 유도하는 것이 업계가 의도한 수익모델이라고 한다. 한국 사람들은 한술 더 떠서 남이 획득해 놓은 강한 캐릭터나 아이템을 장외 거래로 사기도 하는데 바로 이 시장을 노리고 아이템을 만들어 내는 공장들이 중국에 여러 곳 있다는 것이다. 처음에는 싼 인건비를 무기로 무식하게 돌리던 중국의 아이템 공장들도 이제는 점점 진화해서 자동으로 게임을 하는 프로그램을 이용할 정도로 발전했다고 한다.

민혁은 경비의 손에 100불을 쥐어주며 아이템 공장의 관리자를 만나고 싶다고 했다. 조금 지나자 얼굴에 기름이 흐르는 관리자가 입안에 있는 음식물을 씹으며 말했다.

"무슨 일로 날 찾으시는 거죠?"

"서비스를 시작한 지 얼마 안 된 언더워치라는 게임이 있는데요. 이 게임 골드와 실버 아이템 세트를 나흘 내로 최대한 많이 만들어 주었으면 합니다."

게임 문외한인 차민혁은 승주가 써준 대로 말했다.

"누구신지 몰라도 소문 빠르시네. 언더워치 게임 아이템 수집은 이미 지난주부터 몇 개 서버에서 시작했어요. 그런데 서비스 초기라 그런지 시간이 너무 걸리네. 모은 아이템이 별로 없어."

예상된 답변이 나오자, 승주가 만들어서 메일로 보내온 해당 온라인 게임에 접속하기 쉽도록 개조한 프로그램을 달러 뭉치와 함께 관리자에게 건넸다. 사실 이 프로그램을 설치하면 이곳 공장의 컴퓨터들과 네트워크를 서울에 있는 승주가 남모르게 슬쩍 빌려 쓸 수 있는 뒷문이 열리게 된다. 잘 알려진 게임이라면 접속 프로그램도 아이템 공장에서 개조한 것을 쓰기 때문에 일부러 새로 오픈한 온라인 게임을 이용하는 것이다.

"특이한 사람들일세. 알겠어요. 작업해드리지. 나야 이것만 된다면야."

관리자는 손으로 동그라미를 그리며 웃어 보였다. 서비스를 시작한 지 얼마 안 된 게임이라 난이도도 높지 않고 의뢰 조건도 까다롭지 않은 데다가 두둑한 현찰로 깔끔하게 계산하는 손님이니 아이템 공장에서도 환영이었다. 이러한 아이템 공장은 한국의 장외 사이트와 연결되어 수요와 공급이 바로바로 창출되고 있다.

아이템 공장은 불법적인 목적으로도 많이 활용된다. 환치기, 역외자금 세탁을 하려고 할 때 흔적을 안 남기는 데 이만큼 편리한 방법도 없다. 보이스 피싱 업체들도 게임 아이템 거래로 자금 연결고리를 한 번 끊어준다. 승원도 예전에 중국의 스포츠 도박 사이트에 빠져 거액을 탕진한 남편과 이혼하려는 부인의 소송을 맡은 적이 있었는데 자금 압류를 위해 추적하다 보니 중국 아이템 공장으로 돈이 흘러간 사실을 알게 되었다. 하지만 어떤 방법으로도 더 이상 추적이 불가능하였다. 이렇듯 지하 자금의 세탁은 중국 게임 아이템 업체를 활용하면 가장 쉽고 빠르다. 이곳 또한 그런 역할을 하는 곳 중 하나이다.

호텔에서 무제한으로 고급 요리를 먹을 수 있었지만 민혁과 승원은 기회가 생길 때마다 거리의 식당이나 노점에 도전했다. 평소 음식을 가리지 않는 편인 승원이지만 외지인으로서 중국에 와서 가장 힘든 것이 화자오를 비롯한 향료였다. 특히 뭐라 말하기 힘든 냄새와 맛을 가진 향료가 하나 있었는데 어떤 음식이건 그게 들어가면 맛이 있고 없고를 떠나서 도저히 목으로 넘길 수 없었다. 다행히 아이템 공장이 있는 동네에서 발견한 노점에서 주문한 이름 모를 볶음 면에는 그 향료가 들어 있지 않아서 색다른 맛을 즐길 수 있었다.

승원은 맥주도 한 병 시켰다. 평소 같으면 서류에 파묻혀 있거나 법정에서 전투를 치르고 있을 시간에 외국에서 여유 있게 맥주라니… 나쁘지 않았다. 민혁도 승원이 따라 주는 맥주를 함께 마셨는데 술을 마시는 모습은 처음 보았다. 지난번 있었던 승원의 환영회에도 외부 일정을 핑계로 차 대표는 참석하지 않았다. 정장을 벗고 편한 니트 차림의 민혁을 보고 있자니 처음 봤을 때처럼 그렇게 차가운 인상도 아니라는 생각이 들었다. 맥주를 한 모금 마시는 그를 보며 문득 생각난 것이 있어 승원이 물었다.

"아까요. 맥주 따르기 전에 스티커 문질렀죠? 왜 그랬어요?"

민혁이 살짝 주인 눈치를 보았다. 주인은 두 사람이 앉아 있는 간이 테이블과는 좀 떨어진 곳에서 야채를 배달하러 온 사람과 이야기를 나누고 있었다.

"아, 전에 들은 얘기인데 가짜 맥주 확인하는 방법 중에 스티커가 쉽게 떨어지면 가짜라고 하던 게 기억나서요."

승원이 함께 마시던 맥주병을 들어보며 말했다.

"가짜요? 이거 칭다오인데? 비싼 수입 맥주도 아니고 칭다오까지 가짜를 만든다고요?"

"돈이 된다면 머리카락으로 날계란도 만드는 나라입니다. 전에 중국에서 오래 지낸 친구가 있었어요. 매일 퇴근하면서 맥주 사다가 반주하는 재미로 살았는데, 어느 날 빈병 치우려고 보니까 같은 회사 맥주인데 병들이 조금씩 크기가 다르더래요."

"네에? 설마….."

"아, 그 친구가 팁을 하나 알려주었는데 수입 맥주 중에서 영어로만 쓰여 있다면 가짜래요. 중국은 수입 맥주라도 상표에 한자로 뭐 적어야 한다고."

승원이 살짝 인상을 쓰며 맥주를 들이켰다. 가짜라고 해도 지금은 시원해서 좋았다. 기름진 볶음 면에 맥주 한 잔. 나쁘지 않았다. 맥주를 한 모금 더 넘기며 승원이 말했다.

"달에 우주선도 보내는 나라가 가짜 맥주라니… 하긴 이거도 가짜가 많더라고요."

승원이 들어 보인 것은 보조 배터리 시장을 평정한 샤오미 제품이었다. '대륙의 실수'라는 별명도 갖고 있으며 이른바 '가성비'를 중요하게 여기는 젊은 층에게 '메이드 인 차이나'의 이미지를 바꿔 놓은 제품일 것이다. 그런데 보조 배터리 하나 얼마 한다고 여기에도 가짜가 있다니. 언젠가 샤오미에서 정품 확인을 하는 사이트를 운영한다는 기사를 본 기억이 있다. 양손에 정품 여부를 확인해야 할지도 모를 칭다오 맥주와 샤오미 배터리를 들어 보이는 승원을 보며 민혁이 말했다.

"장점일 수도 있고 단점일 수도 있겠는데, 우리나라 사람들이 전반적으로 중국을 쉽게 보는 경향이 있죠. 그 덕에 맞서 싸우면서 성장하는 것도 같고, 반대로 판단 착오로 손해를 보는 경우도 많죠."

"워룽도 원래 바둑 하려고 만든 건 아니래요."

민혁은 서울에서 보내온 자료에 나온 얘기를 꺼냈다. 더 픽서의 자료들은 인터넷에서 쉽게 구할 수 있는 자료들이 아니었다. 업계 사람들만 구할 수 있는 진짜 살아있는 정보들이었다. 승원이 말을 이어갔다.

"애플의 '시리'처럼 사용자를 돕는 인공지능이었는데 재미삼아 바둑을 시켜 보았더니 빠른 속도로 적응했다는 거죠. 인공지능이라는 걸 숨기고 인터넷 바둑 사이트를 떠돌게 했더니 생각보다 승률이 높아서 이번 대국까지 오게 된 거고요. 그런데 왜 중국에도 기사들이 많은데 굳이 한국의 어린 기사랑 대국을 하게 된 걸까요?"

승원의 질문에 잠깐 생각하고는 민혁이 답했다.

"리스크 때문일 것 같은데요."

"리스크?"

"보통 경영자들은 리스크를 안고 도전하거나 아니면 리스크를 피해가거나 둘 중 하나인데 마 회장은 두 성향을 동시에 가지고 있어요. 둘 사이에 전환도 빨라서 훅 들어가다가도 아니다 싶으면 바로 방향을 바꾸죠. 다만⋯."

"다만?"

"리스크에 대한 기준이 보통 사람과는 다른 것 같습니다. 아니면 남들이 보지 못하는 이면을 보는 능력? 뭐 그런?"

"워룽이랑 중국 기사랑 대결하면 생길 리스크를 본 건가? 이제는 그 리스크가 인수 군한테도 번진 거고?"

혼잣말처럼 내뱉은 것이긴 했지만 승원은 속으로 말이 너무 짧아진 것은 아닌가 하고 찔끔했다. 주량이 제법 되는 승원이지만 평소와는 다른 일탈에 조금 긴장이 풀어진 것이 아닌가 빠른 반성도 했다. 한편으론 변호사라는 직업도 원래 그렇지만 더 픽서의 일 자체가 기본적으로 '리스크'에 대한 문제라는 것을 깨달았다. 민혁이 말한 클라이언트의 '두려움'도 결국 리스크에 대한 감정적인 측면일 터. 승원이 결국 일 생각으로 돌아와 있을 때 민혁이 입을 열었다.

"그랬다가 지금은 한국 기사가 중국의 인공지능에 패배하면 발생할 리스크를 예감한 거죠. 본인 사업에 끼칠 네거티브 측면이 걱정된 걸 겁니다. 제가 본 바로는 마 회장은 단순한 사업가가 아니에요. 결국 우리가 그가 내다본 불길한 미래를 조금 바꿔 줘야겠죠? 돈도 받았으니까."

"어떻게요?"

"어떻게 할까요?"

승원은 오히려 되묻는 민혁을 보고 어이가 없다는 표정을 지어주고는 남은 맥주를 꿀걱 삼키고 그에게 물었다.

"빨개요?"

민혁이 승원의 얼굴을 잠깐 살피더니 답했다.

"아니요. 건강한 혈색으로 보입니다!"

승원은 파우치에서 작은 거울을 꺼내 다시 얼굴을 확인했다. 조금 뒤엔 3차 대국을 참관해야 하기 때문에 술에 취한 것처럼 보이고 싶지는 않았다. 민혁은 승원이 꺼낸 거울에 붙은 조그마한 캐릭터 스티커를 보고 뜻밖이라고 생각했다.

바둑 기사로 살아간다는 것은 홀로 걸어간다는 것이다. 바둑에도 스승이 있고 매니저도 있고 코치나 감독도 있지만 바둑판 앞에 앉은 순간부터는 일대일로 고독한 승부를 벌여야 한다. 승부 과정에서는 누구도 개입할 수 없고 그래서도 안 된다. 같은 기원 출신이라거나 입단 동기라거나 단체전에서 동료 멤버가 있기는 하지만 자신을 제외한 모든 기사는 결국 라이벌인 것이다.

한국의 경우 적지 않은 프로 기사들이 초등학교 졸업으로 최종 학력을 마치곤 한다. 초등학교 때 두각을 나타내서 기단에 들어서고 적어도 10대 후반에는 주목을 받아야 하고 20대에 절정에 이르고는 30대부터는 평범해지는 것이 잘 풀렸다는 기사들의 일반적인 인생 경로다. 이 기간 동안 하루 종일 기보를 분석하고 인터넷과 기원을 오가며 바둑을 둔다. 밥 먹고 자는 시간을 뺀 나머지는 오롯이 바둑으로만 채워지는 것이다.

평소와 다르게 하루를 쉬는 동안 인수는 보통의 기사들이 하는 것처럼 지난 대국의 기보를 분석하지도 않았고 연습바둑을 두지도 않았다. 스텝 멤버 중 누구는 인수가 너무 방심한다고 불만이었고, 또 누구는 인수의 기가 꺾인 것은 아닌지 우려했지만 그는 찬찬히 그동안 자신이 걸어온 길을 돌아볼 뿐이었다. 지금까지 인수의 인생은 오로지 바둑 외길이었다. 어린 나이지만 뭔가 하나로 채워나간 밀도로 본다면 어른 못지 않은 열정과 시간을 바둑에 바쳐왔다.

3차 대국을 맞이하는 인수의 전략은 머리를 비우고 기본으로 돌아가는 것이었다. 처음 바둑을 배운 그때처럼. 첫 승리, 첫 패배 수많은 기억들을 되살리면서 그동안 쌓아온 바둑 인생처럼 정석으로 두어 나가자고 결심했다. 인공지능을 상대한다고 의식하지 않고 승패에 집착하지도 않으면서 그냥 처음 승부에 나선 아이처럼 알고 있는 수들을 놓아 나가자, 그렇게 생각했다.

초반에는 나쁘지 않았다. 인수가 착실하게 수를 두어나가고 워룽도 지금까지와는 다르게 사람이 두어도 이렇게 두겠다 싶은 방향으로 따라왔다. 하지만 거기까지였다. 몇 수인가를 두고 나서 갑자기 워룽이 달라졌다. 사람으로 치자면 악수나 실수라고 할 이상한 수를 두기 시작했다.

"아니 워룽이 저런 수를, 분명 잘못 둔 수죠?"

"일반적으론 그렇지만 지금까지도 저런 수를 묘수로 전환시켰기에 지켜봐야겠습니다."

이 의문의 수로 흔들리는 쪽은 오히려 인수였다. 인수의 내부에서 끊임없는 의문과 불안이 올라왔다. 지금껏 애써 다잡은 마음이 금방 무너져 내렸다. 오히려 지금까지 돌아본 인생 자체가 의미 없게 느껴질 정도였다. 늘 그렇듯 '철가면'이었지만 두터운 가면의 보호막 아래에서는 어떤 표정을 지어야 할지 모를 정도로 당황했다.

결국 3차 대국도 워룽의 승리로 끝났다. 해설자들은 오늘은 박빙의 승부가 펼쳐졌다고 평가했지만 승패는 진작 끝이 났었다. 그래도 박빙처럼 보인 것은 이유는 모르겠지만 워룽이 후반부에 공격의 고삐를 늦췄고, 인수도 이기기보다는 아름답게 지는 모양을 그리기 위해 노력한 결과였다. 인수는 자기 내면이 무너져 내리는 것을 들키고 싶지 않았고 그래서 아름다운 패배가 되도록 최선의 노력을 했다. 하지만 자존심은 또다시 완전히 허물어졌다.

인수는 모르는 일이겠지만 오늘 3차 대국을 특별한 관심을 두고 지켜본 이들이 있었다. 대국장 객석에서 민혁과 승원이 각각 다른 각도에서 경기를 살폈다. 창신동 골목에 있는 기원에서는 윤식이 맥주를 들이켜며 대국을 지켜봤다. 우주는 그동안 조사한 자료를 놓고 인수의 내면을 이해하려 애를 썼고, 인영은 박혜빈 원장과 특수 모니터를 통하여 인수의 표정변화를 스크리닝 하며 기록했다. 같은 시간 승주는 워룽을 추적했는데 데이터 트래픽과 전기 사용량 등을 폭넓게 감시한 결과 워룽의 보이지 않던 발자국 몇 개 정도는 건질 수 있었다.

의외로 클라이언트인 마 회장은 3차 대국을 보지 않았다. 대국 중간 진행경과를 알리려 들어간 기획실장도 마 회장이 다른 일에 열중하는 것을 보고 조용히 물러났다. 마 회장은 하루에도 수많은 중요한 의사

결정을 해야 한다. 워룽에 대해서는 이미 더 픽서에 맡기기로 하였으니 더 이상 생각할 필요가 없었다. '던져진 화살은 지켜보지 않는다. 그 시간에 다음 화살을 준비해야 한다.' 마 회장이 여러 번의 실패를 겪고도 사업을 키워낸 비결에는 이런 마인드 컨트롤이 큰 역할을 했다.

"그러니까 여기, 이 수를 두면서 판이 뒤틀리기 시작했고… 그리고 여기와 여기! 승패는 초반에 결정되었다고 볼 수 있는 거지."

어느새 윤식은 팀 내 최고의 바둑 전문가가 되어 있었다. 적어도 바둑 해석에 대해서는 윤식이 하는 말이 다 맞는 듯했다. 사실 윤식이 틀렸다고 해도 그걸 알아차릴 만큼 바둑을 아는 사람도 없었지만 말이다. 윤식에게 우주가 물었다.

"형님, 그런데 전문가들 해설과는 좀 다른데요? 전문가들은 초반에 워룽이 실수를 몇 개 하고 중반까지 팽팽하다가 후반에는 누가 이겨도 모를 상태였다고 하던데요."

"그게 좁게 바둑알만 드립다 보니까 그렇지. 이게 지금 그런 상황이 아니에요. 애를 좀 봐. 이기고 지는 거는 이미 끝났고 인생 다 산 느낌이잖아. 승패는 여기! 여기에서 휘청하면서 이미 끝난 거고 나머지는 어떻게든 버텨본 거지."

윤식이 애 얼굴을 보라고는 했지만 인수의 얼굴 표정은 철가면이라는 별명처럼 전혀 변화가 없었다. 우주가 화면에 바짝 다가가 인수의 얼굴을 살피고는 윤식에게 되물었다.

"어디에 그런 느낌이… 그냥 같은 표정 아니에요?"

윤식이 답답하다는 듯이 인수의 얼굴을 가리키며 말했다.

"이게 안 보여? 이거랑, 이거랑 다르잖아! 눈빛도 흔들리고 있고."

윤식이 인수의 얼굴을 손으로 짚어가면서 알려주려 했지만 우주를 포함해서 서울과 항저우에서 회의에 참석하고 있는 모든 이들은, 윤식이 그렇다니까 그런가 보다 하지 사실 특별한 점은 찾지 못했다. 그때 인영의 목소리가 치고 나왔다.

"박혜빈 원장이 수행한 마이크로 익스프레션 분석 결과도 같은 의견입니다."

다들 인영을 주목했다. 마이크로 익스프레션micro expression은 사람이 눈으로 알아차리기 힘든 미세한 표정 변화를 과학적으로 측량할 수 있다고 믿는 학술 분야다. 아직은 실효성에 대해 찬반 입장도 팽팽하고 객관적으로 계량할 수는 없다는 단점이 있다. 국내에서는 이 분야에 일찍 관심을 가진 박혜빈 원장이 기술을 활용해 주로 청문회 증언이나 법정 증언의 진위여부를 평가하는 데 도움을 주고 있다. 오늘 박 원장과 인영은 인수의 표정 변화와 심리 분석에 집중적으로 매달렸다. 결론은 인수가 스스로 인식했건 못했건 경기를 초반에 포기했다는 것이다.

"신인수 7단의 과거 대국 영상과 이번 워룽과의 1차부터 3차까지 모든 대국 영상을 분석한 결과 현재 신인수 7단은 심리적으로 상당히 무너진 상태입니다. 멘붕이라 말할 수 있는 수준을 넘어선 정도예요. 1차 대국 이후부터 승리를 자신하지 못하고 있었으며 심리 상태로 미루어 평가한다면 거대한 워룽 앞에 놓인 초라한 쥐라고 스스로를 인식하고 있습니다."

인영의 보고에 윤식이 끼어들었다.

"내 말이! 멘탈이 나갔다니까! 지금 바둑 실력이 문제가 아니에요."

윤식의 바둑 분석이나 마이크로 익스프레션이라는 기법 모두 일반인이 볼 때는 쉽게 납득이 가기는 어렵겠지만 어쨌거나 서울 팀의 의견은 앞으로 남은 대국도 인수의 패배가 예상된다는 것이었다. 민혁이 입을 열었다.

"클라이언트도 같은 결론을 내리고 있었습니다. 신인수 7단이 완패를 할 것이다, 그런데 그 완패가 마 회장이나 엘도라도 그룹에 문제를 가져올 것이다, 그러니 패배하지 않도록 해달라는 의뢰를 준 것이겠죠."

패배하지 않도록 해 달라는 의뢰를 받았는데 패배가 확실하다는 분석을 내리고 좋아할 수는 없었다. 게다가 앞으로 남은 시간은 이제 사흘. 분위기가 더 무거워지기 전에 민혁이 정리에 나섰다.

"우주 씨는 신인수 7단에 대해 조사한 것 정리해서 보내주세요. 유실장은 4차 대국도 오늘처럼 모니터링 맡아주세요. 박 원장님께는 제가 따로 인사드리겠다고 전해주시고. 승주는 워룽을 계속 트래킹하고. 최종 대본과 연출은 이쪽에서 준비하겠습니다."

윤식이 불쑥 손을 들고 나섰다.

"나는?"

"하던 대로 계속 기원으로 출퇴근하세요."

민혁의 대답에 윤식은 입꼬리가 살짝 올라갔지만 그게 머쓱했는지 다시 물었다.

"아휴, 이게 놀러 가는 거 같으니까 미안해서 그러지."

"일이죠, 일. 기원에서 잠복한다 생각하시면 되겠네요."

민혁이 잠복근무라고 정리를 해주자 기분이 좋아진 윤식은 오늘따라 말이 좀 많아져 한마디를 덧붙인다.

"아 그리고 워룽인가 있잖아. 걔는 한 놈이 아니야. 바둑 두는 걸 보면 스타일이 다른 여러 놈이 있는 거야. 단언컨대 적어도 열 놈 이상이 뒤에 있어. 번갈아 두는 거지. 사람 바둑이면 이것은 반칙인데."

우주가 윤식의 말을 받았다.

"이제는 컴퓨터 표정까지 읽으십니까? 기원 다니시더니 관상가가 다 되셨어! 내 관상도 봐줘요."

딱히 실마리가 보이지는 않았지만 윤식의 마지막 멘트로 인해 회의는 밝은 분위기로 마무리되었다. 승주는 윤식의 이야기를 듣고는 무슨 생각이 났는지 컴퓨터에 매달려 무언가를 입력하기 시작했다.

캐탈리스트 catalyst. 차민혁 대표를 설명하기에 이보다 적절한 단어는 없었다. 각 분야의 전문가들이 보내온 산출물을 종합하여 최적의 해답을 찾아내는 능력, 그가 더 픽서라는 만만치 않은 조직을 끌고 가는 원동력이다. 민혁은 TV 화면에 우주가 작성해서 보내온 인수의 자료를 띄웠다. 관계망 분석처럼 한 사람의 인생을 여러 각도에서 살펴볼 수 있는 특이한 형식이었다. 연도별로 사건과 인물들이 쭉 나타났다. 아까 인영이 보여준 표정 분석 프로그램도 신기했는데 우주가 보내온 과거 자료들도 승원의 흥미를 끌었다. '이런 것은 어떻게 구한거지? 한 사람 인생의 풀 패키지잖아.' 민혁이 리모컨을 꺼내 조작하자 인수에 대한 분석 자료를 다양한 각도로 돌려보고 필요한 부분만 확대할 수 있었다. 민혁이 승원에게 리모컨을 건네주며 말했다.

"이건 이 변이 작업해줘요. 인수가 탯줄 끊고 나온 날부터 오늘까지의 자료들을 보시면서 그의 인생에서 가장 큰 영향을 끼친 사람 몇 명을 찾아주세요. 지금의 인수라는 사람을 만든 주변 인물들이 있을 겁니다."

신기한 시스템을 직접 체험할 기회라 마다할 이유가 없었다. 게다가 민혁이 노트북 컴퓨터에서 뭔가를 입력하자 아까 인영이 보여줬던 표정 분석 자료도 TV로 옮겨졌다. 민혁이 승원에게 건네 준 리모컨을 가리키며 덧붙였다.

"이것도 같이 활용해보세요. 조작은 어렵지 않으니 둘을 연계해서 찾아보면 훨씬 진도가 빠를 겁니다."

승원이 새로 얻은 장난감처럼 신이 나서 조작하고 있는데 민혁이 옷을 챙겨 입고 나갈 준비를 했다.

"어디 가시게요?"

"네, 오늘은 들어오지 못할 것 같습니다. 이 넓은 공간, 혼자 즐기세요."

"어디 가냐고 물어도 얘기 안 해 줄 거죠?"

민혁이 손을 들어 보이고는 방을 나섰다. 승원은 민혁이 어디 가는지 생각하는 것보다 새로운 시스템을 빨리 파악하는 것이 급했다. 그때 TV 한쪽에 인영이 나타났다. 얼굴이 작아서 그런지 화면이 실물보다 예뻐 보였다. 인영은 승원이 혼자 있는 것을 보고는 물었다.

"대표님은 어디 가셨나요? 보고 드릴 것이 있는데…."

"좀 전에 나갔어요. 저만 덩그러니 이곳에 놔두고요. 거기다 오늘밤은 안 들어 온다네요."

"와우, 여기서 봐도 뒤편 야경이 끝내주네요. 일에만 묻혀 있지 말고 즐기다 오세요."

기분 탓일지는 모르겠지만 민혁이 나갔다고 하니 왠지 인영의 기분이 좋아진 것 같았다. 연결된 김에 승원이 시스템 사용법을 묻자 아주 친절하게 알려주었다. 인영 덕분에 승원은 시스템 초보운전은 생략하고 바로 자료 분석으로 들어갈 수 있었다. 화상 연결을 마치기 전에 승원이 인영에게 물었다.

"아 참, 아까 차 대표한테 보고할 것이 있다고 하지 않았나요?"

"크게 중요한 일은 아니고, 대표님께 전화로 직접 말씀드릴게요."

승원은 연결을 끊고 나가는 인영이 살짝 미소를 지은 것 같았지만 크게 신경 쓰지는 않았다. 지금은 신인수라는 한 인간의 인생을 여러 각도에서 해부하는 일이 더 흥미로웠기 때문이었다.

아침에 다시 민혁을 만난 곳은 맥도날드였다. 언젠가 로펌 선배가 해외 출장을 가면 세계 어디에 가도 표준화된 메뉴가 있는 맥도날드를 이용하라고 했는데 이곳 항저우에서 맥도날드에 와 보니 선배의 조언에는 맞는 점도 있고 틀린 점도 있었다. 서울에서 보던 것과 같은 맥모닝 머핀이 있는 것은 맞았지만 서울에서는 절대 볼 수 없었던 현지화된 맥모닝 메뉴도 눈에 띄었다. 민혁의 추천을 받아 시킨, 닭고기가 들어간 죽은 속을 아주 편하게 해 주었다. '왜 한국에서는 이런 현지화 메뉴를 하지 않을까? 하긴 한국 사람들 굳이 맥도날드 와서까지 쌀로 된 음식을 먹고 싶지는 않겠지.'

승원은 자료들을 몇 번 돌려보면서 신인수 7단의 인생에 깊은 흔적을 남긴 사람들을 셋으로 압축해 민혁에게 보고했다. 민혁은 승원의 보고에 대해 어떤 평가도 하지 않고 바로 접수했다. 그는 곧바로 세 명의 사진을 다양한 각도에서 스캔해서 출력해 봉투에 넣었다.

"저는 영화제작소 방문하러 가는데, 이 변은 가방에서 돈 꺼내서 쇼핑이나 하고 있어요."

"싫어요. 대표님 따라갈래요. 유덕화나 주윤발 만나러 가는 것 아녜요?"

"음, 그런 일 아닌데. 정 그러시다면 같이 가시죠."

승원 입장에서 아직도 막막한 이번 케이스를 민혁이 어떻게 풀어가는지 한 장면도 놓치기 싫었다.

영화 제작 현장에 도착해 민혁이 누군가와 만나 이야기를 나누는 동안 승원은 촬영 현장을 구경했다. '펑' 폭발 소리가 나면서 수십 명의 사람들이 허공으로 솟구쳐 올랐다. 폭발과 함께 뿜어져 나온 먼지 폭풍이 생각보다 빠른 속도로 몰려오면서 멀찌감치 떨어져 있던 승원도 먼지를 뒤집어썼다. 주성치 영화를 보면서 중국 영화가 허풍이 심하다는 것은 알고 있었지만 이 정도일 줄은 몰랐다. 무림 고수가 각성을 하며 기합을 내지르자 그 충격파에 포위를 하고 있던 무사 수십 명이 나가떨어지는 장면을 찍고 있었다.

긴 촬영신을 마치자 현장이 정리되면서 휴식 시간으로 들어갔다. 짬을 내어 바로 점심을 먹는 분위기였는데 주연 배우와 감독은 식당차 버스로 향하고 나머지 배우들은 한쪽에 모여 도시락을 받았다. 사극 분장을 한 배우들이 옹기종기 모여 도시락을 먹거나 스마트폰을 하는 모습도 나름 구경거리였다.

조금 시간이 지나자 한쪽 컨테이너 건물에서 민혁이 나오는 것이 보였다. 얘기가 잘 끝났는지 작은 키에 얼굴이 가무잡잡한 중년 사내와 기분 좋게 악수를 하는 것이 보였다. 중년 사내는 돌아서서 가는 민혁의 뒷모습을 향해 깊이 고개를 숙여 인사한 후 봉투가 조금 튀어나와 있는 앞주머니에 손을 갖다 댔다. 민혁이 제시한 금액이 무척 만족스러운 듯 보였다.

자신을 향해 다가온 민혁에게 승원이 말을 건넸다.

"잘되었나요?"

"네. 뭐 여긴 워낙 사람들이 많아서… 원하는 사람을 어떻게든 구할 수 있네요."

"싱크로율은 어느 정도?"

"비슷한 사람도 있고 어설픈 사람도 있고."

승원은 어딘가 홀가분해 하는 민혁의 표정을 보자 더 물을 필요가 없을 것 같았다. 상황에 개입하지 않으면서 개입해야 하는 룰을 지켜야 한다면 이번 일은 무엇을 해도 100% 통한다는 확신을 가질 수 없는 상황이었다. 어쨌거나 민혁은 선택을 했고 바로 실행으로 옮겼다. 남은 것은 지켜보는 것이다. 물론 서울에 있는 더 픽서 팀에서도 무언가 하고 있지 않을까 승원은 생각했지만 굳이 민혁에게 묻지는 않았다.

5차 대국인 오늘도 승리로 가는 길이 내다보였다. 재미있는 점은 사람과 대국할 때는 대체로 정해진 하나의 길이 보였는데 인공지능 워룽을 상대하는 지금은 서너 가지의 결말이 보인다는 것이다. 그것도 워룽이 수를 둘 때마다 실시간으로 업데이트 되는 신기한 경험이었다. 4차 대국을 승리하고 5차 대국에서도 승리를 직감하는 지금 인수는 자신의 능력에 대해 새롭게 자각한 기분이었다.

'확실히 바둑은 멘탈 싸움이다. 바둑의 고수가 되기 위해서는 기본도 필요하고 정석도 필요하지만 일정 수준에 올라서면 순간마다 흔들리지 않으며 정확한 판단을 내리는 것이 중요하다. 바둑은 결국 한 수의 싸움이다. 한 수를 실수하면 회복할 수 없는 낭떠러지로 내몰리기 마련이다. 나는 한 수의 실수도 없이 매번 최선의 수를 두어야 하고 반대로 상대에게는 한 수의 실수를 하도록 압박을 가해야 하는 것이다.'

앞선 세 번의 대국에서 바둑 인생이 뿌리째 흔들린다고 느꼈던 인수였다. 하지만 어찌 보면 인생을 뿌리에서부터 돌아본 계기가 되었다. 솔직히 2년 전부터는 기력이 더 늘지 않는 한계를 느꼈다. 남들은 천재 기사라고 칭송하고 연승을 이어가기도 했지만 스스로는 만족하지 못하고 이대로 도태될 수도 있다는 공포를 느끼고 있었다. 워룽에게 연패하면서는 심연의 끝을 보았다. 머릿속이 백지가 되면서 근본적인 질문을 스스로에게 던졌다. '나는 왜 바둑을 두는가, 바둑은 나에게 무엇인가, 어떤 바둑을 두고 싶은가.' 결국 남은 인생도 바둑을 빼고 살아가기는 쉽지 않을 것 같다는 결론에 닿았다.

누적된 피로 탓인지, 어제 마신 이름 모를 중국차 때문인지 4차 대국 중간 중간 신비한 경험을 했다. 평소에는 바둑판에서 눈을 떼지 않는 인수가 긴장을 풀기 위해 객석을 둘러보았을 때 돌아가신 할아버지의 모습을 어렴풋이 보았다. 다시 보아도 옷차림새까지 분명 할아버지였다. 인수에게 할아버지는 바둑 인생의 출발점이었다.

엄마가 일찍 돌아가셨다고 하지만 사실 인수는 알고 있었다. 엄마가 아빠와 자신을 버리고 딴 남자와 눈이 맞아 집을 떠난 것을 말이다. 돈을 벌기 위해서라고는 했지만 아빠가 해외로만 돌았던 것은 사실 엄마를 빼닮은 인수를 외면하고 싶은 이유도 컸을 것이다. 그런 인수를 보살펴 준 고마운 분이 바로 할아버지였다. 할아버지의 유일한 취미였던 바둑을 옆에서 훔쳐본 솜씨로 이웃집 박 영감을 이긴 게 인수 바둑의 첫 승리였다.

책으로 TV로 스스로 바둑을 배우던 인수가 재능을 보이자 인천 시내에 있는 기원에 데려다준 이도 할아버지였다. 인수가 바둑판을 보면 두지 않은 수가 보인다고 말하여 기원 원장님에게 혼이 났을 때도 할아버지만은 인수의 말을 믿어줬다. 하지만 그 능력을 남들에게는 감추어 너만의 무기로 만들라며, 지금 생각하면 인수를 보호하기 위해 수준에 맞게 가르침을 주신 분도 할아버지였다. 무엇보다 상급생을 이겼다고 몰매를 맞고 와서 바둑이 싫어졌다고, 기원에 가지 않겠다고 할 때 네가 하기 싫으면 언제라도 그만둬도 좋다고 말해 준 사람도 할아버지였다. 다만 그냥 바둑을 그만두고 싶은 것보다는 바둑보다 더 좋은 것이 생겨서 그만두는 것이면 좋겠다고 덧붙이셨지만.

문득 보게 된 할아버지의 환영이 하나의 계시와 같았다. 거센 파도가 바다 위를 떠돌다 어둡고 깊은 심연으로 가라앉듯, 갑자기 차분해지는 자신을 느꼈다. 인수는 그 차분함을 더 느끼고 싶어 눈을 감았다. 얼마나 깊게 내려왔을까? 숨이 멈출 것 같은 순간까지 참았다가 눈을 떴다. 대국장으로 정신이 돌아왔을 때 그렇게도 보이지 않던 위룽의 수가 내다보이기 시작했다.

경기 중반 뭉친 목을 풀려고 고개를 돌리는 순간 또 다른 환영이 보였다. 객석 어딘가에서 초등학교 3학년 담임선생님을 본 듯했다. 사실 인수는 알고 있었다. 담임선생님은 교육청에서 바둑 지원비용이 나왔다고 했지만 사비를 털어서 오랫동안 인수를 지원해줬다. 인수가 일본 청소년 대회에 출전할 돈이 없는 것을 알고는 결혼 준비를 위해 부었던 적금을 해약하여 도와주기까지 하였다. 나중에 대회 우승을 하고 선생님을 찾아 그동안의 도움을 갚으려 했지만 해외로 이민을 가셨다는 소식만 들을 수 있었다. '페이스북도 검색했었지만 선생님의 소재를 파악할 수 없었다. 그랬던 선생님이 이 자리에 와 계시다니? 잘못 본 거겠지. 멀리서나마 나를 응원하고 계실 거라고 생각하자.'

그뿐만 아니라 기억에서 까맣게 잊고 있었던 라이벌의 얼굴을 객석에서 보았다. 재훈인지 재원인지 정확한 이름은 기억나지 않았다. 인수와 같은 나이에 인수보다 뛰어난 실력을 보였던 그 친구는 나가는 대회마다 인수를 무참하게 꺾고 좌절하게 만들었다. 인수는 이기려 들수록 더 나락에 빠지는 힘겨운 시간을 보냈다. 만약 김 사범님이 누구를 이기려 들수록 수렁에 빠진다는 충고를 해 주시지 않았다면, 오 감독님이 네 바둑을 두어야지 남의 바둑 뒤꽁무니나 따라다닐 거냐며 꾸짖어 주시지 않았다면 오늘의 인수는 없었을 것이다.

주니어 기왕전에서 인수에게 고작 1패를 당했을 뿐인데 그 친구는 거짓말처럼 바둑계에서 사라져버렸다. 천재라는 칭송을 받으며 늘 이기기만 했던 그 친구에겐 한 번의 패배를 딛고 일어설 힘이 없었던 것일까? 물론 머리도 좋고 집안도 좋은 그 친구는 바둑을 접고 공부에 전념하여 무슨 특목고에 들어갔다든가 유학을 갔다고 전해 들었다. 돌이켜보아도 인수의 바둑 인생에서 그 친구만큼 두려운 적수도 없었다.

그런데 오늘 객석에서 그 친구의 얼굴을 보자 워룽에게 패배하고 허우적거리던 자신의 모습이 떠올라 인수는 쓴웃음이 지어졌다. '나는 그 친구와는 다르다. 피하지도 실패를 두려워하지도 않는다. 바둑판 위가 나의 집이다.'

한 번 더 호흡을 가다듬으며 인수는 새로이 각오를 다졌다.

'언젠가 읽은 소설 『창궁의 묘성』에서 주인공 양문수가 과거 시험을 보는 중간에 졸다가 꿈속에서 출제될 문제의 답안지를 먼저 보게 되고 실제 이 문제가 과거시험장에서 그대로 나왔다. 소설에서는 간절함이 만들어준 행운으로 묘사되었다. 어제 오늘 본 인물들은 무의식이 만들어낸 환상일지도 모르겠지만 그들을 보고 난 후 바둑판의 길이 보이기 시작했다. 길을 찾자, 찾다 보면 길이 보인다.'

객석에 있는 승원이 멀리서 보아도 오늘 인수에게선 빛이 났다. 얼굴에도 자신감이 넘쳐 보였다. 남아서 본인이 할 일이 없다고 판단한 민혁은 먼저 한국으로 돌아가고, 홀로 남은 승원은 5차 대국을 지켜보며 워룽을 압도하는 인수의 기백을 느꼈다. 결국 린메이나가 돌을 던지며 경기 포기를 선언했다. 사람들의 탄성이 터졌다. '차 대표는 왜 이 좋은 구경을 보지 않고 먼저 돌아갔을까.'

"역시 사람이 기계보다 위대합니다. 인수 군이 인류의 자존심을 지켰습니다."

"이렇게 땀을 쥐게 한 경기가 근래에 있었을까요. 모두가 승자입니다. 인수 7단도. 워룽도. 오늘 자리를 만들어준 엘도라도도."

아나운서는 엘도라도 측에서 미리 써준 멘트로 경기 중계를 마쳤다.

편한 마음으로 승원은 호텔에 있는 스파를 찾았다. 라벤다 향초를 맡으며 엎드려서 전문 마사지사의 손길을 느끼고 있다. 너무 세지도 약하지도 않은 딱 좋은 악력이다. 피로가 사라지며 졸음이 몰려왔다. 요 며칠 본 것들이 드라마 장면처럼 넘어갔다. 이번 케이스만 해도 그동안 해온 송무 관련 일들보다 훨씬 흥미롭고 재미있었다. 이제 가방 속의 돈도 내 몫만큼은 자유롭게 쓸 수 있다. '그 돈으로 우선 무엇부터 할까. 아파트 대출 원리금 절반 정도 먼저 상환하고, 신상 백 하나 사고, 식기세척기 장만하고… 또….' 아이템 목록을 작성하던 중 스르르 잠이 들었다.

민혁의 연락을 받고 광화문 더 픽서 사무실을 찾아온 승원이 민혁과 마주 앉아 있다.

"항저우에서의 혼자만의 시간은 좋았나요?"

"네, 덕분에 호사를 누리다가 돌아왔습니다."

민혁이 책상 위로 가방을 올려놓으며 열어 보라고 했다. 스파 받으면서 사려고 계획했던 신상 백이었다. 내가 사려고 했던 아이템을 어떻게 안 거지, 궁금증을 안고 가방을 열어보니 적지 않은 금액이 5만 원짜리 지폐로 들어 있었다. 민혁이 웃으며 말을 건넸다.

"생각보다 원가가 좀 들어가서요. 기대한 것과 비교하면 어떨지 모르겠네요. 뭐 그래도 일종의 무자료 거래라서 세금도 없고 4대 보험에도 영향을 주지 않는 게 장점이라면 장점이겠네요. 금액, 지금 확인하지 않아도 되겠어요?"

이들과 계속 일하려면 없어 보이면 안 된다는 생각에 승원은 백을 닫으며 고개를 살짝 저어 보이고는 바로 물었다

"그 큰돈을 어떻게 가져왔어요?"

"뭐 여러 가지 경로를 썼죠. 그때 갔던 아이템 공장 기억나죠?"

"네, 기억나죠."

"그 공장에서 게임 아이템으로 환전한 것도 있고, 공장에서 커버 할 수 없는 금액은… 뭐 나머지는 영업 비밀로 해 둡시다."

"그런데 우리가 기획한 방법, 생각보다 잘 먹혔어요. 예상했었나요?"

"80% 정도. 사람이 외부 자극에 정확히 어떤 반응을 보일지는 모르는 거죠. 할아버지나 선생님을 보고는 오히려 상념에 젖을 수 있었고, 어릴 적 라이벌을 보고는 오히려 좌절의 기억을 떠올릴 수도 있었으니까. 약간은 도박하는 기분으로 던진 것도 있습니다. 물론 신인수 7단의 멘탈을 믿긴 했지만요."

"그 배우들은 자기 역할을 알고 현장에 갔던 건가요?"

"일부러 안 알려주었어요. 배우들에게 주어진 임무는 단순했습니다. 객석에서 신인수 7단을 유심히 관찰하고 그의 얼굴을 그려오라는 것이었습니다. 다들 엉성한 솜씨로 열심히들 그려왔던데요. 그러다 혹시 신인수 7단과 시선이 두 번 이상 마주쳤다고 생각한다면 바로 현장에서 철수하라는 지시를 내렸죠."

"아! 인수군은 본인을 뚫어지게 쳐다보는 시선을 느꼈을 테고, 그리고 다시 봤을 때는 그 사람이 사라지고 없었겠군요."

"사실은 더해서 인해전술을 쓰기도 했어요."

"인해전술이라면?"

"할아버지 닮은꼴 배우만 해도 세 명이 현장에 있었습니다. 확률을 높이는 쪽이 나을 것 같아서요."

"아니 닮은 사람을 세 명이나 찾았다고요?"

"영화 촬영장에서 받아 본 사진첩에서 닮은 사람은 수도 없이 많았고요. 싱크로율도 90%부터 50%까지 다양했습니다. 그중에서 서너 명씩을 골랐죠. 확실히 중국에는 넘쳐 나는 게 사람이더군요."

하긴 우리나라에서는 CG로 작업할 대규모 전투 장면도 일일이 사람을 동원해서 촬영하던 걸 생각하면 인력 풀 규모 자체가 우리의 상상을 뛰어넘을 것이다. 승원은 문득 고수의 기합 소리에 폭발이 일어나던 장면이 떠올라 크게 웃을 뻔했다. 웃음을 속으로 누르며 승원이 물었다.

"승주 씨한테 들었는데 워룽의 정체를 알아냈다구요?"

"완벽하게 알아낸 것은 아니고… 대략 이런 작동 원리다 그림을 그려 낸 정도죠."

결론만 말하자면 워룽의 장기는 사람의 눈치를 보는 것이었다. 워룽은 쇼핑을 돕는 것처럼 실용적인 기능에 맞춰져 있기 때문에 고도의 학습 기능을 추구해서 원론적으로 접근한 것이 아니라 수많은 사람들이 말하고 행동하는 것을 관찰해서 사람의 다음 행동을 딱 한두 걸음 앞서서 미리 알아내는 데 특화된 인공지능이었다. 그런 눈치가 의외로 바둑이라는 멘탈 게임에서 더 위력을 발휘했던 것이다.

윤식이 직관적으로 느낀 것처럼 워룽은 하나의 단일한 시스템이 아니었다. 워룽1, 워룽2… 워룽100까지. 이런 식으로 각기 다른 여러 개의 워룽이 제각각의 개성을 가지고 눈치를 키워왔다. 거대한 하나의 인공지능을 만들기보다는, 눈치 빠른 하인 여러 명을 키우는 실용주의랄지 꼼수랄지 그러한 접근법을 쓴 것이었다.

워룽의 가장 큰 비밀은 수많은 엘도라도 그룹의 사용자들이 자신도 모르는 사이에 워룽을 돕고 있다는 점이었다. 워룽은 스마트폰이나 PC 등에 숨어서 사용자들의 행동 패턴을 관찰하면서 진화하고 있었다. 이것을 어딘가 본사로 보내서 모으면 추적당할 수도 있고 법적 책임이 있을 수도 있으니 수많은 기기들에 분산되어 숨어서 존재하고 있었다. 그동안 승주가 찾으려했던 워룽의 메인 본체는 존재하지 않는 것이다.

지난주 승주는 해커 지인들을 총동원하여 중국에 있는 아이템 공장 수백 곳의 IP주소를 알아냈다. 수백 개의 공장마다 있는 수백 개의 서버에 침투하여 대국이 있는 시간에 눈에 띄지 않는 트래픽을 집중적으로 발생시켰다. 이것이 워룽의 사고를 미세하게 늦췄다. 작은 패턴 변화에 민감하게 반응하게 설계된 워룽은 평소보다 더디게 연산을 수행했다. 이 지연은 워룽의 관리자들은 물론이고 심지어 워룽 자신도 눈치채지 못하게 이루어졌다. 마 회장이 사후에라도 알게 된다 해도, 존재하지도 않는 워룽의 서버에 직접 접근하진 않았기에 그와의 계약 조건을 어긴 것은 아니었다. 결과적으로 이 같은 작업이 어느 정도의 효과를 발휘했는지는 정확히 계산할 수 없었다. 하지만 두세 수의 패착은 분명 유도했다고 승주는 스스로 믿었다.

"승주가 워룽의 수읽기 능력을 어느 정도 지연시켰다고 하더라도 승부는 인수의 천재적인 수로 결정 난 거야. 잘 봐 67수와 92수를. 이건 바둑이 아니라 아트야."

"형님, 저의 능력을 그렇게 과소평가 하시면 안 되죠. 이해를 못 하셔서 그런데 제가 한 것은 단순한 트래픽 지연이 아니에요. 나비효과까지 일으킨 거예요. 제가 미세하게 던진 트래픽이 처음에는 몇백 개 서버에 작용했지만 개별 서버마다 반경 1킬로미터 내의 다른 서버들이 자동적으로 이번 공격에 참여했던 거예요." 어차피 이해 못 할 거라는 생각에 승주는 과장을 섞어 말했다.

"아냐, 바둑의 2천 년 역사는 당신 같은 컴쟁이들이 정복할 수 있는 것이 아냐."

"아니, 뭘 모르는 소릴 하시네. 아직도 이해를 잘 못 하시나 본데요. 워룽의 98수가 이렇게 놓인 것은 제가…."

두 사람은 밖으로 나가 소주를 마시면서 대화를 이어가기로 했다.

승원이 민혁에게 물었다.

"마 회장이 두려워한 것은 무엇이었을까요? 반중 정서? 엘도라도 불매운동?"

"아마 그거보단 더 큰 그림의 걱정일 겁니다. 인공지능의 위험성을 깨닫고 공산당에서 연구를 강제로 중지시키는 것은 아닐지, 미국 기업들이 워룽에 대해서 집중적으로 분석하여 경계를 시작하는 것은 아닐지. 물론 저만의 일방적인 생각입니다."

"미국이 분석하는 것을 왜 염려해요?"

"지금 중국에는 두 가지 큰 흐름이 있어요. 하나는 이제는 미국과 맞붙어 이길 수 있다는 쪽. 다른 하나는 아직은 좀 더 힘을 길러야 한다는 쪽. 그런 관점에서 마 회장의 의도를 짐작해 볼 수도 있겠죠. 아직은 도광양회韜光養晦가 유효하다 판단한 것이 아닐까요?"

'칼을 칼집에 넣어 검광劍光이 밖으로 새어 나가지 않게 하고 그믐밤 같은 어둠 속에서 실력을 기른다? 엘도라도 정도의 그룹이 아직 실력을 내세울 때가 아니라고?'

"마 회장은 사업가를 넘어선 사람 같네요. 그때 직접 본 느낌도 사상가, 선각자 이런 부류였어요. 혹시 일 마치고 그로부터 따로 연락이 오거나 했나요?"

"아니요. 쏘아 보낸 화살에 대해선 잊는 타입입니다. 주고받을 잔금이 남아 있는 것도 아니고."

아무리 바쁘게 사는 마 회장이라도 한가한 시간이 아예 없는 것은 아니었다. 오히려 아무것도 하지 않고 멍하니 있는 시간을 자주 만들어 머리를 맑게 만드는 것을 중요하게 여겼다. 지금처럼 어항에 사료를 넣고 물고기들이 먹는 모습을 지켜보는 것도 마 회장이 즐기는 일 중 하나였다. 마 회장이 커다란 소파에 몸을 던졌다. 가죽 소파 역시 그가 좋아하는 아이템 중 하나였다. 아예 소파에 누웠다. 고개를 돌려 탁자를 보니 아까 보려고 펼쳐 둔 잡지가 보였다.

잡지에는 엘도라도 그룹의 후원을 받아 중국에서 바둑 영재들을 만나 지도하고 있는 신인수 7단의 사진이 있었다. 4차 대국과 5차 대국을 승리로 이끈 뒤로 신인수 7단은 인간의 지성을 상징하는 인물로 인기를 끌었다. 라면, 생수를 비롯하여 자동주행 하는 첨단 자동차 광고까지 찍었다. 지난달 엘도라도 그룹은 신인수 7단을 초청하여 '지성으로 미래를 열자'는 청소년 대상 캠페인을 아시아권 전체로 전개하고 있다.

중국의 스마트 기기나 인터넷 서비스에 수많은 프로그램이 숨어 있는 것은 더 이상 비밀이 아니다. 미국 같은 나라조차 정부의 요청으로 사용자 정보를 넘기는 마당에 여전히 공산당이 이끄는 중국이라면 굳이 설명할 필요도 없을 것이다. 어쩌면 마 회장이 염려했던 그림은 한국에서 온 어린 소년이 중국의 인공지능에게 무참하게 패배하여 인생 자체가 부서져 버리는 그 장면을 세계에 보여주는 것이었다. 사람들을 두렵고 불편하게 만드는, 불필요한 그림이다. 사람들은 이런 상징에 너무나 쉽게 반응한다.

마 회장은 잡지를 옆에 놓으면서 생각했다. 사드 배치로 인하여 한국 기업이 입은 피해가 얼마나 될까. 한국 정부는 상징을 얻고 실질을 잃었다. 국가는 그럴 수 있으나 기업은 그래선 안 된다. 엘도라도가 5연승을 하고 워룽의 위대함을 외치는 것은 바보들이나 할 짓이다.

'사악해지지 말자'가 구글의 슬로건이라 했던가? 기업을 하다 보면 사악해져야 할 때는 충분히 사악해져야 한다. 철저하게 악당이 되어야 한다. 다만 내가 악당이라는 사실을 들켜서는 안 된다는 것이 몇 번의 실패를 경험하고 난 뒤 마 회장이 얻은 교훈 중 하나였다. 특히 좋은 것이건 나쁜 것이건 오래도록 기억될 상징적인 장면은 어지간하면 남기지 않아야 좋다. 공산당이 지배하는 국가에서 자본주의 법칙으로 생존해야 하는 마 회장의 철칙 중 하나인 것이다.

"마지막으로 김수일 판사에게 한마디 하겠습니다. 김수일 판사님. 헌법재판관이 그렇게 되고 싶다면 그것은 본인의 선택이고 자유입니다. 다만 이 불행한 소년을 위해 인간의 길을 외면하지는 말아 주기 바랍니다. 저도 아이를 키우는 아빠로서 말씀드립니다."

아버지의 이름으로

"제 차례 아직 멀었나요?"

말에 짜증이 잔뜩 묻어 있었다. 오늘 고영식 변호사는 기분이 좋지 않았다. 거울 앞에 자리를 잡고 앉은 지도 제법 되었지만 아직 메이크업을 받지 못했기 때문이다. 가뜩이나 작은 대기실을 여러 출연자가 함께 쓰는 터라 그리 쾌적하지 못한 상황인데 남들보다 먼저 자리 잡은 자신이 아직까지도 메이크업을 받지 못하고 있으니 기분이 상하는 것도 당연했다. 이럴 때는 전용 대기실이 그리웠다. 하지만 이 모든 것도 지나가리라 생각하면서 애써 기분을 가라앉혔다. 애꿎은 대본에 볼펜으로 무언가를 계속 적어 나갔다. 뭐라도 하는 모습을 보여야 자연스러울 것 같았다.

영식은 지난 몇 년을 생각하면 울화가 치밀어 오른다. 너무 속이 상하면 암이 된다던데 그나마 영식이 나름 강철 멘탈의 소유자였기 때문에 큰 병에 걸리지 않은 것이다. 명문대 출신의 돈 잘 버는 변호사에서 여당 국회의원이 되었다가 술자리에서 여자 국회의원들의 외모를 두고 너무 솔직하게 얘기한 것이 구설수가 되어 당에서 제명당했다. 평소 더 심한 말을 하는 선배의원들도 많았지만 그날 외모 콤플렉스 덩어리인 한 여기자가 작정하고 녹취를 딴 것이 문제가 되었다. 동네 지역민들은 나를 인정해주겠지 생각하고 다음 총선에서 무소속 출마로 승부수를 걸었지만 보기 좋게 낙선했다. 선거비용 보전도 못 받을 미미한 지지율로 정치생명까지 위태롭게 되었다.

그때 돌파구가 되어 준 것이 바로 방송이었다. 케이블 채널에서 시작한 방송에서 거침없는 입담으로 인기를 모았다. 유명 인사와 관련된 이슈나 주요 쟁점을 공격적인 직설화법으로 풀어나가며 주목을 받았다. 역설적이게도 구설수를 일으켰을 때 앞장서서 영식을 욕하던 젊은 층들이 오히려 그에게 환호하기 시작했다. '인간 사이다'의 원조도 사실 고영식이었다. 하지만 방송에서 모은 인기를 바탕으로 복당과 공천을 노리던 때에 이번에는 가정이 있는 한 여자 방송인에게 보낸 농도 짙은 문자가 공개되면서 하루아침에 모든 프로그램에서 하차해야 했다. 둘 다 가정이 있음에도 해외촬영을 같이 다녀오면서 썸을 타는 단계로 발전하고 있었다. 속을 들여다보면 여자 방송인은 고 변호사의 영향력에 기대고 싶었고 고 변호사는 둘 사이를 중년의 밀회라 생각한 차이는 있었다.

"아무 사이 아니에요. 조금 친한 동료일 뿐입니다. 동일 염색체끼리만 친구 하라는 법 있나요?"

온갖 궤변으로 부인해보았지만 네티즌 수사대에 의해 증거들이 속속 공개되었다. 결국 빼도 박도 못 할 문자까지 공개돼 버렸다. '무슨 이유로 그녀는 문자를 흘린 것일까, 여전히 이해가 되지 않는다. 아마 돈 주고 판 것이겠지. 인생의 롤러코스터를 제대로 타네.' 사람이 너무 잘나면 평범한 이들의 시기를 받기 마련이지만 자신에게는 너무들 가혹하다고 영식은 생각했다.

'아직 나이가 있으니 기회는 다시 올 거야. 지역구 재선하고 서울시장 한 번. 바로 대선으로 직행이다. 우리나라 사람들이 과거는 쉽게 잊는 경향이 있어. 무엇보다 대한민국에 나만한 스펙 찾아봐. 다들 지 자식들이 나처럼 되기를 원할 것 아냐. 대한민국 부모들의 워너비 모델은 나 고영식이라고. 난 당당한 흙수저의 성공 모델이야.' 그가 갖고 있는 자신감의 원천이다.

재기의 몸부림 끝에 간신히 따낸 방송프로그램이었다. '사람들은 운이 좋았다고 하지만 천만에, 내 운은 스스로 만들어냈다.' 영식은 화제가 될 만한 사건들만 골라 수임하여 간접적으로 뉴스에 얼굴을 내미는 방법을 생각해 냈다.

'여성의 게이바 출입을 금지한 업주에 대한 고소'

'인기아이돌 J군의 메인뉴스 앵커를 상대로 한 친자확인소송'

'공공장소 흡연금지에 대한 위헌소송'

최근 그가 맡아 이슈가 되었던 사건들이다. 수임료나 재판 결과는 크게 중요하지 않고, 사람들 입에 오르락내리락하기만 하면 되는 것이었다.

언론사 사람들끼리는 암묵적으로 영식을 다루지 않기로 했지만 화제를 모으는 뉴스라면 어쩔 수 없었다. 그런 영식의 전략이 통했는지 오랜만에 방송국에서 섭외 전화가 온 것이다. 비록 급이 좀 떨어지는 경제채널인데다, 그것도 오전 시간 주부를 대상으로 하는 프로그램에서, 게다가 전체도 아니라 꼭지 하나를 겨우 맡았지만 다시 언론에 얼굴을 내민다는 사실 자체가 중요했다.

'이것으로 재기 시작이다. 링컨도 계속 실패하다가 한 번에 백악관 따 먹은 거야.'

영식은 누구보다 언론의 힘을 믿었다. 영식 스스로가 언론의 바람을 타고 상승했다가 다시 언론의 낙뢰를 맞아 추락했던 장본인이 아니던가? 아무리 SNS의 시대라고 떠들어 봐라. 비록 SNS의 조회 수가 신문 부수를 압도하는 시대라 해도 결국 SNS의 인기라는 것도 신문이건 방송인건 기존 언론에서 확인되는 순간부터 공식화되고 힘을 발휘하는 것이다. 정치? 그것도 결국 인기투표의 다른 이름이 아닌가? 이름을 알리고 인기를 끄는 것이 그 무엇보다 중요하다고 영식은 확신했다.

그래서 지금 그는 웃고 있는 것이다. 방송에 다시 얼굴을 내미는 것은 정말 중요하기 때문이었다. 옆에서 시끄럽게 떠들고 있는 한물간 아줌마 연예인들과 그녀들 곁에서 비위를 맞추느라 영식을 방치하고 있는 메이크업 아티스트를 영식은 흘끗 쳐다봤다. '그냥 분장사라고 하지, 이 괴상한 이름은 또 뭐람.' 그래도 일단 오늘은 용서해줄 거라고 맘먹었다. 개인 대기실을 쓰며 오직 자신만을 위해 배치된 메이크업 아티스트와 코디들에 둘러싸여 피디와 작가에게 지시를 내리던 그 시절로 돌아가기 위해서라도 오늘은 누구에게든 다 웃어 주기로 작정했다. '웃어주는 데 돈 드는 것도 아니고. 이 또한 지나가리라, 젠장 빨리 지나가 버려라.' 영식은 사람 좋게 웃는 미소 아래로 이를 악물었다.

"그때까지 박 의원이 본인 바지의 자꾸가 내려간 줄 몰랐던 겁니다. 그 때문에 거기 있던 모든 사람들에게 속옷 색깔이 다 노출되었지요."

"까르르!"

별로 우습지도 않은 에피소드에 중년 여성들 특유의 웃음소리가 스튜디오를 가득 채웠다. 주목받지 못하는 채널에서 주목받지 못하는 시간대에 하는 주부 대상의 방송이라 해도 생방송은 부담스럽기 마련이다. 지역 방송을 전전하다가 케이블로 옮겨온 관록은 있지만, 클래스는 없는 피디가 생방송 리스크를 극복하기 위해 깔아 놓은 포석이 막강 방청객 군단이었다. 영식이 보아도 진행자도 별로 패널도 별로인 이 프로그램에서 방청객만큼은 확실히 자기 역할을 제대로 했다. 원래 방송이라는 게 좀 과장을 해도 화면으로 볼 때 평범하게 나오는 법인데 담당 피디가 어렵게 모셔왔다고 생색을 냈던 방청객 군단은, 예를 들어 짧게 웃고 넘어갈 얘기에도 박수를 치고 발을 구르며 한 옥타브를 더 높여 주었다.

하지만 영식이 얘기할 때는 어딘가 싸늘한 기운이 느껴졌다. 물론 영식도 짐작이 가고 나름 이해도 할 수 있었다. 유부녀 방송인에게 보낸 끈적끈적한 문자 내용이 다 공개되었으니 아주머니들이 자신을 싫어하는 것은 당연했다. '하지만 그게 언제적 일인가? 그 스캔들로 가장 많은 것을 잃은 것은 나였고 여기 아주머니들이야 티끌 하나라도 손해 본 것이 없지 않은가? 게다가 아내가 나서서 문제없다고 해명까지 하지 않았는가? 당사자들이 괜찮다는데!' 너무 자기 생각에 빠진 것일까, 영식은 자신을 부르는 진행자의 멘트를 놓치는 프로답지 않은 실수를 하고 말았다.

"고 변호사님?"

"아, 예?"

멍하게 있다가 답변을 하는 영식의 모습을 보고 방청객들이 빵 하고 웃음을 터뜨렸다. 경기고와 서울 법대를 나와 예일대까지 찍고 온 자신이 실수하는 모습이 퍽이나 재미있었을 것이다. 하지만 영식은 계산이 빠른 사람이다. 자신에게 싸늘한 것보다는 웃어주는 쪽이 낫다고 판단하여 방금 반응이 좋았던 당황하는 표정을 한 번 더 지어 주었다.

"아유, 우리 고 변호사님 무슨 생각을 그렇게 하셨어요?"

"아, 예. 오늘 제가 맡은 '정치 브런치', 어떻게 하면 우리 주부님들 귀에 쏙쏙 들어갈 수 있나 고민하다 보니 잠시 '유체이탈'을 했나 봅니다."

뭐가 또 아주머니들 마음을 움직였는지는 모르겠지만 방청객에서 까르르 웃음소리가 터져 나왔다. 덩달아 영식도 기분이 좋았다. 그건 그렇고 '정치 브런치'는 아무리 들어도 웃기는 작명이었다. 하지만 지금은 주부들 대상으로 정치 이슈를 쉽게 설명해주는 이 우스운 이름의 꼭지 하나가 영식에게는 어렵게 얻어낸 유일한 탈출구인 것도 분명한 사실이었다. '열심히 하자, 고영식!' 다짐을 하며 표정을 좀 더 밝게 만들어 보았다.

"아유, 예일대 출신 고 변호사님마저 유체이탈을 하게 한 이슈는 무엇일까요? 그러고 보니 제가 은평구에 있는 예일초등학교 나왔는데 저랑 동문이시네요."

말도 안 되는 아재개그에 방청객은 또다시 웃음바다가 되었다. 영식은 진행자의 저런한 멘트를 받아 넘기며 또박또박 말을 이어갔다.

"네! 예일 동문끼리 끝나고 한잔하시죠. 제가 준비한 오늘 정치 브런치 주제는 헌법재판소 이야기입니다. 주부 여러분들 혹시 헌법재판소라고 들어 보셨나요? 어떤 분들은 그러시더라고요. 아니 기왕 재판을 하려면 신상으로, 새 법 재판을 해야지 무슨 '헌' 법 재판소냐고요."

신상이니 하는 것은 방금 생각해낸 애드리브인데 의외로 반응이 좋왔다. 영식은 자신을 향하고 있는 2번 카메라를 정면으로 보며 내용을 이어갔다. '당장 시청률이 낮아도 좋다. 내 말 한마디에 방청객들의 시선이 집중되고, 화면 가득 내 얼굴을 클로즈업 해 주는 지금 이 순간이야말로 살아있음을 느낀다.' 영식은 갈증의 시간을 오래 보낸 탓에 이 한 모금의 주목이 너무나도 시원하게 느껴졌다.

"여기 김치찌개 하나요."

오랜만에 칼칼한 것이 먹고 싶어 김치찌개 집을 찾은 승원은 TV를 가득 채운 영식의 얼굴을 보고 속에서 느끼함이 확 올라왔다. 1시로 잡힌 미팅 때문에 서둘러 점심을 먹으러 나왔는데 하필이면 저 인간 얼굴을 보게 될 줄이야. 바닥으로 떨어진 줄 알았던 고영식 변호사가 주부 대상 프로그램에 얼굴을 내밀 줄은 짐작도 못했다.

승원과 영식은 안면이 있다기보다는 굳이 따지자면 악연이 있는 사이였다. 재산 분할 소송에서 양쪽 대리인으로 만난 적이 있는데, 중간에 고영식으로부터 의뢰인이 합의를 원한다며 늦은 밤 호텔 라운지에서 만나자는 연락이 왔다. 귀찮은 몸을 이끌고 나갔더니, 취하지도 않은 상태로 농을 걸었다.

"선배 변호사로서 이리저리 해줄 얘기도 있고 밤에 이런 곳에서 당신 얼굴 보면 어떤 느낌일까 궁금해서 나오라고 했어. 나 같은 사람하고 친해지면 일하는 데 여러모로 편해지는 거 알잖아."

그런 사람이었다. 상대방에 대한 아무런 배려 없이 자기 하고 싶은 대로 지껄이는, 본인은 그래도 된다는 당당함이 뒤에 숨어 있었다. 당시엔 어이가 없어 아무 말도 못하고 그냥 나왔지만 면상에 물이라도 끼얹을 걸 하는 후회가 남았다.

승원에게 영식은 개인적으로는 재수 없는 인간이 분명하지만 객관적으로 볼 때 똑똑하고 재능이 넘치는 인물인 것도 사실이었다. 문제는 자기가 잘났다는 것을 스스로 너무 과신한다는 것이었다. 딱딱하고 재미없을 헌법재판소 이슈를 식당 이모들도 귀 기울이게 할 만큼 쉽게 설명하는 것도 나름 재주라면 재주였다. 영식은 평소에는 전혀 존재감이 없지만 재산 분배나 남편의 바람과 같은 중요한 판결을 내리는 시아버지나 시할아버지에 헌법재판소를 비유했는데 누구나 쉽게 이해할 법했다. 하지만 오래 보고 싶지는 않은 얼굴임은 틀림없었다. '대충 먹고 나가자.'

"이모 여기 얼마죠?"

일반인들에게는 익숙하지 않지만 학자들 사이에서 언급되는 표현으로 '87년 체제'라는 것이 있다. '직선제 개헌'을 외친 1987년 '6월 항쟁'의 결과로 개정된 헌법이 규정한 체제를 뜻하는 것이다. 5년 단임제 임기의 노태우-김영삼-김대중-노무현-이명박-박근혜 대통령으로 이어지는 '제6공화국'이 바로 87년 체제의 산물이다. 87년 체제와 함께 헌법재판소가 등장함으로써 헌법과 관련된 재판을 전담하는 국가기관이 탄생한 것이다.

국민들은 물론이고 정치권이나 법조계에서도 존재감이 없던 헌법재판소가 주목받게 된 것은 2004년에 있었던 두 가지 판결 때문이었다. 두 판결 모두 고 노무현 대통령과 관련이 있는 정치적 사건이었다. 하나는 대한민국 헌정 사상 최초로 국회를 통과한 현직 대통령에 대한 탄핵소추안으로 직무정지 상태가 되었던 노무현 대통령은 헌법재판소의 기각 결정에 따라 대통령 자리로 복귀하게 된다. 다른 하나는 노무현 대통령이 공약으로 내걸었던 행정수도 이전으로 헌법재판소는 대한민국 수도가 서울이라는 것은 관습헌법이라며 신행정수도 특별법에 위헌 판결을 내렸다. 때문에 세종시는 행정수도가 아니라 행정중심복합도시가 되었다. 대통령을 물러나게 하고 수도를 옮기는 중요한 일이 이름도 생소한 헌법재판소의 손에서 결정된 것이다.

2014년 12월에는 헌법재판소의 위력을 확인시켜주는 커다란 사건이 있었다. 정부가 제기한 통합진보당 위헌정당해산심판이 받아들여지면서 헌법재판소가 생겨난 이래로 정당이 해산된 최초의 사례가 생겨난 것이다. 물론 통합진보당은 친북 성향을 노골적으로 드러내기도 하였지만 합법적인 선거를 통해 원내에 진출한 정당이 하루아침에 불법이 되어버린 사건은 정치권에 큰 충격을 주었다. 2015년 1월에는 형법상 간통죄 규정에 대한 위헌 선고를 내려 국민들에게 헌법재판소라는 존재를 부각시켰다. 간통죄에 대한 위헌 선고가 내려진 날 콘돔 제조업체 주가가 상한가를 쳤다는 얘기까지 나왔을 정도였다.

헌법재판소는 9명의 헌법재판관 중에서 6명 이상의 찬성으로 위헌이나 탄핵 여부를 결정한다. 헌법재판소 재판관은 대통령, 국회, 대법원장이 각각 3명씩 선출하고 대통령이 임명한다. 재판관의 임기는 6년이며 연임할 수 있지만 만 65세가 정년이며 헌법재판소장은 예외로 만 70세가 정년이다. 아직까지는 미국처럼 대통령의 성향에 따라 연방대법관의 성향이 결정되는 첨예한 대립은 아니다. 하지만 대통령 탄핵이나 정당 해산과 같은 중요한 사안이 헌법재판소에 있는 9명의 헌법재판관의 결정에 달렸다는 것이 드러나면서 정치권은 헌법재판관의 정치적 성향에 주목하기 시작했다.

헌법재판소를 두고 벌어진 정치권의 첫 번째 전투는 2006년에 있었다. 헌법재판소장은 9명의 헌법재판관 중에서 대통령이 국회의 동의를 얻어서 임명한다. 당시 노무현 대통령은 여성인 전효숙 헌법재판관을 소장으로 지명했는데 그녀는 전남 순천 출신으로 행정수도 심판에서도 관습헌법 논리에 유일하게 반대했던 인물이었다. 전효숙을 친親 노무현 인사로 판단한 야당의 반발과 그녀의 임기를 늘리기 위해 헌법재판관에서 일단 사퇴시킨 다음 임명한 방법이 논란이 되면서 최초의 여성 헌법재판소장 탄생이 무산되었다. 2013년에는 당시 이명박 대통령이 경북 대구 출신의 이동흡 헌법재판관을 소장으로 지명했는데 그를 보수 성향으로 판단한 야당의 도덕성 시비로 국회 청문보고서 채택이 불발되면서 자진 사퇴하였다.

카드 뉴스 형태의 헌법재판소에 대한 다큐멘터리가 끝나자 고 변호사의 멘트가 시작되었다.

"지금 보신 것과 같이 이렇듯 중요한 헌법재판관 후보로 이번에 올라오신 분이 김수일 수원지방법원장입니다. 과연 이분은 어떤 분일까요? 일단 인상은 깐깐해 보이시고 실제로도 법원 내에서 별명이 서초동 딸각발이라 불린답니다."

헌법재판소장도 아니고 헌법재판관 공석을 채우는 것이기에 화제는 되어도 큰 논란은 없을 것이라는 것이 일반적인 예상이었다. 김수일 판사는 대통령 몫으로 지명되었지만 1964년생으로 헌법재판관 중에서는 비교적 젊은 나이에, 특별하게 보수나 진보라는 성향이 있다기보다는 법리에 충실한, 전형적인 판사 체질이었다. 대통령은 전북 전주 출신인 김수일 판사를 지명하여 이른바 호남 민심을 타고 여소야대인 국회에서 청문보고서 통과를 쉽게 가려는 의도라고 언론은 평가했다. 야당도 평소와는 다르게 날을 세우지 않았다. 그동안 김수일 판사의 판결 중에서 정치적 견해를 첨예하게 드러낼 만한 시국 사건이 거의 없었다는 점도 일면 긍정적이었다.

하지만 그 시간 승원과 같은 방송을 보고 있던 세 명의 생각은 달랐다. 이들은 흥에 겨워 목소리를 높이는 영식을 보면서 김수일 판사의 운명을 뒤흔들 중요한 결정을 내릴 참이었다.

"뉴스쇼의 박상태보다는 고영식이 낫겠다. 아무래도 지금 누구보다 튀고 싶어 안달일 테니까."

"그런데 너무 물고 뜯고 지저분하게 가는 건 아닐까? 저 인간 지난 행적 보니깐 흙탕물 싸움 벌인 것이 한두 번이 아니야."

"그냥 판사도 아니고 헌법재판관 후보를 상대로 전쟁을 벌이는 것이면 싸움닭 기질이 필요해. 순둥이 박상태로는 약해."

"그렇긴 한데, 난 아무래도 걱정이야. 우리가 감당하기 어려울 정도로 일이 커질까 봐."

영식을 보며 의견을 나누던 두 사람은 조용히 있던 친구를 동시에 쳐다보았다. 아무래도 결정을 내리는 것은 그의 몫일 터. 고개를 숙이고 있던 친구가 어렵게 입을 열었다.

"고영식한테 보내자. 그 사람 이메일 주소는 확인했지?"

그가 결정을 내리자 한 명이 노트북을 열었다. 아이피를 빌려 주는 프락시 서버를 통해 익명으로 메일을 보내 주는 해외 사이트를 활용하는 방법으로 고영식 변호사에게 메일을 작성했다. 중요한 정보는 첨부 파일에 담아 메일 내용이 스팸 필터에 걸리지 않도록 주의했다. 작성을 마치고는 마지막으로 확인을 하듯 친구의 얼굴 보았다. 그가 말없이 고개를 끄덕이자 엔터키를 눌렀다. 메일이 발송되었고 이제 주사위는 던져졌다.

　누구나 한 번쯤은 자기 이름을 검색엔진에서 찾아 봤을 것이다. 대부분의 보통 사람들은 자신과 같은 이름을 가진 사람들을 찾게 되거나 아니면 언젠가 블로그나 SNS에 남겨 놓았던 자신의 흑역사를 발견하기 마련이다. 하지만 영식 같은 나름 유명인이라면 얘기가 다르다. '고영식' 세 글자를 넣고 검색을 돌리면 수많은 검색 결과가 쏟아져 나온다. 영식이 하루 일과를 마치고 집으로 돌아오면 가장 먼저 하고 가장 많은 시간을 할애하는 것도 바로 자신에 대해 검색하는 일이었다. 스캔들로 방송에서 하차하고 악플만 잔뜩 쏟아져 나올 때도 영식은 검색을 멈추지 않았다. 영식은 모두가 자기 욕을 하는 것은 참아도 아무도 자기 얘길 하지 않는 것은 참을 수 없었다.

　오늘은 좀 기대를 해도 좋을 것이다. 사실 프로그램에서 정치 브런치는 군불로 끼워 넣은 것이지 바람기 많은 남편이나 시댁과의 갈등 같은 다른 꼭지들에 비하면 그렇게 반응이 핫한 코너는 아니었다. 하지만 오늘은 어쨌든 방청객들이 빵빵 터졌으니 뭐라도 반응이 올라왔을 것이다. 그런 기대를 가지고 '고영식', '정치 브런치', '헌법재판소'를 넣어 봤지만 '고영식 변호사 정치 브런치로 방송 복귀?'라는 철 지난 기사 말고는 걸려드는 것이 없었다. 하다못해 헌법재판관 지명 자체도 별 뉴스가 되지 않았다.

"에이 씨, 오늘 것 정도는 기사화 해줘야지. 기자 놈들도 너무들 하네. 블로그에 인증샷 올린 아줌마 하나 없네." 더 자극적으로 나가야 하나 생각하던 순간 영식은 하마터면 고함을 지를 뻔했다.

스마트폰 메신저로 게임도 하고 택시도 부르는 시대에 이메일이란 습관처럼 확인하고 예의상 유지하는 매체 정도가 되어버렸다. 간혹 메일로 섭외요청을 하는 피디들이 있어 그래도 하루에 한 번은 열어보는 메일함에서 영식은 자신이 그토록 필요로 하는 것을 발견했다. 수상한 메일 계정에 '[제보] 김수일 판사 사생활 의혹'이라는 건조한 제목이 눈을 확 끌었다. 첨부 파일의 용량이 제법 되는 것을 보면 사진이나 녹취 파일 따위가 있을 것 같았다. 압축 파일을 풀어보니 빛이 바랜 사진들이 몇 장 나왔다.

"어쭈구리, 김수일 이 양반 봐라. 점잖은 척은 혼자 다 하더니만."

사진만으로는 밑간 정도는 될 것 같은데, 그렇다고 결정적인 한 방은 아니었다. 하지만 메일에 따르면 영식에게만 단독으로 제보하는 것이라고 분명히 적혀있었다.

'이 말이 사실이라면 일단 선수를 쳐야 한다. 아니 지금의 나로서는 더더욱 치고 나가야 한다. 제보자가 누구건 나를 지켜보고 있는 것이다. 오늘 방송을 보고 나를 선택한 것이다. 만약 내가 뭔가를 제대로 시작한다면 제보자가 더 확실한 것을 줄지 모른다.'

하지만 일말의 불안감도 동시에 엄습했다.

'사실이 아니거나 내가 불을 지폈는데 제보자가 땔감을 더 주지 않는다면 어떻게 될까? 명예훼손이나 모욕죄로 고소를 당하게 될까? 뭐 그것도 나쁘지는 않겠지. 언론 자유를 침해했다고 맞받아치면 나름대로 포지션은 생길 테니깐. 오히려 문제는 이걸 어떻게 던지느냐다. 아이템 회의에 들고 가서는 피디가 허락할 것 같지는 않아. 오히려 보도국 놈들에게 소스만 빼앗길 가능성이 크다. 결국엔 기습적으로 질러야 한다는 건데, 뭐 그런 걸 두려워할 필요는 없잖아? 한번 지르고 뜨자. 어차피 적어도 종편 정도로는 올라가야 하니까. 지금 채널은 나랑 레벨이 맞지 않는다.'

이렇게 생각을 정리하고 나니 영식의 마음이 좀 편안해졌다. 종편으로 옮길 그림까지 떠올리니 슬슬 흥분까지 되기 시작했다. 흥이 나는 듯 영식은 워드프로그램을 열어 대략의 멘트를 술술 적어 나갔다.

"이런 자리라고 말했으면 내가 애시당초…."

김수일 판사는 표정 변화가 거의 없는 사람이었다. 하지만 김수일 판사와 가까운 사람들은 지금 그가 미간을 살짝 찌푸리고 아랫입술을 지그시 깨문 것을 보았다면 매우 화가 나 있다는 것을 알아 차렸을 것이다. 전주고 동창 친구 몇이 오랜만에 서울에 왔으니 따뜻하게 밥이나 하자는 얘기에 나온 자리였지만, 호남 출신의 노련한 정치인 박우진 국회의원이 한자리를 차지하고 있을 줄은 생각도 못했기 때문이었다. 조용한 한정식 집에서도 나름 독립된 방이었는데 친구란 놈들이 방문을 막아서고는 우격다짐으로 수일을 끌어다 앉혀 버렸다. 그 모습을 보고 허허 웃고 있던 박 의원이 입을 열었다.

"내가 김 판사님 한번 뵙고 싶어서 부탁을 드렸습니다. 친구 분들도 김 판사님 아끼는 마음에 나선 것이니 너무 노여워하지는 말아 주세요. 이 식당 밥이 좋습니다. 어차피 시간이 늦어 식사는 하셔야 할 테니 그냥 딱 밥 한술만 뜨고 가세요. 여기 조용도 하고 보는 눈도 없으니 안심하시고요."

"수일이, 진짜 별 뜻 없고, 친구끼리 동향끼리 밥 한 끼 먹자는 거야. 자꾸 자네가 이러면 내 입장이 뭐가 되나."

'보는 눈이 없다고, 정말 그럴까? 재판을 해보면 안다. 평범한 사람들 사이의 이해관계 다툼에서도 녹취한 음성 파일, 몰래 카메라 등의 증거물들이 많이 올라온다. 들여다보고 훔쳐보는 것은 더 이상 어려운 일이 아니다. 박 의원 정도 되는 거물이 움직이는데 보는 눈이 없다면 거짓이지. 박 의원 스스로가 기록을 남길 가능성도 크다. 주도적으로 전임 대통령을 만들고 국정원 차장을 역임했던 사람이 재임 시 정보기관을 호남 인맥으로 전격 교체하였다. 그때 심어 놓은 라인을 통해 받아보는 정보력으로 몇 번의 정권이 바뀌는 동안에도 영향력을 유지해 온 인물이 아니던가. 청문회를 앞둔 민감한 시점에 왜 나를 보려고 한 것일까.' 수완가가 아닌 김수일로서는 답이 떠오르지 않았다.

여기 밥이 좋다는 말도 수일은 마음에 들지 않았다. 수일은 호남이라는 출신을 크게 마음에 담아두지 않았다. 호남 출신이라 차별 받은 기억은 무수히 많지만 그렇다고 호남끼리 뭉쳐서 뭘 해봐야 한다고 생각한 적은 없었다. 친구들이 선택한 장소라 마지못해 자리했지만 호남 출신 주인이 운영하는 식당에서 호남 출신 인맥들이 모일 때, 삭힌 홍어를 올리면서 주인은 특별 대접을 한다고 생색내고 손님들은 서울 사람들은 이 맛을 모른다고 떠들썩하게 얘기하는 것을 늘 촌스럽다고 생각해 온 수일이었다. 아닌 게 아니라 오늘도 잘 차려진 보리굴비 정식보다 가운데를 떡하니 차지하고 있는 홍어가 눈에 띄었다.

박 의원은 확실히 노련한 사람이었다. 조용히 밥만 먹고 있었고 역시 말없이 밥을 먹는 수일에게 특별히 말을 걸지는 않았다.

"보리굴비는 역시 찬물에 말아 먹는 것이 제격이야."

"자네 이가 헐어서 그런 것은 아니고?"

"예끼, 아직 난 팔팔하다고. 보여줘야 믿을 텐가."

오히려 친구들이 나름 분위기를 띄우겠다고 몇 마디를 던졌지만 수일이 별다른 반응을 보이지 않자 결국 모두가 조용히 밥만 먹는, 특이하다면 특이한 장면이 펼쳐졌다. 밥을 반 공기쯤 먹은 수일이 수저를 내려놓고 조용히 목례를 하고 먼저 일어서자 누구 하나 나서서 말리기도 뭐한 그런 분위기였다. 수일이 막 방을 나서려고 할 때 박 의원이 친근하지만 어딘가 무거운 목소리로 수일에게 물었다.

"그런데 김 판사님. 사모님하고 별거하신 지가 꽤 되셨던데, 청문회에서 이 내용을 물을지도 모르겠습니다. 관련하여 적당한 답변 준비하셔야 할 겁니다."

박 의원의 말을 들은 수일이 순간 걸음을 멈췄다. 아내와 별거 중인 것은 특별히 숨긴 일은 아니다. 일부러 알릴 일도 아니었지만. 수일이 걸음을 멈춘 것은 뭔가 찔려서가 아니라 뭐라 말을 하려다가 입을 다무는 게 낫다고 판단하는 시간 때문이었을 뿐이었다. 하지만 자기 말이 뭔가 먹혔다고 생각했는지 박 의원이 한마디를 덧붙였다.

"이게 다 김 판사님이 다른 일로는 흠 잡을 데가 없어서 그런 거기도 합니다. 의원들도 청문회에서 뭔가 묻기는 해야 하니까요. 어쨌거나 제가 살살 하라고 얘기도 하고 힘닿는 대로 애는 써보겠습니다."

더 들을 것도 없었다. 수일은 인사도 없이 방을 나섰다. 한 가지 걸리는 것은 박 의원이 언급한 자신의 사생활이 정보기관 파일에서 나온 것이라고 생각하니 기분이 썩 좋지 않았다. 쓸데없는 것까지 쓸어 담는 것을 좋아하고 특히 사생활을 좋아하는 것이 이 나라 정보기관의 오래된 버릇임을 알고는 있었지만 막상 당하고 보니 기분이 더러워졌다. 애들 엄마에게 전화를 넣어 미리 얘기를 해 둬야 할까? 하지만 서로 전화를 할 때마다 좋게 통화를 마친 적이 없었기 때문에 일단은 두고 보기로 했다. 애들 엄마에겐 더 이상 기대하는 것은 없었지만 그래도 자식들과 이어진 끈마저 놓치고 싶지는 않았다.

"무슨 일 있으세요? 평소보다 땀도 많이 나시고 얼굴이 상기되셨어요. 파우더 조금 더 칠해 드릴게요."

60초 광고 시간에 메이크업 아티스트가 영식에게 다가와서 말을 건넸다. 평소에도 영식은 스튜디오에 앉아 자기 차례가 오기를 기다리는 것이 고역이었지만 오늘은 특히 더 그랬다. 원래 코너에 따라서 패널을 적절하게 교체하는 것이 정석이지만 그렇게 하려면 동선도 따로 짜야 하고 현장 진행도 복잡해지니까 아예 처음부터 다 앉혀 놓고 시작하는 것이 피디의 선택이었다. 게다가 자기는 스튜디오가 꽉 차는 느낌을 좋아한다는 말도 안 되는 핑계까지 덧붙였다. 원래 영식은 언제 걸릴지도 모르는 카메라를 의식하면서 표정 짓는 일에 늘 신경을 썼지만 오늘은 한 방 터트리기 위한 타이밍을 기다리고 있다 보니 시간이 더디 가는 것이 견디기 힘들었다.

입이 바싹 말라가는 때에 익숙한 음악이 귀에 들어왔다. 영식이 맡고 있는 '정치 브런치'를 알리는 짧은 음악과 함께 진행자의 멘트가 이어졌다.

"네, 복잡한 정치를 아삭아삭 갓 구워낸 빵처럼 전해드리는 정치 브런치 시간입니다. 고영식 변호사님. 오늘은 어떤 소식을 전해주실 건가요?"

"네, 주부 여러분. 간통죄가 폐지된 것은 다들 기억하시죠? 내 남편만은 그럴 리 없다고 생각하지만 막상 간통죄가 없어지니 이놈이고 저

놈이고 다 밖으로 돌 것 같아 불안해하는 주부님들 많이 계실 겁니다. 그런데 이 간통죄를 없앤 곳이 어디인지 아시나요? 아시는 분 있으면 손 한 번 들어주세요. 상품? 당연히 있습니다."

영식이 대본에 없는 얘기를 쏟아내자 카메라 뒤에서 지켜보던 메인 작가와 조연출이 서로를 보며 뭐라 이야기를 나누기 시작한다. 주 조종 실에 있는 피디도 난리가 났을까? 느긋함을 넘어 게으른 피디니까 일 단 두고 보자고 할 가능성이 크다. 무엇보다 생방송 아닌가. 함부로 개 입하기 어렵다.

"아, 바로 어제 말씀 드렸던 내용인데요, 힌트 나갑니다. 새 법이 아 니라 헌…?"

"헌법재판소!"

막강 방청객 군단 중에서도 나름 봐줄 만한 얼굴과 몸매를 가진 아 주머니가 정답을 외치더니 영식에게 다가와 상품으로 준비한 화장품 을 받아갔다. 물론 영식이 미리 제일 그림이 좋을 아주머니를 골라 귀 띔을 해준 것이다. 피디가 정신 차리기 전에 몰아쳐야 한다. 평소에도 말이 빠른 영식이지만 오늘은 좀 더 속도를 내었다.

"네, 그렇습니다. 헌법재판소 하면 어마하게 큰일들만 하는 것 같지 만 때론 간통죄 폐지처럼 우리 집 아니면 바로 옆집에 영향을 주는 판 결도 내리게 됩니다. 그런데 헌법재판소가 간통죄를 폐지하고 나서 공 교롭게도 부인 몰래 간통을 저질렀던 사람이 헌법재판관이 되기 일보

직전이라면 주부 여러분들은 어떻게 생각하십니까?"

조연출은 얼굴이 파랗게 질렸지만 작가는 영식의 말에 흥미를 보이기 시작했다. 시청률을 올리는 일은 이유 불문하고 언제나 옳은 일이다. 시청률을 올리기 위해 쓸 돈이 거의 없는 채널이나 프로그램이라면 더더욱 그렇다. 영식은 미리 커다랗게 확대해서 준비한 사진을 꺼내 보였다.

"여기 부산 태종대를 배경으로 다정하게 있는 두 남녀. 일단 보기는 좋네요. 남자는 키가 크고 여자는 예쁘지 않습니까? 남자의 정체는 당시 부산지법에 부임한 젊은 판사입니다. 뭐 판사라고 여자랑 놀러가지 말라는 법은 없지요. 문제는 딱 두 가지입니다. 첫 번째, 당시 이 판사님은 이미 유부남이었다는 것. 두 번째, 이 판사님이 바로 이번에 헌법재판관으로 지명 받은 김수일 수원지방법원장이라는 것입니다. 여기 사진 밑에 있는 촬영 날짜가 보이십니까? 옛날 사진기는 필름에 날짜가 남는데요…."

어제 미리 대본을 직접 짜두긴 했지만 지금 영식은 스스로 감탄할 정도로 입에서 말이 술술 나오고 있었다. 지금쯤이면 자신이 사진을 들어 보이는 장면이 캡처되어 포털 사이트에 올라가고 있을 것이다. 물론 싸구려 인터넷 언론을 간신히 유지하고 있는 후배와 미리 말을 맞춰 놓기는 했다. 알만한 언론을 섭외하면 아이템을 빼앗길까 봐 고심 끝에 생각해낸 방법이었다.

포털 뉴스의 세계에는 '어뷰징'이라는 것이 있다. 조회 수를 늘리기 위해 기사를 조금씩 바꿔서 남발하는 행위를 뜻하기도 하고, 남이 올린 기사를 조금만 고쳐서 자기 기사처럼 일단 올리고 보는 것을 뜻하기도 한다. 작은 인터넷 언론은 물론이고 알 만한 신문사도 아르바이트나 인턴을 고용해서 좀 된다 싶은 기사가 올라오면 무조건 긁어다가 재구성해 올리는 일이 다반사다. 영식은 지난번 문자스캔들 때는 어뷰징에 말려 손도 쓰지 못하고 망신을 당했었는데 이번에는 거꾸로 그걸 이용하기로 한 것이다. 지금쯤이면 김수일 헌법재판관 후보의 불륜 사진을 들고 있는 영식의 사진이 포털 뉴스로 퍼져 나가는 건 불 보듯 뻔했다.

"와, 고영식 진짜 어이가 없네."

"저렇게 막 던져도 되는 거야? 고소당하지 않을까?"

"고소당하길 원하는 것 같은데."

정작 자신들이 관련 사진을 고영식에게 보내 놓고는 예상치 못한 반응에 당황하기 시작했다. 이들이 보내 준 사진은 확실히 김수일 판사와 한 여인이 태종대에 놀러가서 찍은 사진이긴 했다. 하지만 그냥 둘이 나란히 서 있는 것이지 팔짱을 낀 것도 아니고 하다못해 손을 잡고 있는 것도 아니었다. 그런데도 고영식은 불륜이나 간통 같은 말을 막 던지고 있는 것이다. 시끄럽게 하기 위해 저 사람을 고르긴 했지만 정말 이 정도로 막갈 줄은 몰랐다.

한동안 말문이 막혔던 두 사람은 묵묵히 인터넷을 검색하는 친구를 바라보았다. 인터넷 포털 뉴스는 고영식 변호사의 폭로 내용으로 도배되고 있었다. 실시간 검색어로 '김수일', '고영식', '태종대', '간통죄', '헌법재판소' 등이 자리 잡고 있었다. 정말 이것을 원했던 건가? 두 사람은 조심스럽게 말을 붙여 보았지만 정작 그는 아무 대답 없이 인터넷만 검색하고 있었다. '김수일 해명'을 검색해 보았지만 '김수일 판사가 어떤 해명을 할 것인지 귀추가 주목된다.'는 식의 기사만 있을 뿐이지 아직까지 김수일 판사 본인으로부터는 어떤 입장 표명도 나오지 않았다.

영식의 전화가 쉴 새 없이 울리고 있었다. 아니 전화기에 불이 났다는 식상한 표현이 딱 들어맞는 상황이었다. 대부분 기자들의 전화였다. 안면이 있던 기자들도 있었고 모르는 기자들도 있었다. 용건이야 듣지 않아도 뻔했다. 오늘 방송에서 영식이 폭로한 내용에 대해서 코멘트를 따거나 추가 자료를 요청하기 위함이었다.

'나 어려울 땐 전화도 없던 것들이.'

영식은 기자들의 전화를 한 통도 받지 않고 싶었다.

'왜 나한테 전화질들이야? 이런 경우 일단 김수일 판사 반응을 따는 게 정상 아니겠어? 그런데도 나한테 전화 돌리는 이유가 뭐겠어? 김수일 판사가 한마디도 얹지 않는다는 거겠지.' 김수일 판사의 평소 성격을 봤을 때야 당연한 일이었다. 사실 잘하고 있는 것이다. 스캔들을 몇 번 겪어본 영식의 경험으로도 이럴 때는 굳이 어설픈 해명을 하는 것보다 입을 다무는 것이 그나마 낫다.

지금 영식이 기다리고 있는 것은 기자들 따위의 연락이 아니었다. 더 중요한 연락을 기다리고 있었다. 영식이 나락으로 떨어진 다음 가장 갈증을 느낀 것은 경기고 OB모임 중 하나인 위너스클럽으로의 복귀였다. 언론에 이름 좀 알리고 국회의원 배지를 다는 것도 중요하고 짜릿하지만 영식은 그보다 더 강력한 세계가 있음을 분명히 체험했다. 겉으로는 드러나지 않지만 대한민국이 돌아가는 방향을 결정하는 사람들의 세계 말이다. 영식은 지금 그 보이지 않는 세계로부터의 호출을 애타게 기다리고 있다.

기자들도 지쳤는지 영식의 전화기가 잠잠해졌을 때, 그리고 솔직히 영식이 어느 정도 포기를 했을 때 너무도 기다리던 번호로부터 전화가 걸려왔다. 이런 세계에 있는 사람들은 결코 문자를 보내거나 하는 식으로 기록을 남기려 하지 않는다. 영식은 조심스럽게 전화를 받아 들었다.

"네, 선배님. 두 손으로 공손히 전화 받고 있습니다. 네, 바로 넘어가겠습니다."

시간과 장소만을 전하는 건조한 통화였지만 영식에게는 최근 들었던 어떤 소식보다 가장 반가운 연락이었다. 시간 여유는 충분했지만 영식은 바로 몸을 일으켰다. 언제라도 나설 수 있도록 이미 옷을 갖춰 입었고 혹시 기자들에게 시달릴까 봐 집이나 사무실이 아닌 후배의 오피

스텔에서 홀로 대기하던 중이었다. 영식은 오피스텔을 나서기 전 마지막으로 거울 앞에서 서서 옷매무새를 가다듬었다.

'좋아, 고영식! 그동안 잘 버텼다. 다시 올라가는 거다!'

애들 엄마로부터 먼저 전화가 걸려온 것이 몇 년 만의 일인지 모르겠다. 하지만 지금 상황에서는 결코 좋은 일은 아닐 것이다.

"어떻게 하실 건가요?"

놀랍게도 전화 속 목소리는 차분했다.

"일일이 대응하지 않을 생각이야."

"알아서 잘하시겠지만 애들한테 피해가 가지 않도록 해주세요. 둘째는 감성이 여리다는 것 잘 아시잖아요. 어제부터 방에서 안 나오고 있어요."

"알겠소. 둘째한테는 내가 따로 전화하리다. 당신은?"

"제 얘기는 지금 할 필요 없어요. 수습 잘하시리라 믿고 이만 끊을게요."

화를 내는 것도 아니었고 방송에 나간 이야기가 사실이냐고 묻지도 않았다. '믿겠다.'라고는 했지만 수일에겐 그 말이 '믿지 못하겠다.'로 들렸고 지금까지 겪어 본 바 그게 사실일 것이다.

소개로 만나 결혼했지만 그렇다고 결혼 생활이 불행했다고 수일은 생각하지는 않는다. 정확하게 표현한다면 소개가 아니라 연수원생 시절부터 수일을 눈여겨본 이들을 통해 재력가인 처가와 연결된 것이었지만 애들 엄마는 그렇게 모나지도 않고 유별나지도 않은 보통 여자였다. 수일을 눈여겨본 이들이 잘못 본 것이라면 그가 유능한 것은 사실이었지만 실력만큼의 야심은 없었다는 데 있다. 집안 사업에 도움이 될 검사가 되기를 원했던 주변의 요구에 반해 자기 소신에 따라 판사의 길을 선택했다.

결혼 생활이 불행하지는 않았다는 것도 수일의 입장일 뿐이고, 애들 엄마의 입장에서는 점점 불행에 빠져드는 삶이었을 것이다. 검사나 판사나 일이 많은 것은 마찬가지겠지만 검사가 상명하복의 이른바 동일체 생활을 하면서 그나마 업무 하중과 책임을 분산시키거나 전가할 수 있었다면, 판사는 홀로 일을 지고 다닌다는 차이가 있었다. 판사도 하다 보면 요령이 생긴다지만 수일 같은 사람은 요령을 알아도 피우지 않았다. 서류를 넘기느라 닳아서 버리는 손가락 골무가 일 년에만 열 개가 넘었다. 일에 빠진 남편과 산다는 것은 어느 여자에게나 불행을 가져오기 마련이다. 서류 뭉치를 들고 퇴근하는 것은 다반사요, 차려준 밥을 먹고는 말도 없이 바로 서재로 들어갔다.

수일과 애들 엄마 사이에 본격적으로 틈이 벌어진 시점은 딸 하나 아들 하나를 낳아 키우기 시작하면서부터다. 애들 엄마는 부유층 출신답지 않게 수일의 벌이에 맞춰 보통 여자의 생활을 했다. 그러나 교육에 대해서는 그녀가 생각하는 보통과 남편이 생각하는 보통의 기준이 달랐다. '대치동 엄마' 정도는 아니더라도 다른 집이 시키는 것만큼은 시켜야 한다고 생각했다. 판사 급여로 부족한 부분은 처가의 도움을 받아서까지 시켰다. 김수일은 이 부분에서 자존심이 많이 상하였고 집에서 더더욱 말수가 없어졌다.

"제가 애들 키우는 방식이 옆에서 보기 힘드시면 애들을 데리고 외국으로 나갈게요. 그 편이 지금보다는 서로에게 좋을 것 같아요."

통보 아닌 통보를 하고 애들 엄마는 미국으로 떠났고 자연스럽게 별거 상태, 정확하게는 연락이 끊긴 상태가 돼 버렸다.

그래도 애들 엄마는 좋은 여자였다. 사람을 시켜 수일의 냉장고에 밑반찬을 채워 놓고 종합비타민도 보이는 곳에 챙겨 놓았다. 수일의 도움 없이 홀로 애들을 챙기고 공부를 시키는 과정에서 다른 남자에게 한눈파는 일도 없었다. 힘든 일이 있으면 홀로 성당에 가서 기도를 올리는 여자가 애들 엄마였고 수일이 생각하는 것과는 다른 방향이었지만 결국 아이 둘을 모두 번듯하게 키워낸 것도 오로지 그녀의 정성 때문이었다.

물론 애들 엄마가 이미 남이나 다름없어진 자신과 형식상이라도 부부 상태를 유지하고 있는 이유가 애들의 장래를 위해서, 아버지가 지방 법원장이라는 사실이 의미 있다고 생각하기 때문임을 수일도 잘 알고 있다. 아무리 일에 미치고 어느 일에건 애틋하다는 감정을 잘 느끼지 못하는 수일이라도 자기 자식에 대해서 일말의 감정이 없다면 거짓말일 것이다. 그래서 수일도 최대한 애들 엄마를 거스르지 않으며 애들의 아버지 자리를 유지하기 위해 나름의 노력을 해왔다. 그런데 지금 난데없이 튀어나온 사진 한 장으로 그 모든 노력이 무너지기 시작한 것이다.

물론 수일은 그 사진에 등장하는 주인공이 자신임을 분명히 알고 있다. 그 사진을 언제 어디에서 찍었는지 그 사진을 함께 찍은 여성이 누구인지도 똑똑히 기억한다. 요즘 젊은이들은 잘 모르겠지만 당시 관광지에는 사진을 찍으면 나중에 인화된 사진을 우편으로 보내주는 사진사가 있었는데 천 원인가 주고 찍은 사진이라는 것도 분명히 기억한다. 무엇보다 그 사진을 찍을 때 수일이 느꼈던 감정도 분명하게 알고 있다. 하지만 사방에서 수일을 찾는 전화가 쏟아지는 지금, 수일을 향해 몰려오는 온갖 의혹들 가운데서 젊은 수일의 아련한 기억 따위는 이미 별 의미가 없었다.

"여기서 더 계속해야 하나? 이러다 우리까지 추적 당하는 거 아냐?"
"내가 아는 한 기술적으로 우릴 찾기는 어려워. 그래도 나도 후달린다."
불안하거나 두렵지 않다면 거짓말일 것이다. 이미 일은 저질러 버렸고 작은 불씨 하나가 산불이 되어 번져 나가고 있었다. 사진의 주인공에 대한 소문들이 부산 곳곳에 돌기 시작했고 서울에서도 기자들이 몰려와 정보를 캐기 시작했다고 한다. 하지만 20년 전 일을 기억하는 사람이 많지는 않을 것이기에 아직은 김수일 판사가 부산에서 지내던 시절 동료나 주변 이웃을 탐문하는 정도에 그치고 있다. 들리는 얘기로는 태종대를 찾는 사람들이 평소보다 늘었다고도 한다. 공개된 사진과 동일 포즈로 사진을 찍어 SNS에 올리는 놀이도 일부 중년들 사이에서는 유행하고 있다.

아직 준비한 자료의 일부만 던졌을 뿐인데 이 정도로 불이 붙은 것은 고영식 변호사가 치고 나간 탓이라 해야 할지 덕분이라 해야 할지 아무튼 고영식의 힘이었다. 다음 자료를 역시 고영식에게만 보낼지 아니면 여러 언론에게 그냥 뿌릴지 이야기를 나누었지만 당분간은 고영식 하나만 상대하기로 결정했다. 아무래도 여러 곳에 뿌리게 되면 발신자를 추적하는 사람들도 늘어날지 모를 일이었다.

다시 프락시 서버를 거쳐 익명으로 메일을 보내 주는 사이트에 접속했다. 프락시 서버와 익명 메일 사이트 모두 지난번과는 다른 곳을 선택해서 발신자를 감추는 것도 잊지 않았다. 이번에도 메일을 보내기 전에는 친구의 동의가 필요했다. 사실 그가 이번 일의 직접 당사자요 나머지 두 사람은 친구를 거들고 있을 뿐이다.

"잠시만, 이번에는 내가 직접 보낼게."

친구는 컴퓨터 앞으로 다가와 직접 보내기 버튼을 눌렀다. 준비한 자료들이 복잡한 인터넷 망을 돌고 돌아 고영식을 향해 날아갔다.

남의 눈을 의식하지 않는 자리가 필요하다면 이곳 청담동 일식집은 제법 괜찮은 선택이다. 모든 식사 공간이 독립된 방들로 이루어져 있는 데다 복도에서 서로 마주칠 일이 적도록 설계되어 있기 때문이었다. 위치마저 모교인 경기고 가까이에 있어서 만약 동문이라면 장소에 도착하는 순간부터 묘한 동질감을 다질 수 있었다. 영식이 안내를 받아 방으로 들어서자 여당의 중진 의원인 선배가 상석에 자리 잡고 있었다.

"후래자 고영식, 삼배 마시겠습니다!"

영식이 평소보다 기합이 잔뜩 들어간 목소리로 이미 오픈되어 있던 양주를 스트레이트로 따라 연거푸 세 번을 들이켜는 동안 선배는 말리지 않고 지켜보았다. 사실 늦게 도착한 것 자체가 영식의 계획 아래 있었다. 영식은 자신이 아쉬운 입장이었기에 오히려 먼저 도착해서 기다리는 모습을 보이고 싶지 않았다. 밖에서 기다리다 선배가 들어가는 것을 보고 바로 따라 들어온 것이다. 선배를 너무 기다리게 하지 않으면서 늦게 입장하는 쪽에게 주도권이 있다는 포지션을 손에 넣고자 했다. 동시에 '후래자 삼배'를 자처해서 살짝 망가져 주는 모습도 보이겠다는 계산이었다.

평소 잘난 척하던 영식이 허둥대는 것처럼 보인 것이 먹혔는지 선배는 입가에 살짝 미소를 지으며 다시 영식의 잔에 양주 한 잔을 채워 넣었다.

"살살 마셔 귀한 술이다. 나이가 드니까, 말아 먹는 것도 귀찮더라고."

선배는 자신의 잔에 스스로 양주를 따랐다.

"선배님, 후배 손 부끄럽게 직접 따르시면 어떡합니까."

영식은 자신이 그 술을 따라야 하는데 큰일 났다는 제스처를 하며 선배를 말리는 척했고 선배는 인자한 미소를 지으며 영식의 손을 빌리지 않고 마저 술을 따랐다. 영식이나 선배나 어쨌거나 선수들이기 때문에 얼큰히 술을 주고받아도 포지션을 설정하고 밑밥을 깔고 가는 것이다. 이런 자리에서는 어디까지나 상석의 리드를 따라야 하기 때문에 영식은 선배가 입을 열 때까지 눈치를 보며 기다렸고, 술잔을 입술로 가져가 살짝 적신 선배가 다시 입을 열었다.

"어쩌려고 그런 걸 건드렸어? 고영식의 고가 아무리 '고소의 고'라고는 해도 말이야 대통령이 지명하고 여야가 넘어가주려는 헌법재판관을 건드리면 뒷감당이 되겠냐 말이지."

"선배님들 불편하게 해드렸다면 다 제 불찰입니다. 죄송합니다."

정말로 큰일이 난 것이고, 정말로 야단을 칠 생각이었다면 굳이 영식을 불러내지도 않았을 것이다. 영식은 정말 큰일이 났나 하는 표정을 지으며 선배의 눈치를 살폈다. '자 빨리 본론을 꺼내주세요! 이 고영식에게 무얼 주실 수 있으려나' 영식의 속마음을 읽은 것인지 선배가 바로 본론을 꺼내 들었다.

"그런데 말이야. 선배들 중에서는 다른 생각을 하는 분들도 계신가봐."

여기서 선배들이란 경기고와 서울대를 나온 위너스클럽 멤버를 뜻한다. 멤버 대부분은 고시를 패스해서 공직이나 정계에 자리 잡고 있거나 번듯한 기업체를 운영했다. 이 선배들의 모임이 어디까지 올라가는지는 영식도 다 알지 못하지만 지난번 의정활동을 하면서 말석이나마 잠시 몸을 담았었다. 연말에 십만 원씩 도와주는 십시일반의 정치 후원금보다는 이들이 가끔씩 내려주는 봉투가 정치활동을 하는 데 실질적인 도움이 되었다. 고영식이 위너스클럽을 갈구하는 큰 이유 중 하나도 그 봉투 때문이었다. 선배의 본론이 계속 이어졌다.

"그래 뭐 김수일 판사가 나쁘지는 않지. 처신도 모나지 않았고 판결도 너무 튀지 않고 말이야. 하지만 헌재 가기엔 아직은 좀 젊잖아. 게다가 판사 출신이 좀 많다는 의견도 있고. 전주고 출신이라는 점도 좀 걸리긴 해. 뭐 전북 사람들은 아니라고 해도 호남 출신들을 내부에 들여놓으니 홱 하고 돌아서는 경우가 없었던 것도 아니고 말이지."

"네, 듣고 보니 그 말씀이 옳으십니다."

너무 듣고만 있는 것도 좀 그런 것 같아서 영식이 조심스럽게 첨언을 했다. 모름지기 상석에 계신 분이 있이 말이 길어질 때는 굳이 추임새를 넣지 않는 것이 좋다. 넣어야 한다면 짧게, 최대한 자신을 낮춰서. 영식의 추임새를 다 듣기도 전에 선배가 말을 이어갔다.

"또 75기 강찬희 선배 아깝다고 하는 여론도 많아. 사실 뭐 스펙으로만 딱 놓고 보면 강 선배가 올라가야 정상이지. 그런데 뭐 지금은 국회

눈치를 봐야 하는 때니까 호남 안배다, 60년대 생도 더 들어가야 한다, 이런 거 따지다 보니 김수일 짬밥까지 기회가 간 거 아니겠어? 또 대통령 몫의 추천이라지만 야당서 올린 인사안이라는 얘기도 일부에서는 돌고 말야."

그렇다. 김수일 판사가 낙마할 경우를 내다보는 것이다. 그래서 더더욱 궁금했을 것이다. 영식이 가지고 있는 패가 어디까지일지. 좀 흔들다 말 것인지, 아니면 김수일을 보내버릴 만큼의 파괴력을 가지고 있는지 말이다. 이럴 때는 없어도 있다고 지르고 보는 것이 맞다고 영식은 결심했지만 위너스클럽의 파워를 누구보다 잘 알다 보니 이제 와서 조심스러워지는 것도 사실이었다. 쫄지 말자! 영식이 스스로에게 다짐을 할 때 드디어 선배가 핵심을 찔러 왔다.

"그건 그렇고. 조중동이고 공중파고 종편이고 심지어 인터넷 찌라시까지 훑어 봐도 소스는 고영식 너만 가지고 있더란 말이지. 야, 누구는 그래, 고영식이 대단하다고. 김수일 건드려서 정국 흔들 생각으로 기획했으면 대단한 놈이라고. 내 그래서 이 자리서 솔직히 물을게. 영식아. 확실한 거 한 방 있는 거야?"

"네, 있습니다! 설마 제가 그런 것 없이 여기까지 불을 질렀겠습니까?"

어디서 그런 자신감이 나왔는지 힘주어 대답하고 정작 가장 놀란 것은 영식 자신이었다. 결정타가 있다는 말에 선배가 씩 웃는 것을 보자 영식은 배팅을 한다면 지금 해야 한다고 판단했다. 돌려 말할 필요 없이 바로 가자. 듣기만 하던 영식도 자기 패를 꺼내 놓았다.

"그런데, 선배님. 한 방을 먹이려면 종편에 제 이름이 들어간 프로그램 하나가 필요합니다. 시간대는 관계없습니다. 지금처럼 주부 대상 프로그램의 꼭지 하나 끌고 가는 것으로는 약합니다. 선배님. 이 불초 고영식이 감히 선배님께 응석 한번 부려 보겠습니다. 프로그램 하나 만 들어주십시오."

영식은 있는 힘껏 고개를 조아렸다. 이마가 밥상에 닿으면서 퍽 소리가 날 정도였다.

"허, 이 자식 봐라. 오버가 제대로야."

선배는 껄껄 웃었다. 웃었다는 것은 일단 좋은 소식이다. 하지만 웃음 뒤에 말이 없어 영식이 잠깐 당황한 사이 선배가 옷을 챙겨 일어서는 소리가 들렸다. 틀린 건가? 그렇다고 고개를 들어 보는 것도 무리수다. 눈물을 좀 흘렸어야 했나? 그때 우주에서 내려오는 동아줄처럼 선배의 목소리가 들려왔다.

"영식아. 좋은 소식 바로 갈 거다. 네가 장담한 것처럼 확실히 터트리는 걸로 알겠다. 이러다 우리 고영식이가 손석희도 제치겠어!"

영식이 고개를 들자 이미 선배는 방을 나선 뒤였다. 영식은 벌떡 일어서서 선배가 닫고 나간 방문을 향해 허리를 접어 인사를 했다. 높은 양반들에 대한 예의라는 것은 넘치면 넘쳤지 절대 모자라서는 안 되는 것이다. 충분히 숙였다고 생각한 다음 허리를 편 영식은 긴장이 풀려

자리에 털썩 주저앉았다. 넥타이를 편하게 풀고 물 컵을 하나 비운 다음 테이블 위에 있던 킹조지블루 병을 들이부었다.

"존나 좋은 술들 마시네. 다른 자리 때 나나 좀 끼워주지."

독한 술을 맥주 마시듯 목에 털어 넣고 나니 조금은 긴장이 풀리는 것 같았다. 혹시나 하는 마음에 스마트폰을 확인한 영식은 눈이 번쩍 뜨였다. 한눈에 봐도 '이거다!' 싶은 메일이 들어온 것이다. 좋아, 아주 좋아! 폭탄이 계속 손에 들어오고 있으니 이제는 터트릴 일만 남은 것이다.

영식의 폭풍질주에 불편해진 사람 중 하나가 박우진 의원이었다. 당에서 김수일 청문회 준비를 지휘하고 있는 것도 그였다. 몇 가지 작은 트집을 잡아 김수일 측과 물밑에서 딜을 치고 무난히 통과시켜주는 것이 당초 그가 세운 전략이었다. 그렇게 되면 헌법재판관 중 또 한 명이 그의 영향력 안에 들어올 일이었다. 하지만 고영식 이놈의 분탕질 때문에 모든 것이 흐려졌다. 해결은 해야 하는데 보는 눈 때문에 그가 직접 나설 수 없어서 문제다. 직접 나설 수 없으면 전문가를 써야 한다.

"차 대표 이게 얼마만이지?"

"워싱턴 DC에서 뵌 것이 마지막이니깐 한 4년 넘은 것 같습니다."

"자네 활약은 여기저기서 잘 듣고 있네. 저번에 나 곤란할 때도 좀 도와주지 그랬어."

"제가 도와 드릴 것이 있나요. 박 의원님이야 주변에 도와주는 분들이 많은 것 다 아는데요. 잘 해결되서서 다행입니다. 일단 제 방으로 들어가시죠. 저희 멤버 몇 명 같이 얘기 듣도록 하겠습니다."

"그렇게 하게나. 사무실 인테리어가 재미있구만. 무슨 벤처연구소 같아."

박우진 의원은 사무실을 둘러보며 모든 직원들의 어깨를 주물러 주고 악수를 마친 다음에야 차 대표의 방으로 들어갔다.

"무슨 일로 이렇게 직접 찾아주셨나요?"

"김수일 판사 건이야. 이게 아주 복잡하게 꼬였어. 본격적으로 얘기 시작하기 전에 오늘 나오는 말들은 밖으로 절대 나가면 안 되네. 설사 새어 나간다고 해도 난 내가 소스원이라는 사실은 부인할 것이네. 무슨 말인지 알겠지?"

"그 부분은 염려 안 하셔도 됩니다. 저희 밥줄이 보안에서 나오는데요."

"그럼 믿고 말하겠네. 나하고 김수일 판사가 특별한 인연이 있진 않지만, 헌법재판관 자리에 앉히는 것은 내가 책임져 줘야 할 상황이야. 일종의 보호벽 또는 새도 스폰서shadow sponsor 같은 거지. 그래서 그 양반과 한 번 식사 자리를 마련하기는 했는데, 본인은 내가 나서는 걸 그리 탐탁스레 여기지는 않더라고. 그 꼿꼿함이야 본격적인 청문회가 시작되면 머지않아 누그러지겠지만 말이야."

"그럼 요즘 고영식이 연일 떠들고 있는 것은 사실인가요?"

"당에서 스크리닝 했을 때는 안 나왔던 얘기야. 우리 당직자들이 하는 조사도 촘촘한 편이거든. 또 별도의 내 개인 정보망으로도 걸려들지 않은 사안이었어."

정치에서 정보의 힘을 누구보다 잘 알고 활용하는 이는 박 의원이다. 그동안 청문회 과정에서 아무도 모르던 팩트들을 확실한 증거와 함께 들고 나와 여러 공직 후보자들을 낙마 시켰다. 그 정보망에도 걸려들지 않았다면 사실일 가능성이 낮다.

"근데 사람 일이라는 것이 모르는 거지. 진짜일 수도…. 하지만 트집 잡기에는 너무 오래된 얘기지 않나. 젊은 분의 생각은 어때요?"

박 의원이 가장 젊어 보이는 인영에게 물었다.

"고 변호사가 질러대는 스타일이긴 하지만 아무 소스 없이 저렇게까지 하지는 않았을 것 같은데요?"

"굿 포인트. 나도 그 부분이 걸리긴 해. 이번 판이 아주 고영식 독무대야. 그런데 김수일이 헌재에 들어가야 하는 이유는 따로 있어. 여기서부터가 중요한 얘긴데…."

박 의원이 차 한 모금을 마시며 입술을 적셨다.

"두 달 전인가, 국회 파행 중에 여당 대표가 날 조용히 보자고 하더군. 자리에 가 보니 청와대 비서실장이랑 같이 있는 거야. 낮에 본회의장에서 소리 지르고 싸우다가 앞에 앉으려니 어색하더라고. 일단 셋이 술부터 들이켰지. 독한 걸로 한 네 병 먹었나. 술이 거나하게 될 때까지 국정원법, 국회선진화법 개정에 대해 양쪽의 차이를 좁혀볼 방법을 얘기했어. 벨트 끄르고 술 마시다 보니 조금씩 접점이 보이더라고. 그러다 비서실장이 '형님 다음 개각 때 국무총리로 들어와 주세요. 조각권까지 실질적으로 보장하는 책임총리로 만들어 드리겠습니다.' 하는 거야. 대통령 하고도 얘기가 어느 정도는 된 사항이라 하더라고."

"야당 저격수이신 의원님한테요? 의원님에 대한 감정이 안 좋을 것 같은데요. 그동안 여당의 에이스라 불리는 카드들을 청문회에서 날려 버리신 게 몇 명인데요."

신문의 정치면만큼은 꼼꼼히 읽는 승원이 말했다.

"그렇다면 일부 찌라시에서 돌고 있는 대연정 시나리오가 전혀 헛방은 아닌 거네요."

박 의원이 살짝 고개를 끄덕였다.

"저쪽에서 분위기 떠보려고 살짝 흘린 소스가 아닐까 싶어. 아무튼 갈 길이 멀긴 하지만 물꼬는 튼 것으로 봐야겠지. 되더라도 그랜드 코얼리션Grand Coalition이 될지 브로드베이스드 코얼리션Broad-based Coalition이 될지는 각론으로 들어가면 다들 생각이 다를 거야."

맨손으로 미국으로 건너가 크게 사업을 일으켰고 되기 어렵다는 뉴저지 한인협회장까지 했던 박 의원은 말 중간에 유달리 영어를 많이 사용했다.

"솔직히 나로서는 탐나는 제안이야. 단순히 총리 자리 욕심보다는 내 정치 말년에 제대로 된 협치를 한번 해보고 싶었거든. 이것은 고인이 되신 전 대통령의 뜻이었기도 하고. 나는 기본적으로 연정을 하면 요즘과 같은 국회파행은 기본적으로 막을 수 있다고 생각한다네."

"의원님은 저쪽의 제안을 액면으로 믿으시나요?"

"나는 사람의 말을 믿질 않아. 보여주는 행동을 믿지. 그렇다고 여당 대표나 비서실장에게 각서 써 달라고 할 수도 없는 노릇이고. 그래서 내 쪽에서 시간을 갖고 서로 신뢰를 쌓아가는 과정을 갖자고 역으로 제안했어. 사전 작업으로 양쪽이 다 수긍할 수 있는 사람들로 정부부처 인사를 채워 가는 게 어떻겠냐고 말했지. 그렇게 되면 연정이 성사되었을 때 정국 운영하는 데 있어 혼선도 줄일 수 있고."

"최근 들어 의원님의 칼날이 무디어졌다는 평이 들리는 이유군요."

"큰 그림을 그리는 과정이니깐 아무래도 그런 면도 있을 거야. 지난달 감사원장, 법무장관까지는 잘되었고 다음으로 신뢰 프로세스 형성 과정의 세 번째 후보가 이번 김수일인 거야. 대통령 몫으로 추천된 것이라 알려졌지만 사실 내가 찾아낸 사람이지. 본인도 모르는 것을 자네들한테 먼저 말하는 것일세."

차 대표를 빼고는 모두들 놀란 표정을 지었다. 아무리 정치가 살아 있는 생물이라 하더라도 정치부 기자들의 예상 시나리오를 한참 벗어난 얘기들이 실제 물밑에서 진행되고 있었다.

"그런데 이 모든 것을 고영식이 망치고 있는 거야. 자기가 뭔 짓을 저지르고 있는지도 모르고 말이야."

이 부분에서 박 의원의 목소리가 높아졌다.

"더 픽서에게 맡기고 싶은 일은 두 가지야. 일단 고영식이 지금 떠들어 대는 내용의 사실 여부를 조사해줘. 두 번째가 더 중요하고 급한 일인데, 저 고영식의 입을 좀 막아주게나."

"조사해서 만약 진짜 혼외자라면 어떻게 하시겠어요?"

"그때 가서 다시 생각해봐야지. 정면 돌파인지 후보 체인지인지. 팩트를 알고 있으면 대응책을 세울 수 있다네. 지금처럼 사실 여부 확인이 안 될 때가 어려운 상황이지."

산전수전 다 겪은, 노회한 정치인다운 말이다.

"바로 상임위원회 회의가 있어서 일어나야 하네. 어떻게, 차 대표 자네 쪽에서 맡아 줄 수 있겠나?"

"저희를 믿고 어려운 얘기 해주셔서 감사드립니다. 예전에 의원님께 신세진 것도 있으니 맡도록 하겠습니다. 그런데 저희 수임료는 어느 분이 지불하게 되나요? 상황을 들어보니 의원님이 직접 주시는 것은 어려울 것 같은데요?"

"금액만 이따가 알려줘. 내 지인이 내일 중으로 와서 현금으로 지급할 거야."

"네, 난이도 있는 일이라 금액이 적지는 않을 것 같습니다."

"이 사람아, 내가 그 정도 모르고 찾아왔겠는가?"

박 의원이 사무실에서 나가자 기다렸다는 듯이 승원이 물었다.

"더 픽서에서 사람 입을 막는 일도 가능한가요?"

"입막음이라니까 좀 없어 보이는데, 미디어 관리라 표현하면 어때요?"

"그런데 그게 가능하다 생각하세요? 고영식 변호사 입을 누가 막겠어요."

"그러게요. 고영식 변호사 입을 막을 수 있는 사람이라면 지금으로서는 딱 한 사람 밖에는 떠오르지 않네요."

"그게 누구죠?"

민혁은 승원의 물음에 잠깐 뜸을 들이고는 답했다.

"고영식의 입을 막을 수 있는 사람은 고영식 밖에 없습니다."

"네?"

승원이 눈을 동그랗게 뜨고 추가 답변을 요구했지만 민혁은 말없이 웃을 뿐이었다.

'고영식의 다이너마이트'라니! 정말 촌스러운 타이틀이었다. 하지만 비록 밤 11시라도 종편에 자기 이름을 딴 단독 프로그램을 맡았다. 아무리 그래도 종편인데 하루 만에 프로그램을 만들어 내다니, 영식은 새삼 위너스클럽의 위력에 감탄했다. 이 기회를 놓친다면 바보도 그런 바보가 없을 터였다. 영식은 생방송을 앞두고 원고를 보고 또 보았다.

"중요한 시사 이슈! 그 핵심으로 바로 들어가는 고영식의 다이너마이트! 진행을 맡은 고영식 인사드립니다. 오늘은 최근 논란이 되고 있는 헌법재판관 후보인 김수일 판사의 도덕성 검증으로 시작합니다. 오직 고영식의 다이너마이트에서만 볼 수 있는 단독 특종이 준비되어 있으니 채널 고정하시고, 주변 분들에게도 어서 채널 돌리시라고 전해주세요. 전하는 말씀 듣고 바로 시작합니다."

'한동안 쉬었다고 해도 내가 누군가, 바로 고영식 아닌가!' 영식은 오랜만의 단독 진행이라 시작할 때 조금 긴장했을 뿐 스스로 감탄할 정도로 말이 술술 나왔다.

"돌아보면 아름다운 추억, 누구에나 한 자락쯤은 있을 것입니다. 여기 한 남녀의 아름다운 추억이 담긴 사진을 봐 주십시오. 마당이 있는 소박한 집에서 함께 생활을 하는 모습은 마치 신혼의 달달한 추억을 떠올리게 합니다."

영식이 준비한 사진은, 약 20년 전 부산의 어느 주택에서 찍은 사진이었다. 마당도 있고 마루도 있는 예스러운 집을 배경으로, 한 남녀의 자연스러운 일상이 담겨 있었다. 조금 지대가 높은 곳인지 멀리 바다도 내려다보였다. 사실 이곳은 김수일 판사가 지내던 하숙집이었다. 사진에 함께 나온 여성은 태종대에서 사진을 찍은 여성과 동일 인물이 분명한데 그때와는 달리 서로 부쩍 친해진 모습이었다. 미리 사진을 살펴본 영식은 같은 집에서 하숙을 하던 사이로 판단했지만 지금은 닥치고 불륜 커플로 몰아갈 때였다.

"서울에서 멀리 부산으로 내려온 젊은 판사. 고된 업무를 마치고 돌아가는 소박한 집에는 찌개를 끓여 놓고 기다리는 여인이 있었을지도 모릅니다. 하지만 같은 시간 객지에서 고생하던 남편을 그리며 어린아이를 돌보던 아내가 서울에 있었습니다. 이는 도덕적으로도 문제였겠지만 당시 현행법으로도 엄연한 불법, 그것도 형법에 저촉되는 행위였던 것입니다. 낮에는 법의 이름으로 판결을 내리던 판사가 밤에는 불법의 주체가 되는 아이러니가 바로 이 사진에 담겨 있습니다."

입에서 술술 말이 나오는 와중 영식은 좀 너무 나가는 게 아닌가 불안해졌다. 원색적인 단어를 쓰지는 않았지만 섹스 스캔들을 연상시키고 불법을 강조해서 김수일 판사의 경력 자체에 흠집을 내고 있지는 않나 하는 생각이었다. 돌아보면 스캔들이 터졌을 때 자신도 비슷한 대접을 받은 적이 있었다. 하지만 프로라면 흠 잡힐 일을 하지 않아야 하는 법. 조금 부풀리긴 했어도 어디까지나 팩트에서 시작했다고 스스로를 변호했다.

"김수일 판사. 언제까지 침묵을 지킬 것입니까? 헌법재판관으로서의 자질과 도덕성을 생각한다면! 더 이상 개인의 문제가 아닙니다. 김수일 판사, 이제 당신이 답할 차례입니다."

영식은 마무리 멘트에 김수일을 넣을까 말까 주저하기는 했지만 넣길 잘했다는 생각을 했다. 아낄 때가 아니었다. 첫 방영부터 일단 들고 있는 패는 모조리 꺼내 들었다. 영식은 이러다 김수일 판사가 고소라도

해 주면 딱 좋겠다는 생각조차 들었다. 자신이라면 일단 고소부터 하고 시작할 일이었다. 하지만 김수일 판사는 점잖은 사람이라 이 정도로 발끈하지는 않을 것 같았다. '뭘 건드려야 김수일을 끌어낼 수 있을까?' 그날 밤 영식은 좀체 잠을 이루지 못했다.

"아주 그냥 신이 나셨어. 그런데 방송을 어떻게 활용해야 할지는 제대로 알고 있네."

자기감정에 푹 빠져서 멘트를 쏟아내는 영식의 방송을 보면서 윤식이 엄지를 척 들어 보였다. 승원까지 포함해서 더 픽서 구성원 모두 영식의 방송을 보고 있었다. 그가 새로 공개한 사진들은 방송 그대로 캡쳐되어 이내 포털 뉴스로 퍼져나갔다. 방금 영식이 한 말을 그대로 옮긴 다음 '라고 고영식 변호사는 말했다'만 붙이면 기사가 되는 편리한 장사였다. 다시 '고영식'과 '김수일'이 실시간 검색어 탑을 기록하고 있었다.

승주가 해당 이슈가 SNS로 퍼져 나가는 흐름을 시각화해서 큰 화면에 띄워 주었다. 11시 30분에 해당 프로그램이 끝나자마자 트위터와 페이스북으로 관련 내용들이 활발하게 퍼져 나가고 있었다. 승주가 설명을 덧붙였다.

"밤 11시부터 새벽 2시까지가 사람들이 컴퓨터랑 스마트폰을 많이 하는 시간이거든요. 옛날에는 죽은 시간일지 몰라도 SNS 시대에는 가장 핫한 시간대예요. 이 정도 반응이면 내일 조간신문 수도권판에는 실릴 수 있겠네요."

우주가 방송을 되돌려 영식이 사진을 공개하는 장면에 맞추고는 의견을 밝혔다.

"소스가 좋네요. 남녀가 뒹군다거나 이런 장면은 아니더라도 남녀 얼굴이 정확하게 나오니까. 그런데 이 정도면 본인들이 찍고 보관했던 사진 아닐까요? 유출 경로가 아무래도 수상한데요."

인영도 TV로 다가가 사진을 자세히 살피면서 말했다.

"김수일 판사도 이제는 어떤 식으로든 입장 발표를 해야 할 상황이네요. 지금처럼 무응답으로만 버틸 수는 없을 텐데."

윤식이 시큰둥하게 말했다.

"어휴! 무슨 20년 전에 여자랑 사진 찍은 거까지 해명을 해. 그것도 오버지. 나도 대학생 때 이 여자 저 여자랑 찍은 사진 많이 남겼다고. 그거 나 보러 다 해명하라고 하면 날 새겠다."

인영이 민혁을 보면서 말했다.

"대표님, 이제 우리도 김수일 판사 쪽을 커버해야 하지 않을까요?"

윤식도 기지개를 켜면서 말했다.

"판사님의 아련한 과거 실상은 어떤 모습이었을까?"

민혁이 나서면서 단호한 목소리로 정리했다.

"아뇨. 김수일 판사는 버리고 고영식에게 집중합니다. 고영식이 독

점하는 소스가 얼마나 더 있는지 그리고 어떻게 입수했는지 알아내는
게 급선무입니다."

민혁이 말을 마치고 물끄러미 승주를 바라보았다. 승주가 손가락으
로 자신을 가리키며 눈을 동그랗게 떴다. 민혁이 고개를 끄떡이자 승주
가 바로 컴퓨터를 조작하기 시작했다. 윤식이 민혁에게 물었다.

"김수일 판사 쪽은 정말 버려도 되는 거야?"

인영이 민혁을 대신해서 답했다.

"김수일 판사를 방어하는 게 목적이 아니니까요. 김 판사의 결백을
입증한다 해도 고영식은 여기서 멈추지 않을 겁니다."

우주가 슬그머니 재킷을 챙겨들고는 말했다.

"그렇다면 저는 이만 물러가겠습니다. 만나 달라고 조르는 여자사람
친구가 있어서."

윤식이 우주에게 소리쳤다.

"아저씨도. 오늘은 스크린골프 모임이 있어서."

승주가 컴퓨터로 뭔가를 조작하더니 자리에서 일어섰다.

"저도 오늘은 들어가 보겠습니당!"

윤식이 눈을 동그랗게 뜨면서 승주에게 말했다.

"어이 승주, 우리는 가도 너는 가면 안 되지. 너 믿고 우리 가는 건데."

승주가 씩 웃으면서 모두를 향해서 답했다.

"좀 전에 우리 고영식 변호사님께 트로이 목마를 몇 개 보내드렸습

니다. 나머지는 고 변호사가 클릭하느냐 여부에 달린 거라, 제가 여기서 딱히 할 일은 없습니다."

승주가 먼저 휙 나가고 우주와 윤식이 뒤를 따랐다. 인영이 민혁에게 눈짓을 보내자 민혁이 고개를 끄떡였다. 인영은 혼자 나가지 않고 승원에게 다가와 팔짱을 꼈다.

"이 변, 저희는 나가서 와인 한잔해요. 남산 쪽에 빠텐이 아주 근사하게 생긴 곳이 있어요."

반 강제로 승원마저 끌려 나가자 민혁은 소매를 걷고 책상에 앉았다.

"이제 시작해 볼까."

수원지방법원 앞은 기자들로 북적거리고 있었다. 법원 바깥쪽에는 경기경찰청에서 긴급 지원 나온 경찰 병력들이 배치되어 있었고 법원 안쪽에는 청원경찰과 법원 공익요원들이 대기하고 있었다. 기자들도 법원 앞이어서 무리한 취재를 시도하지는 못했고 출입을 위한 통로를 열어둔 채 양쪽으로 나뉘어 대기하고 있었다.

출근을 하지 않거나 다른 통로를 이용하여 출근할 것이라는 예상을 깨고 김수일 판사는 평소와 같이 정문으로 들어섰다.

"법원장님, 최근 사태에 대해 한 말씀 해주시죠?"

"그 여자 분과의 관계를 인정하시는 겁니까?"

"자진 사퇴의사는 없는 겁니까?"

기자들이 수일에게 질문 공세를 던졌지만 그는 아무런 말도 하지 않은 채 기자들 사이를 통과했다. 하다못해 표정 변화라도 있어야 할 텐데 수일은 무표정한 얼굴로 앞으로 걸어갈 뿐이었다.

　　그때였다. 기자들이 자발적으로 친 카메라 라인을 넘어 수일의 앞을 가로막고 나선 사람이 있었다. 다름 아닌 영식이었다. 연미복에 보우타이 차림의 영식은 어디서 구했는지 수일의 가족사진을 크게 확대해서는 수일에게 들이밀고 있었다. 애들이 어릴 때 찍은 사진이어서 아직은 그래도 다정한 가족처럼 보이는 사진이었다. 영식은 주도면밀하게도 수일을 제외한 아이들과 애들 엄마는 눈을 가리는 방식으로 모자이크 처리를 했지만 어떤 면에서는 그것이 범죄자처럼 보여서 수일의 마음을 울컥하게 만들었다.

　　수일이 영식을 노려보았고 영식도 지지 않고 사진을 더 높이 들어 보였다. 기자들이 모여 셔터를 누르고 플래시를 터트렸다. 오늘도 영식이 그림을 하나 만들어낸 것이다. 영식을 노려보던 수일이 영식에게서 가족사진을 빼앗아 들었다. 영식은 순순히 사진을 내어주면서 한걸음 물러섰다. 솔직히 이 정도까지 기대하지는 않았는데 좋은 그림을 만들었으니 물러설 때가 된 것이다. 커다란 사진을 옆구리에 끼고 수일의 어색한 출근길이 계속되었다. 법원으로 들어서는 수일의 뒷모습을 수많은 카메라들이 바라보고 있었다.

　　TV로 수일의 모습을 지켜본 둘은 기분이 그리 좋지 않았다. 고영식이라는 사람은 한결같이 예측을 넘어서는 행동을 보여주고 있었다. 가족까지 건드리는 것은 선을 넘은 게 아닌가? 가족사진을 보고 애써 분노를 억누르는 수일의 모습에 시작이 잘못된 것은 아닐까 살짝 후회도 됐다. 하지만 친구의 반응은 달랐다.

"자기 가족만 소중하단 말이지? 그럼 당신한테 우리 엄마는 뭐였던 거야? 나머지도 오늘 보내버리자."

친구는 둘에게 쪽지 하나를 건넸다. 어차피 지금까지 와서 뭘 멈추고 하는 것도 우스운 일이었다. 이번에는 사진이 아니라 그저 텍스트 몇 줄이었다. 하지만 지금까지 보낸 사진들보다 더 파괴력이 있을 거라는 확신이 들었다. 다시 새로운 프락시 서버와 익명 메일 사이트를 거쳐 제보 내용이 발송되었다.

영식의 입가에는 자꾸 미소가 스미고 있었다. 처음에는 촌스럽다고 생각했지만 '다이너마이트'도 나쁘지 않았다. 오늘 아침에 법원에 직접 나간 것은 사실 어제 술자리에서 생각한 충동적인 행동이었는데 그림도 좋았고 결과도 좋았다. 벌써부터 '다이너마이트 고영식'이 일종의 별명이 되어 인터넷에서 검색되기 시작했다.

'대중이 다 그렇지 뭐. 유부녀한테 껄떡거렸다고 초등학생까지 나서 씹고 물고 뜯던 게 엊그제였는데 이제는 '행동하는 변호사'나 '탐사정신 투철한 방송인'이라며 떠받드는 꼴이라니. 이 정도 인기면 서울시장 직행도 가능할 것 같은데?

하지만 꼭 좋은 면만 있는 것은 아니었다. 하루 사이에 종편 프로그램을 만들어 주었던 바로 그 선배에게서 전화가 왔다.

"후배님 인기만 챙기지 말고 김수일이 빨리 작업해야지. 내가 지금은 무슨 일인지 말은 못 해주지만 알아보니 이게 단순히 김수일 문제가 아니더라고. 시간 많이 못 준다. 얼른 김수일 드롭 시켜."

그 무엇보다 강한 압박이었다. 일단은 성과를 내고 볼 일인데 벽 보고 얘기하는 기분을 들게 하는 김수일은 제법 버거운 상대였다. 영식의 전략은 상대방을 뒤흔들어 자멸하게 만드는 스타일인데 고지식한 판사와는 무언가 합이 맞지 않았다.

'그래도 많이 무너졌으니 조금만 강하게 더 밀어붙이면 될 거야!'

종편에서 자신의 이름을 딴 프로그램을 시작한 뒤로 영식의 메일함이 터져 나가기 시작했다. 일부러 방송 중에 새로 만든 메일 주소를 공개했지만 옛날 메일 주소로도 적지 않은 메일들이 몰려들었다.

"이딴 것 말고."

어설픈 제보, 어설픈 격려, 어설픈 관심으로 가득 찬 메일함을 일일이 클릭하며 영식은 지금의 자신을 만들어 주고 있는 바로 그 제보 메일을 찾고 있었다.

다행히도 새로운 제보 메일이 도착해 있었다. 몇 번 메일을 받다 보니 메일 주소와 몇 가지 스타일에서 유사점이 보이기 시작했다. 그런데 이번 메일은 용량이 적었다. 사진이 첨부되지 않은 것이다. 폭탄 공급을 더 기대할 수 없다는 건가? 하지만 텍스트 파일 하나가 첨부되어 있었다. 파일을 받아 열어본 영식의 표정이 이내 밝아졌다. 영식은 급하게 담당 피디에게 전화를 걸었다.

"김 피디! 우리 부산 좀 가야겠어. 카메라 감독도 물론 같이 가야지. 아니야, 차라리 그냥 가볍게 VJ 카메라로 갈까? 30분이면 방송국에 도착할 테니 얼굴 보고 얘기합시다. 당연히 특종이지!"

승원은 토요일 밤이면 파자마 바지로 갈아입고 미국드라마를 10시간씩 몰아서 보는 '미드' 마니아다. 특히 연방수사관이나 프로파일러가 등장하는 시리즈는 빠짐없이 챙겨보고 있다. 그런 승원이라도 드라마에 등장하는 미국 수사기관의 해커 캐릭터는 말 그대로 드라마 진행을 편하게 하기 위한 일종의 장치라고 생각해 왔다. 상식적으로 컴퓨터 몇 번 움직여서 어지간한 사항을 다 알아낸다는 것은 말이 되지 않았기 때문이다. 적어도 승주를 보기 전까지는 그랬었다.

승원과 더 픽서 사람들은 건물 지하에 있는 특별한 공간인 큐브에 내려와 있다. 승주는 하루 만에 고영식의 컴퓨터와 스마트폰을 샅샅이 뒤진 것도 모자라서 실시간으로 모니터링까지 하고 있었다. 사방 벽은 물론이고 천장과 바닥까지 특수한 스크린으로 되어 있는 큐브에는 고영식의 컴퓨터와 스마트폰에서 얻어낸 정보들이 표시되어 있었다. 승원이나 보통 사람의 눈에는 그저 복잡한 선과 점으로만 보이는 화면을 짚어 나가면서 승주가 설명을 시작했다.

"다른 건 차치하고 결론으로 점프하면, 중요한 정보를 고 변호사한 테 전달하는 익명의 제보자가 있습니다. 지금까지 공개된 사진들은 모 두 제보자가 메일로 보낸 것입니다. 특이 사항이라면 제보자는 몇 가지 장치를 이용해서 발신자를 철저하게 숨기고 있다는 점인데요, 뭐 찾자 고 하면 찾을 수는 있습니다. 그런데 시간은 좀 걸릴 거예요. 또 하나, 메일 문장을 분석해보니 두 명 이상이 번갈아 메일을 쓴 거예요. 메일 마다 어투나 종결어미가 확연히 달라요."

승주가 한쪽을 가리키자 작은 네모가 하나 나왔다. 그걸 확대시키자 사람 이름과 주소가 있는 텍스트 파일이 열렸다.

"가장 최근에 보내온 제보는 이 텍스트 파일이에요. 이름과 주소만 적혀있는데, 확인해보니까 집에서 찍은 사진 있었죠? 이 사진. 이 사진 에 나오는 집 주인이었습니다. 아직도 부산에 살고 계시고요. 지금은 64세, 이름은 김복순 씨입니다. 그리고 지금 고영식 변호사가 만나러 내려가는 중입니다. 어디 보자, KTX를 타고 가는데 지금 막 대전역 지 나갔네요. 가서 무슨 얘길 나눌지는 이따가 같이 들어보시죠."

윤식이 승주에게 어깨동무를 하면서 물었다.

"그걸 실시간으로 들을 수 있다고?"

"네 뭐 고영식이나 피디 스마트폰 마이크를 켜기만 하면 돼요. 요즘 스마트폰 마이크는 워낙 성능이 좋아서 주머니 속에 있어도 바깥 이야기를 잡을 수 있어요. 잡음은 제가 개발한 필터로 조금만 거르면 되고요."

"아니, 내 얘기는 우리 승주가 솜씨가 끝내주는 건 알겠는데 그렇게 몰래 들어도 되냐고. 불법 아니냐 이거지."

윤식의 얘기를 듣고는 우주가 살짝 웃음을 터트렸다.

"형이 그런 얘기 하니깐 안 어울린다."

"야, 우주. 왜? 까먹었나 본데 난 민중의 지팡이 출신이라고."

우주가 웃음을 꾹 누르며 윤식에게 말한다.

"일단 굳이 따지면 불법 도청은 통신보호법 위반이고요, 스파이웨어 몰래 설치하는 것은 정보통신망법 위반이죠. 하지만 승주가 평소 솜씨라면 해당 기기에 흔적을 남기지 않을 가능성이 크니까 들킬 가능성은 거의 없을 것 같습니다. 뭐 굳이 따진다면 잘한다 칭찬받을 일은 아닐 것도 같습니다만."

"그런데 왜 웃었어?"

"사람 팔 꺾고 남의 집 함부로 문 따고 들어가는 형님이 불법이라 하시는 게 좀 그래서…."

"뭐야? 그건 다 우리 일을 위해서 한 거고!"

민혁이 손을 들어 분위기를 정리했다. 편하게 늘어져 있다가도 민혁이 움직이면 나름 긴장하는 것이 여기 더 픽서 팀의 뚜렷한 규칙이었다.

"부산에서 일어난 일은 승주가 요약해서 나에게 직접 알려 줘. 굳이 여기서 모두 모여서 들을 필요까지는 없을 것 같아. 그리고 형님들 말씀 잘 새겨들어서 흔적 남지 않도록 주의하고."

승주는 민혁에게 장난스럽게 거수경례를 해 보였다. 민혁은 승주에게 미소를 지으며 고개를 끄떡여주고는 말을 이어갔다.

"나머지는 일단 각자 하던 업무에 집중해 주세요. 필요한 상황이 생기면 제가 바로 지시하겠습니다. 이번 케이스는 계속 대기상태 아니어도 좋을 것 같습니다. 이 변은 어떻게 할래요?"

갑자기 질문이 돌아오자 조금 당황했지만 승원은 바로 답했다.

"괜찮으시면 저도 여기 있겠습니다."

민혁이 승원에게도 고개를 끄떡여주면서 답했다.

"그럼 이 변도 편한 자리에서 대기하세요. 이상."

각자 자기 자리로 돌아가면서 윤식이 딱히 승원에게 말을 건넨다기보다는 모두를 향해 한마디를 덧붙였다.

"이제 우리 이 변 책상 하나 놔줘야 하지 않나?"

취재를 마치고 김해공항에서 서울로 올라가는 비행기에 올라타면서 영식은 심장이 터져 나갈 것 같았다. 1시간 뒤엔 김포공항에 도착할 테고 30분이면 방송국 도착이었다. 시간 절약을 위해서 VJ는 부산 현지에 있는 편집실을 급하게 빌려 초벌 편집에 들어갔다. 영식과 피디가 방송국에 들어갈 때쯤이면 초벌 편집본이 업로드 될 것이고 피디는 본방용 편집을 다듬고 영식은 멘트에 집중하면 될 일이었다. 11시 생방까지는 시간 여유가 있으니 그래픽에 좀 더 공을 들여도 될 것 같았다.

영식은 남는 시간에 스마트폰을 들어 자기 이름을 검색해 보았다. 무슨 아이돌 커플이 헤어졌는지 실시간 검색어를 장악하고 있었다. 간사한 대중들. 영식에 대한 칭송은 반나절을 유지하지 못했다. '조금만 기다려라. 오늘 방송을 하고 나면 다시 불씨가 살아날 것이다.' 그런데 고민도 되었다. 수위를 어디까지 잡아야 하나. 할머니의 증언에는 결정적인 것이 빠져 있었다. 바로 김수일 판사와 여자와의 관계를 특정하지는 못한 것이다.

'그냥 지르고 볼까? 너무 가는 걸까? 어차피 증거만 없다뿐이지 정황은 딱 그쪽인데…'

영식이 고민하던 차에 새로 도착한 메일이 하나 눈에 띄었다. 메일을 열어본 영식은 숨이 멎는 듯했다. 바로 지금 필요한 그 증거가 눈앞에 나타난 것이다. 메일을 보낸 형식으로 보아 그동안 계속 중요한 정보를 보내준 제보자가 분명했다.

아직은 그래픽 작업을 할 시간이 있었다. 영식은 급하게 피디를 호출하려다 아예 피디가 있는 편집실로 향했다. 이걸 본다면 피디도 기뻐 날뛸 게 분명했다. 편집을 하면서 기발한 아이디어가 떠오른 영식은 코디에게 나가서 소품을 하나 사오라는 문자를 보냈다. 질질 끌면 안 되는 건 당연했지만 생각보다 빨리 결판을 낼 수 있을 것 같았다.

'이걸로 김수일은 끝났어.'

하지만 코디가 들고 온 내용물을 본 영식은 분통이 터졌다. 급한 마당에 이런 거 하나를 제대로 못하면 어떻게 하는 거야, 속으로 열불이 났지만 화를 내기도 그랬다. 아직은 이미지 관리가 필요한 시기였고 요즘 같은 시대에 '코디에게 갑질' 같은 걸로 SNS에 오를 필요는 없었다.

'아무리 그래도 그렇지. 붕어빵을 사 오라면 붕어빵을 사 와야지 가까운 데 붕어빵이 없다고 계란빵이랑 풀빵을 사다 놓으면 어쩌란 거야. 생방 앞두고 내가 먹자고 이런 것들 사오라 한 것 같아? 눈치가 없어, 눈치가.'

영식은 막내 작가를 시킬까 하다가 조연출을 불렀다.

"멀리 가더라도 리어카에서 파는 붕어빵을 사와. 가급적 이쁘게 생긴 놈으로."

'젠더고 나발이고 그래도 이럴 때는 여자보다는 남자가 낫다. 아무래도 군대 갔다 온 놈들이 말귀를 좀 알아듣거든.'

승주가 뭔가 중요한 것을 찾았는지 민혁에게 보고하러 가는 것을 발견하고 승원은 같이 들어가려 했다. 순간 차 대표가 방문을 막으며 말했다.

"이번 회의는 승주와 둘이서만 하겠습니다."

민혁이 정중하지만 단호하게 승원을 내보낸 것이다. 지금까지 승원이 더 픽서 사무실에서 무엇을 하건 내버려두던 민혁이었는데 이번에는 사정이 달랐다. 승원은 아직 더 픽서 멤버로 완전하게 자리 잡지 않은 상태임을 알고는 있었지만 이상하게 섭섭한 마음이 들었다. 1층으로 내려와 위쪽에 있는 민혁의 사무실을 올려다보니 민혁과 승주가 뭔가를 상의하는 실루엣이 보였다. 이번에는 섭섭한 감정보다는 궁금하다는 생각이 승원을 사로잡았다.

잠시 후 승주가 1층 자기 자리로 내려오더니 컴퓨터와 뭔지 모를 장비 하나를 챙기더니 지하에 있는 큐브로 향했다. 평소의 승주답지 않게 진지한 표정이어서 승원은 차마 뭐라 묻기도 어려웠고 하물며 따라나서는 것은 엄두도 나지 않았다. 승원이 자리에 털썩 앉아 주변을 살펴보니 모두들 내색은 하지 않지만 민혁이 승주에게만 내린 지시가 무엇인지 궁금해하는 눈치였다. 하지만 이럴 때 농담이라도 던져야 할 윤식마저 진지한 대기모드를 하고 있어서 승원도 아무 말 없이 자리를 지키기로 했다.

승주는 30분이 채 되지 않아 다시 자리로 돌아왔다. 승주의 홀가분한 표정을 보았을 때 그것이 무엇이건 민혁이 내린 지시는 이미 완수한 것으로 보였다. 승주가 돌아온 것과 거의 동시에 민혁이 1층으로 내려왔다.

"일단 박우진 의원님이 의뢰한 고영식 케이스는 여기서 손을 떼는 것으로 하겠습니다. 관련된 모든 자료를 철저하게 폐기해주세요. 작은 메모 하나라도 남기지 마시고 박 의원한테 들은 얘기들도 머릿속에서 지워주기 바랍니다."

더 픽서 팀원들은 바로 움직이기 시작했다. 민혁은 가만히 있던 승원에게도 무언의 지시를 담은 눈빛을 보냈다. 승원도 평소 가지고 다니던 수첩과 스마트폰을 꺼내 놓고 폐기할 것이 있는지 찾기 시작했다. 이 진지한 분위기를 먼저 깨고 나선 이는 역시 윤식이었다.

"그럼 치울 거 다 치우면 간만에 회식이나 하러 가자고. 차 대표, 콜?"

"그러시죠."

차 대표가 흔쾌히 응했다.

"자 각자 잔을 모아주세요. 제가 부산 스타일로 한번 말아보겠습니다."

"부산 스타일은 또 뭐야?"

우주가 잔을 모아서 거품이 회오리를 치며 올라오는 소맥을 제조해 보였다. 더 픽서의 회식이라고 해서 특별히 다른 것은 없었다. 삼겹살을 굽고 소맥을 말고 프로야구 얘기를 하다가 연예인 스캔들 얘기도 했다. 오히려 다른 직장의 회식에 비한다면 일 얘기를 거의 하지 않는다는 게 차이점이었다. 아마도 보안이 중요한 일을 하다 보니 의식적으로 대중적인 공간에서는 일 얘기를 피하는 것이 암묵적인 규칙이었다.

더 픽서 회식이 일반 직장 회식과 다른 또 하나가 있다면 대표를 말고 있는 민혁이 제일 말이 적다는 것이었다. 보통 직장의 회식에서는 서열이 높을수록 말을 많이 하기 마련이다. 말을 많이도 하지만 했던 말을 되풀이하는 게 일반적이다. 하지만 더 픽서의 회식에서 민혁은 거의 말을 하지 않았다. 재미있는 점은 평소 말이 많은 윤식도 회식 자리에선 오히려 말이 없다는 것이었다. 윤식은 오로지 잔을 비우는 쪽이었고 우주와 인영이 주고받는 것이 대화의 대부분을 차지하고 있었다.

다들 드러내 놓고 말하지는 않았지만 먹을 만큼 먹고 마실 만큼 마셨음에도 자리를 지키고 있는 것은 11시에 있을 고영식의 생방송 때문이었다. 11시가 되자 TV로 봐도 잔뜩 상기된 표정의 영식이 등장했다. 특별히 영식이 나오는 채널을 맞춰 달라고 부탁하지는 않았지만 주인 아주머니가 나서서 '고영식의 다이너마이트'를 선택한 것이다. 화제가 되는 프로임은 분명했다.

고영식은 난데없이 봉투를 하나 들어 보이더니 붕어빵을 꺼내 들었다. 양손에 붕어빵을 하나씩 들고서는 멘트를 시작했다.

"제가 오늘 붕어빵을 가지고 나왔습니다. 닮은 두 사람을 보고 우린 붕어빵이라고 하지요. 주로 부모와 자식이 닮은 경우를 가지고 붕어빵이라는 표현을 씁니다. 저도 제 아들을 데리고 나가면 붕어빵이라는 얘길 자주 듣는데요. 여러분 이 사진을 한번 봐 주십시오. 여기 있는 어딘가 어색하게 서 있는 이 두 사람도 자세히 볼 것도 없이 붕어빵입니다.

누가 봐도 붕어빵. 누가 봐도 부자지간인 이 사진은 최근 도덕성 시비에 시달리고 있는 김수일 판사, 그러니까 헌법재판관으로 대통령이 지명한 김수일 판사가 그동안 숨겨 놓았던 아들, 법률 용어로 표현한다면 혼외자와 함께 찍은 사진인 것입니다."

고영식이 들어 보인 사진에는 몇 년 전에 찍은 것인지 지금보다는 젊어 보이는 김수일 판사와 중학생 정도로 보이는 남학생이 함께 있었다. 사진관에서 찍은 것으로 보이는데 고영식의 설명처럼 누가 봐도 부자지간일 만큼 붕어빵이었지만 어딘가 어색하게 거리를 두고 있었다.

"단독으로 당시 부산에서 있었던 상황을 이야기 해줄 제보자를 만났습니다. 지금부터 보내드릴 인터뷰 영상은 제가 오늘 오후 직접 가서 듣고 온 것입니다. 우리가 아는 김수일과 제보자가 아는 김수일 판사는 큰 차이가 있습니다. 보시죠."

할머니의 증언은 나름 객관적이었다. 20년 전 김수일 판사와 문제의 여성은 같은 집에서 하숙을 했다. 여성의 직업이 박스집이라 불리는 카페의 여종업원이긴 했지만 김수일 판사와는 서로 이웃으로서 호감을 느낀 것이지 속된 표현으로 작업을 했다거나 하는 사이는 아니었다. 오히려 김수일 판사와 만나면서 여성은 방송통신대학에 등록을 해 못다한 대학의 꿈에 도전하는 등 긍정적인 관계를 이어갔다고 한다.

두 사람이 남녀 관계를 가진 것인지는 알 수 없다고 했다. 다만 김수일 판사가 부산을 떠난 뒤 여성이 홀로 아이를 출산하고 미혼모가 된 것은 분명한 사실이었다. 여성은 남자아이를 혼자 어렵게 키웠는데 중간에 김수일 판사가 찾아온 적은 없었다고 한다. 그 후 여성은 돈을 좀 모아 다른 곳으로 이사를 가서 잘 사는 줄 알았는데 몇 년 뒤 할머니를 한번 보고 싶다는 연락을 받고 찾아가 보니 말기 암으로 투병하며 힘겹게 지내고 있었고 얼마 지나지 않아 세상을 떠났다는 것이다.

만약 여성이 김수일 판사의 내연녀였다면, 그리고 그녀가 키우던 아이가 김수일 판사의 혼외자였다면 고영식의 말처럼 김수일 판사는 쓰레기가 맞았다. 아내 몰래 외도를 하고, 정작 그 외도 상대도 내다 버리고, 거기에 혼외자까지 나 몰라라 방치했다. 김수일 판사의 무관심 아래 홀로 아이를 키우던 미혼모는 불행하게도 암에 걸려 쓸쓸하게 생을 마친 것이다.

고영식은 머리 부분만 김수일과 학생 사진으로 그래픽 처리된 붕어빵 사진을 다시 내보였다.

"인터뷰 영상 같이 보셨습니다. 달콤한 붕어빵이 쓸쓸하게만 느껴지는 것은 무슨 이유일까요. 진실을 증명하기 위해, 공익을 위해 저는 부득이 청소년의 얼굴을 노출할 수밖에 없었습니다. 지금이라도 사진의 주인공이 저에게 연락해 온다면 변호사로서 모든 역량을 발휘해서 그동안 생부의 무관심으로 빼앗겼던 권리들을 되찾아드리겠습니다."

영식은 잠깐 눈물을 머금으며 말을 멈추었다. 이 정도 연기는 해줘야 한다고 생각했다.

"마지막으로 김수일 판사에게 한마디 하겠습니다. 김수일 판사님, 헌법재판관이 그렇게 되고 싶다면 그것은 본인의 선택이고 자유입니다. 다만 이 불행한 소년을 위해 인간의 길을 외면하지는 말아주기 바랍니다. 저도 아이를 키우는 아빠로서 말씀드립니다."

시청자가 최대한 자극받도록, 감정선을 끌어 올리며 영식은 멘트를 마무리 지었다.

승원은 지금까지 식당에서 밥을 뜨거나 술을 마시며 보았던 방송 중에서 이렇게 몰입도가 높은 장면은 처음 본 것 같았다. 아무리 월드컵 중계라 해도 이 정도로 사람을 바싹 끌어당기지는 못할 거라 생각했다. 식당 주인아주머니를 시작으로 다들 김수일 판사를 욕하기 시작했다. 몇몇 아저씨들이 남자가 큰일 하다 보면 실수도 하는 거지 했다가 덩달아 욕을 먹었다. 지금 인터넷이나 SNS가 어떻게 흘러가고 있는지는 안 봐도 뻔했다. 아무리 냉정한 판사 출신이라 해도 이 불구덩이 속에서 살아날 도리는 없어 보였다.

"이걸로 김수일은 끝난 거겠죠?"

승원의 질문에 아무도 답이 없었다. 순간 뭔가 싸한 느낌이 들었다. 그 느낌의 정체는 더 픽서 멤버들에게서 오고 있었다. 민혁은 고영식의 방송을 보고도 별다른 반응이 없었다. 마치 모든 내용을 미리 알고 있었던 것처럼 느껴졌다. 그러고 보니 승주도 고영식이 열변을 토하는 내

내 잠깐씩만 화면을 보았지 대부분 휴대용 게임기를 꺼내 새로운 몬스터를 잡는 데 열중하고 있었다. 나머지 더 픽서 멤버들도 화면을 보고는 있지만 크게 반응이 없는 것이 상황을 어느 정도 예견한 것 같았다. 승원은 지금까지 민혁을 지켜본 경험으로 미루어 볼 때 이미 뭔가 대책이 발동된 것이겠지 하는 생각에 이르렀다.

'쭉 같이 있었는데 나만 빼고 무슨 작업질을 한 거지?'

"그냥 들어가기 아쉬운데, 2차로 가라오케라도 갈까요?"

인영의 제안에 의외로 모두 흔쾌히 응했다.

수일은 먼저 아내에게 전화를 했다. 그동안은 애들 엄마와 애들 아빠로 일종의 업무상 대화를 했다면 오늘은 남자와 여자로 대화를 했다. 아내는 저번 통화와는 달리 수일에게 방송에 나온 얘기가 어디까지 사실이냐고 물었다. 수일은 모든 것을 솔직하게 털어놓았지만 아내가 어디까지 믿을 것인지 확신할 수는 없었다. 부산 하숙집에서 만난 여성과 연애 감정을 가진 것은 사실이며 나중에 그녀가 세상을 떠났다는 소식을 들은 것도 사실이었다. 하지만 그녀에게 아들이 있었다는 것은 전혀 모르는 이야기며 그 아들이 자신의 아들일 리는 없다고 말했다.

모든 것을 사실대로 털어놓은 수일이 딱 한 가지 아내에게 거짓말을 한 것이 있다면 그 여성과는 연애 감정만 있었을 뿐 절대로 육체관계는 없었다고 말한 것이었다. 솔직히 말하자면 성인 남녀가 연애 감정을 불

태우면서 몸이 당기지 않았다면 거짓말일 것이다. 하지만 수일은 아내가 받을 상처를 생각해서 필요하다면 거짓말을 하겠다고 생각한 것이다. 언젠가 법정에서 한 피고인이 세상에는 좋은 진실과 나쁜 거짓말이 있는 것이 아니라 꼭 필요한 선의의 거짓말과 안 해도 되는 걸 하는 나쁜 거짓말이 있다고 항변했었는데 지금 수일은 그 말을 나름 이해하게 되었다.

"이번 일의 결론과는 상관없이 급한 것 정리되시면 이혼 서류 준비해서 보내주세요."

어차피 부부로서는 진즉에 끝난 것이고 자식을 이유로 형식상의 관계를 유지하느니 서로 정리할 것은 정리하고 부모로서 도울 것은 돕자고 했다. 수일은 아내의 이혼 요구에 딱히 반대할 근거를 찾지 못했고 아내가 자신에게 아버지의 자리를 계속 준다는 사실에 감사하는 마음마저 가졌다.

아내와의 통화를 마치고 헌법재판관 후보에서 물러난다는 서면까지 작성하고 나니 수일의 마음은 평온해졌다. 하지만 여전히 마음 한구석에서 걸리는 점은 자신과 너무나도 닮은 소년의 존재였다. 정말 내 자식이라면 지금이라도 거두는 것이 도리일 것이다, 내 자식이 아니라도 그녀가 어렵게 세상에 남겨두고 간 생명이라면 물론 염치없는 얘기겠지만 어떻게든 도움이 되고 싶다는 것이 솔직한 마음이었다.

그냥 웃음이 나왔다. 어이가 없었다고 할까? 고영식이라는 인간은 정말 막 나가는 인간이었다. 붕어빵 부자라니… 저런 사진은 어디서 튀어 나온 걸까? 지금까지 고영식에게 제보를 한 장본인들, 그러니까 헌법재판관 지명이라는 국가적 차원의 일에 감히 끼어든 세 명의 고등학생들은 방송을 보고 어이가 없었다. 솔직히 김수일 판사를 압박해서 뭐라고 변명하는지 얘기나 들어 보자고 시작한 일이지 이런 결론을 의도한 것은 아니었다.

"그래도 모르잖아. 정말 너 저 사진 찍은 기억은 없는 거야?"

"야, 딱 봐도 몸이 완전 다르잖아. 수일이 키가 이렇게 크다고?"

여기까지 의도치 않게 일을 벌였지만 그래봐야 고등학생들이었다. 두 사람은 TV에 나온 사진을 확대해 놓고 조심스럽게 친구의 몸과 비교해 보았다. 김수일 판사가 자기 아버지인지 확인해보고 싶었던 한 소년의 바람은 고영식이라는 특이한 인물 덕에 클라이맥스로 치닫다가 말도 안 되는 엔딩으로 돌아서 버렸다.

고영식 각본, 고영식 주연, 고영식 연출의 감동 드라마는 반나절을 가지 못했다. 고영식이 제시했던 붕어빵 사진이 합성이라는 의혹이 바로 인터넷에 올라오기 시작하더니 전문가 몇 명이 출현해서 빼도 박도 못하게 합성임을 증명해 버리고 말았다. 사진은 그동안 공개되었던 김수일 판사의 얼굴과 상대 여성의 얼굴을 합성해서 만든 것이었다.

밤새 인터넷을 돌며 검증을 마친 합성 사진 얘기가 다음날 새벽부터 공중파 뉴스를 장식하기 시작하고 급기야 해당 종편 사장이 직접 나서서 머리를 조아리며 사과를 하기에 이르렀다. 당연한 결과겠지만 '고영식의 다이너마이트'는 즉시 폐지되었다. 고영식은 언론을 상대로 해명 기자회견을 열려고 했지만 해당 종편에서 강제로 막아버렸고 결국 다시 방송 출연 금지 인물이 되어 잠적 상태로 들어가야 했다. 위너스클럽과의 연결도 그날로 다시 끊겼다.

하지만 사진이 합성이라는 것에 관계없이 김수일 판사는 자신의 부덕으로 인해 물의를 일으킨 점에 대해 사과하면서 헌법재판관 후보 자리에서 물러나겠다고 밝혔다. 원래는 수원지방법원 판사 자리에서도 물러나려 했지만 법원의 만류에, 신병을 이유로 휴직하는 선에서 마무리되었다. 김수일 판사가 물러난 헌법재판관 자리에는 경기고와 서울대 법대를 나온 강찬희 변호사가 후보로 지명되었다. 대형 로펌 출신이라는 비판도 있었지만 앞서 김수일 판사를 두고 논란이 많았던 탓에 무난하게 국회 청문회를 통과할 것이라는 게 언론의 예측이었다.

박 의원은 기분이 좋았는지 껄껄 소리까지 내면서 웃고 있었다.

"내 솔직히 이런 결론은 생각하지 못했어. 내 상상력 밖의 해결 방안이었어."

"만족하시니 다행입니다. 어떻게, 그리시는 큰 그림은 예정대로 가시나요?"

"김수일이 자진 사퇴했지만 저쪽이나 내 쪽의 귀책사유는 아니니 계속 추진할 것 같네. 덕분에 총리공관 들어가게 되면 불러서 한 턱 쏘겠네. 그리고 나도 얼마 전 알게 된 것인데, 고영식이 뒤에 연정플랜을 못마땅하게 여기는 이들이 따로 있더구만. 만만치 않은 힘을 가진 사람들이야. 어쨌든 수고들 했어요. 앞으로 곤란한 일이 생기면 다시 자네들을 찾아야겠어. 하하, 붕어빵이라니."

고영식이 스스로의 실수로 무너져 버렸지만 고영식의 입을 다물게 해달라는 박 의원의 의뢰는 비교적 빠른 시간 안에 만족스럽게 성공한 셈이었다.

승원이 그날 가라오케에서 전해들은 사건의 결말은 이랬다. 승주는 고영식이 하숙집 할머니를 만나 인터뷰하는 과정을 모니터링하면서 혼외자의 존재를 미리 알게 되었다. 당연히 그날 방송에서 고영식이 혼외자 문제를 터트릴 것이라 판단한 민혁은 차라리 혼외자 문제를 입증할 결정적 증거를 고영식에게 역정보로 던져 주기로 결정한 것이다. 그렇게 승주가 만들어낸 붕어빵 사진은 고영식이 진위 여부를 판단하기 어렵도록 아슬아슬한 시간차를 두고 익명의 제보자들의 방식을 흉내 내어 전달되었다. 승리를 눈앞에 두고 있다고 확신하던 고영식에게 너무나 결정적인 붕어빵 사진은 결코 거부할 수 없는 제안이었다. 물론 붕어빵 소품을 쓴 것은 전적으로 고영식의 자충수였다.

승원이 보기에도 다른 모든 요소를 배제하고 고영식에게만 집중한

민혁의 판단은 적절했다. 김수일의 무고함을 증명하겠다는 식으로 접근했다면 고영식과 앞서거니 뒤서거니 하면서 진흙탕 싸움으로 시간을 허비했을 것이다. 종편이라는 무기를 쥔 고영식과 누가 더 많은 대중을 설득하는지 경쟁했다면 그것 역시 의미 없는 소모전이 될 게 뻔했다. 민혁은 고영식의 힘이 그가 독점하는 정보에 있다고 판단하고 정보의 소스를 찾는 데에 주력했고 그것이 승리의 열쇠가 되었다.

여전히 승원은 민혁의 방식에 동의할 수 없었다. 민혁이 악당을 막는다는 명분으로 남의 컴퓨터를 뒤지고 실시간으로 도청을 하는, 불법을 행해서만은 아니었다. 자신 역시 승리를 위해 필요하다면 적당한 불법은 쓸 마음은 있었다. 오히려 그녀가 문제를 삼는 것은 민혁이 진짜 혼외자가 존재할 가능성, 그 혼외자가 김수일 판사의 친자일 가능성을 전혀 고려하지 않았다는 데 있었다. 그 사진이 가져올 승리와 함께 혹시라도 그 사진 때문에 마음의 상처를 입을 사람들에 대해서도 고민됐기 때문이었다. 민혁의 방식은 소름끼치도록 효율적이지만 그래서 승원에게는 섣불리 다가설 수 없는 영역이었다.

하지만 민혁이 하는 일 중에는 승원이 모르는 것이 더 많았다. 아니 민혁은 굳이 승원에게 많은 것을 알려줄 필요는 없다고 생각했다. 다들 잊었겠지만 승주는 자기가 말한 대로 시간을 들여 익명의 메일을 보낸 컴퓨터를 찾아냈다. 익명의 메일을 보낸 노트북 컴퓨터의 카메라를 원격으로 켜서 세 명의 고등학생을 찾아내었고 그중 한 명이 사진 속 여성과 닮았다는 것도 알게 되었다. 민혁이 승주에게 내린 지시에는 합성 사진을 만들 때 사진 속 여성을 닮도록 하되 실제 아들로 추정되는 학생과는 사뭇 다르게 만들라는 구체적인 가이드가 포함되어 있었다. 승주가 민혁이 내리는 항상 합법적이지 만은 않은 지시에도 늘 의심 없이 나서는 것은 이런 민혁의 디테일의 힘을 믿기 때문이었다.

공원 벤치에 나란히 앉아 있는 두 사람은 지나가는 누가 봐도 어색한 분위기였다.

"뭐라도 마실 텐가?"

"아뇨. 됐습니다."

바다가 내려다보이는 부산의 호젓한 공원에 앉아 있지만 아직은 경치를 즐길 여유는 없었다. 수일은 부산에서 외고에 다니고 있는 오수일 학생을 만나고 있다. 누군가 자신에게 익명의 메일을 보내 오수일 학생의 연락처를 보내 온 것이다. 메일에 첨부된 자료를 보면 오수일 학생은 한때 수일과 정을 나누던 여인, 이제는 고인이 된 오정희가 세상에 남긴 유일한 아들이었다.

보수적인 경상도 땅에서 아버지 없이 미혼모의 자식으로 태어났지만 오수일 학생은 반듯하게 잘 자라 주었다. 어머니인 오정희가 암으로 일찍 세상을 떠났지만 그녀와 함께 가게에서 일하던 이모들이 학비를 모아 주었다. 머리도 명석했던 오수일은 장학생으로 외고에 진학했다.

누구에게도 이야기한 적은 없지만 엄마가 세상을 떠나며 남겼던 유언, '평생 공부를 포기하지 말고 반드시 좋은 대학에 가야 한다.'는 약속을 지키기 위해 이를 악물고 공부한 결과였다.

그러던 어느 날 우연히 엄마의 유품을 정리하던 오수일은 엄마가 김수일이라는 한 남자를 그리워하며 쓴 일기장과 사진들을 발견했다. 엄마는 일기장에서 선생님 허락도 없이 감히 수일이라는 이름을 아들에게 붙여 주었다고 적었다. 그 이유는 김수일이 자신이 아는 세상에서 가장 똑똑한 사람이었고, 무엇보다 자신을 쉬운 여자로 대하지 않고 진지하게 한 여자로 받아 준 사람이었기 때문이라고 했다.

김수일의 존재를 알게 된 뒤로 오수일은 두 가지 감정에 휩싸였다. 김수일을 만나고 싶다는 감정과 김수일을 미워하는 감정이었다. 김수일이 혹시 자기 아버지라면 어떨까 기대하는 자신과 엄마를 죽게 만든 장본인이 김수일이 아닐까 하는 생각에 복수를 꿈꾸는 자신이 있었다. 그러다 뉴스에서 헌법재판관으로 지명된 김수일이 부산에서 근무했던 경력을 보게 되었고 친한 친구들에게 고민을 털어놓았다가 이번 일을 계획하게 되었다.

그런 김수일이 자신을 찾아 와 주었다. 그에게도 쉽지 않은 발걸음이었을 것을 안다.

"만약 수일 군이 원한다면 언제든지 유전자 검사를 해주겠네."

"네, 감사합니다. 하지만 지금은 부탁드리지 않을게요."

솔직히 오수일은 이미 자신의 생부가 누구인지 알고 있었다. 이모들이 하는 얘기를 몰래 들은 적이 있었다. 그의 생부는 그저 그런 삼류 건달로 카페 뒤를 봐주던 사람이었다. 다만 오수일은 김수일이 아버지일지도 모른다는 상상에서 한 가닥 희망을 찾고 싶었는지도 모르겠다. 아니면 더 나은 삶을 향해 나아가고 싶다는 사춘기 소년의 치기였는지도 모르겠다. 더 늦기 전에 김수일에게 모든 것을 털어 놓고 솔직하게 사과해야겠다고 결심했다.

하지만 지금은 어색하고도 어색한 이 시간을 조금만 더 보내고 싶은 마음이다. 엄마가 이름을 붙여주고 싶었을 만큼 사랑하고 존경했던 남자가 자신을 위해 일부러 나타나 주었다는 뿌듯함을 조금만 더 누리고 싶었다. 매일 보던 풍경이라 그냥 그런가 했는데 오늘 보니 동네에서 내려다보이는 부산 바다는 나쁘지 않았다. 아니 왠지 마음을 설레게 하는 풍경이었다.

순간 김수일의 오른손이 오수일의 왼손을 지긋이 잡았다.

"힘 있는 몇몇 사람만이 쓰던 컴퓨터가 이제는 모두의 손에 있는 것처럼, 누군가 우리 눈을 가리고 우리 손에서 빼앗아간 정치를, 그 정치를 다시 우리 손안으로 가져올 수는 없을까요? 우리의 모든 것을 결정하는 그 정치를, 여의도에 있는 그 양반들이 감춰놓고 나눠주지 않는 그 정치를… 우리 손안으로 돌아오게 할 수는 없을까요?"

Case 004 :

당신들의 정치

"민혁이야, 아니 차 대표. 내가 그랬잖아. 너도 노선을 정해야 한다고. 네 딴에는 나는 편이 없다. 나는 쿨하다, 클라이언트의 요구를 수행하는 프로다, 그렇게 생각하겠지? 씨이팔. 여기가 미국이냐? 우리가 코쟁이야? 결국엔 말이야 하나로 모이는 거야. 정치건 재벌이건 종교건 운동권이건 결국엔 하나로 모인다고. 권력을 놓고 벌이는 헤게모니 싸움. 좆 달린 놈들의 진검 승부. 너도 결국엔 끼어들어야 된다고. 아, 죄송. 대한민국 대통령도 여자가 하는 세상인데 내 말이 좀 듣기 불편했나? 여자들이 공부는 또 잘해서 사법연수원도 여탕 된 지가 언젠데 말이지. 이 변인가? 아니 임 변이었든가? 어쨌든 쏘리. 내가 벌주 마실게."

승원이 제일 싫어하는 사람이 술에 취해 했던 얘기를 또 하고 또 하는 남자, 대한민국을 스스로 책임지고 있다는 과대망상에 빠져 있는 검사, 또 대기업에서 급여 받으면서 그 대기업이 본인 것인 양 떠들어대는 사람이다. 지금 명품 슈트를 입고 명품 시계를 차고는 잘 차려진 회 접시 앞에서 횡설수설하는 이 남자는 이 세 가지를 한 몸에 갖추고 있었다. 공안 검사 출신으로 나름 요직으로만 옮겨 다니다가 진급 한 번 물 먹고 홧김에 사표 내고 나와서 송암그룹 법무실 전무로 자리를 옮긴 김성수였다. 그는 승원과 민혁 그리고 윤식을 앞에 두고 계속 횡설수설하고 있다. 평소의 승원이라면 먼저 자리에서 일어났을 테지만 더 픽서의 잠재 고객이 될 수도 있는 사람이라 일단은 업무상 미소까지는 아깝고 그나마 예의를 차린다고 무표정으로 자리를 지키고 있었다.

"어쨌거나 이 건은 네가 맡는 것으로 알겠어. 아 몰라, 일단 맡는다고 해. 선배가 부탁하는 거잖아. 그리고 막말로 수수료가 좋잖아. 이만한 수수료 줄 수 있는 곳 대한민국에 별로 없다. 또 그쪽한테만 던지는 거 아니고 여러 팀이 붙는 거니까 크게 부담 가질 필요도 없어. 더 픽서 말고도 서&장, 또 폴리커뮤니케이션인가 몇 군데가 각자 역할들을 할 거야."

오후에 사무실에서 얘기할 때 민혁은 선거에 개입해야 하는 케이스는 맡지 않는다는 입장을 분명히 밝혔다. 성수도 그런 민혁의 입장을 순순히 인정한다는 제스처를 취했지만 고등학교 선배로서 사무실 직원들에게 식사나 한번 사고 싶다며 갑자기 호기를 부렸다. 마침 사무실에 있던 사람들을 반 강제로 끌고 나와 근처 일식집으로 들어갔다. 상석 자리는 당연히 그가 차지했다.

"내가 차 대표 고등학교 선배니깐 말 편하게 해도 되지?"

그러더니 혼자 폭탄주를 여러 잔 말아 마시고는 술주정하는 꼰대로 변신해 버린 것이다. 지금 성수는 친한 척 민혁의 어깨에 손을 올리고 아예 얼굴까지 바싹 붙이고 있었다.

"이 새끼! 머리 좋던 놈이 나중에 무슨 일을 할까 궁금했는데, 역시 특이해. 더 픽서. 근데 뭘 수리한다는 거야? 화장실, 개수대? 어이 윤식 씨는 또 무궁화 계급장 출신이라며. 여기서 뭘 하는 거야? 나쁜 놈들 잡으러 다녀야지. 나쁜 놈들을 도와주면 쓰나."

밖에서 대기하고 있던 차량기사까지 들어와 성수를 데리고 나가려 했지만 그는 술 취한 사람들이 늘 그렇듯 자신은 아직 취하지 않았다며 딱 한 잔만 더하겠다고 고집을 부렸다. 아까부터 못마땅한 표정으로 보고 있던 윤식이 벌떡 일어나 성수를 향할 때 승원은 윤식이 시원하게 성수의 관절을 꺾어버리는 상상을 하면서 기대 반 걱정 반으로 지켜보았다. 하지만 범인을 체포하듯 능숙하게 성수를 일으켜 세운 윤식의 입에서는 뜻밖에도 부드러운 목소리가 흘러 나왔다.

"영감님, 이제 퇴청하셔야죠. 제가 모시겠습니다."

현재 직함인 '전무님'에는 아무런 반응을 보이지 않던 성수를 움직인 마법의 단어는 바로 '영감님'이었다. 대부분의 검사 출신들이 그렇듯 성수도 검사 조직에서 정점을 찍지 못한 것에 미련의 감정이 남아 있었다. 최근 정계나 재계에서 검사 출신들에 대한 수요가 늘어난 것은 분명한 사실이었다. 검사 출신들은 일처리가 분명하고 논리적이며 조직에 충성하고 통솔력도 있었다. 사회 곳곳으로 나가 요직을 차지할수록 그 네트워크 자체가 그들의 힘이 되어 더 많은 검사 출신들을 요직으로 이끌 수 있었다. 하지만 오늘 성수에게서도 언뜻 읽을 수 있는 것처럼 민간으로 나온 검사들은 동기들보다 일찍 옷을 벗었다는 사실에 대해 묘한 콤플렉스를 가지고 있었다.

윤식과 기사가 성수를 데리고 퇴장하자 승원은 일단 성수의 잔소리를 참느라 고생한 자신을 위해 소맥을 한 잔 말아서는 시원하게 들이켰다. 민혁은 그런 승원의 모습을 재미있다는 듯이 지켜보더니 본인 역시 잔을 가득 채워 마셨다. 성수의 집중 공격 대상이 되었기 때문에 제법 스트레스였는지 오늘만큼은 그도 꽤 많은 술을 마셨다. 얼굴은 불콰한 상태지만 아직 발음은 분명한 것이 상태가 그렇게 나빠 보이지는 않았다.

"아까도 많이 마셨는데 괜찮으시겠어요?"

"아까는 비즈니스 목적, 지금부터는 나를 위한 술인 거죠. 이런 술은 마셔도 잘 안 취해요."

주량이 세다기보다는 정신력이나 직업의식 같은 것으로 버티는 거라고 생각해보니 이 사람도 참 힘들게 살고 있다고 승원은 생각했다.

손님이 거의 없어서인지 가게 사장이 TV 볼륨을 크게 틀었다. 볼륨을 키우고는 바로 테이블 정리를 하는 것을 봐서는 딱히 뭘 보려고 한 것은 아닌 듯했다. 늦은 시간인 데다가 보도 채널이라 TV에서는 심야 뉴스가 흐르고 있었다. 특별히 큰 사건이 없기에 메인 뉴스는 모두 다음 달 치러질 다섯 곳의 재보궐 선거 소식으로 시작했다. 승원과 민혁의 시선은 자연스럽게 선거 뉴스 화면으로 시선이 옮겨갔다. 사실 오늘 성수가 들고 온 일이 바로 지금 뉴스에서 떠들고 있는 재보궐 선거 관련 케이스였다.

대한민국 선거를 규정하는 흥미로운 특징 중에서 '균형'과 '심판'이라는 것이 있다. 균형은 아주 단순한 논리인데 한쪽에 몰아주지 않겠다는 집단 심리다. 대선에서 여당이 이기면 그 다음에 오는 총선이나 지방선거는 야당이 이기는 식이다. 상식적으로 생각해 본다면 대선에서 승리한 쪽은 방심하고 패배한 쪽은 긴장해서 생긴 결과일지도 모른다. 아니면 정말 국민들의 무의식 속에 일종의 견제 심리가 작동하여 결과적으로 균형을 맞추고 있는 것인지도 모른다.

균형이 정규 선거에서 벌어진다면 심판은 주로 재보궐 선거에서 이뤄진다. 총선이나 지방선거를 치르고 나면 반드시 선거법 위반 등의 이유로 다시 선거를 해야 하는 곳이 생긴다. 이때 몇 곳에서 벌어진 선거 결과로 점수를 매겨 정국에 대한 심판으로 해석하는 것이다. 다만 이 경우에는 주로 언론이 판정을 내려주지만 어차피 평일에 하는 몇몇 지역의 선거라서 정말 대표성이 있는지는 의문이며 각자 자신들이 이겼다고 요즘 인터넷 용어로 이른바 '정신승리'를 주장하는 것도 자주 볼 수 있다.

이번 재보궐 선거는 모두 다섯 곳의 지역구에서 국회의원을 뽑지만 핵심은 서울 성동 병에 있었다. 왜냐하면 아직까지 여당은 영남, 야당은 호남으로 단순하게 나눌 수 있는 대한민국 정치에서 하필이면 경북 2곳과 전남 2곳에서 치러지는 선거는 적과 상대한다기보다는 자기들끼리 붙는 공천 전쟁의 의미가 크기 때문이다. 결국 유일한 수도권 선거구인 성동 병의 승패를 가지고 누가 '민심'과 '심판'이라는 어휘를 쓸 수 있는가를 결정하는 것이다.

최근 수도권은 야권 성향이 뚜렷하고 그중에서도 성동 병은 전통적인 야권 텃밭으로 알려져 왔다. 호남 출신들도 많이 살고 서민 임대아파트 밀집 지역으로 야권에게 유리한 공식을 고루 갖췄다. 하지만 이번에는 경우가 달랐다. 야권 후보가 분열되어 있는 것뿐 아니라 민감한 지역 이슈가 생기면서 전통적인 구도가 흔들리게 되었다. 많은 주민들의 관심은 지역 숙원 사업이었던 국군수도병원 이전에 쏠려 있다. 얼마 전 병원의 지방 이전이 결정되면서 그 부지를 송암그룹에서 인수하게 되었다. 송암그룹은 그 땅에 120층 초고층 빌딩을 지어 본사 전체를 옮겨오고 호텔과 컨벤션 센터를 포함한 송암타운으로 형성할 계획이었다. 이를 위해 부지 입찰 경쟁에서 다른 기업들보다 월등히 높은 가격을 써 냈다. 하지만 선거 국면에서 논쟁의 중심에 휘말리며 뜻하지 않게 특혜 시비까지 일게 되었다.

"안녕하십니까. 박상태의 뉴스쇼, 그것이 궁금하다 시간입니다. 오늘은 다음 달 치러질 다섯 곳의 재보궐 선거 지역구를 살펴보겠습니다. 우선 가장 뜨거운 지역인 성동 병으로 먼저 가보시죠. 여권은 '재계 저승사자'라는 별명을 가진 전 서울남부지검 금융조세부 차장검사 출신인 박강민 후보를 일찌감치 전략 공천했습니다. 조 교수님, 어떻게 봐야 할까요?"

"이번 선거가 야당 의원이 뇌물 혐의로 의원직을 상실해서 치르게 되는 선거이기에 보수 성향을 충족시키면서도 상대적으로 청렴하고 강직한 이미지를 부각시키기 위해 정치인이 아닌 검사 출신을 공천한 것으로 보이는데요. 검사 시절 재벌회장들을 줄줄이 수사했던 이미지를 살려 서민층이 가진 재벌에 대한 반감을 오히려 여당이 활용한다는 강수를 쓴 것으로 보입니다."

"그렇다면 야당 쪽은 어떤가요? 야당 사정에 대해서 잘 아시는 이 원장님이 말씀해주시죠."

"이번 재보궐 선거는 지난 대선의 앙금으로 야당이 분열된 이후 처음 치르는 선거입니다. 시민단체들 중심으로 단일화 얘기가 나오고 있지만 두 후보의 과거 인연이나 정국 구도 측면에서 보았을 때 쉽게 결론이 나오긴 어려울 것 같습니다."

"두 후보 인연이 삼십 년 전으로 올라간다면서요?"

"네, 성동구에 위치한 한양대 동기이고 학생운동도 같이한 것으로 알려져 있습니다. 김철민 후보는 모두가 아는 80년대 운동권 스타죠. 지금도 그렇지만 젊었을 때는 인물이 훤칠해서 수배전단을 여고생들이 뜯어갔다는 일화도 있습니다. 전대협 의장 출신으로 비례대표 의원을 하고 이전 정권에서 통일부차관까지 경험했습니다. 야권에서는 비교적 꽃길을 걸어왔다고 할 수 있습니다. 반면 같은 운동권 출신이지만 오준영 후보는 상당히 다른 길을 살아왔습니다. 의과대 학생이었던 그는 제적 후 늦은 나이에 복학하여 졸업한 다음에는 지역에서 부친이 운영하던 동네 의원을 이어받아 운영해 왔습니다. 그동안 무료 진료와 봉사활동으로 착실히 지역 기반을 다져왔다는 평입니다."

"아무래도 지역 기반은 오랜 시절 동네 활동을 한 오준영 후보가 앞서겠네요."

"그렇다고 봐야겠죠. 하지만 재야나 시민단체 쪽은 김철민 후보를 내심 밀고 있다는 전언입니다."

"지역 이슈인 송암타운 형성에 대해서 각 후보들은 어떤 입장인가요?"

"원체 이해관계가 첨예한 문제라 그런지 아직까지 캠프 별로 공식 입장은 내놓지 않고 있습니다만, 아무래도 야권은 반대 기류가 우세하지 않을까 싶습니다."

김성수 전무가 더 픽서에 들고 온 일은 여당 후보인 박강민 후보의 당선을 위한 길을 물밑에서 만들어달라는 것이었다. 당선을 전제로 큰 금액의 성공보수를 제안하였다. 하지만 어떤 방법을 쓰든지 이런 케이스는 선거법 테두리 밖의 일이었다. 또 이 의뢰에는 좀 아이러니한 측면이 있었는데 여당 후보라고는 해도 박강민은 재벌에 대한 규제 강화와 서민경제 보호 같은 것들을 공약으로 들고 나왔기 때문이었다. 선거 캐치프레이즈도 '재벌도 떨게 한 박 검사, 여의도로 진격'으로 정했다. 김 전무가 몸담고 있는 송암그룹은 2세 경영에서 3세 경영으로 넘어가는 과정에서 정치권과 언론의 표적이 되어 여러 번 귀찮은 일을 겪어왔다. 그런 입장에서 재벌의 치부를 너무나 많이 알고 있는 후보의 당선을 의뢰한다는 것은 액면 그대로 본다면 이해가 안 되는 부분이었다.

하지만 정치라는 것은 일반인의 생각과는 다르게 움직인다. 힘 가진 자들의 이해관계에 근거하여 설계되며 결정은 수면 아래에서 조용히 이루어진다. 박강민 후보도 본인이 알건 모르건 결국은, 집권세력과 그들의 후원그룹이 원하는 안정적 정국운영이라는 큰 그림 안에서 배치된 말인 것이다.

재벌들도 예전과는 달리 보험 측면에서 여권과 야권에 분산 투자하는 것이 기본 전략이지만 여전히 여권에 대한 투자가 훨씬 배당률이 좋다는 점을 알고 있다. 야권 김철민 후보의 경우 예전부터 '젊은 재벌 총수의 사생활 들추기'를 본인의 주력 상품으로 밀고 있기 때문에 만약 의원 배지를 달게 된다면 국정 감사나 의정보고서를 위한 제물로 송암 그룹 회장을 불러들일 가능성이 높을 터였다. 다른 야권 후보인 오준영은 공공의료에 대한 노선이 분명해서 국내 최대 의료재단을 보유하고 있는 송암그룹 측면에서 껄끄러운 후보임이 분명했다.

사실 박강민 후보의 재계 저승사자 시절을 기억하는 재벌 회장님들은 오히려 그가 국회의원이 되는 것에 결코 반대하지 않는다. 아니, 박강민 의원의 당선을 간절히 바라는 이들 또한 많다. 검찰청 입구에 설치된 포토라인에서 잠시 성가신 일을 치르고 나서 대기실에서 휴식을 취하고 있으면 나머지는 다 알아서 처리해주던 박강민 검사를 기억하기 때문이었다.

"회장님, 고생하셨습니다. 차 한잔 마시면서 한숨 돌리시죠."

"박 검사, 계열사 대표인 최 사장을 소환했으면 된 것이지 꼭 이렇게 나까지 오라 가라 해야 하는 거야? 서운해."

"회장님, 우리 국민이나 언론들은 회장님이 검찰청 앞에 서 주시는 그림 정도는 보여줘야 저희 검찰이 밥값을 한다고 생각을 합니다. 실제 법원 판결까지 관심 갖고 지켜보는 이는 극히 일부이니 염려 놓으시죠. 오늘 성가신 일은 대국민 서비스 정도로 생각해주십시오."

"나 같은 노인네 망신 주면 뭐가 생긴다고? 지네 자식들 취업 문턱만 높아지는 거지."

"그러게 말입니다. 기왕 어려운 걸음 하셨으니 편히 쉬고 계시면 조 변호사와 얘기해서 심문조서 작성해서 가져오겠습니다. 참, 점심은 복지로 준비했는데 괜찮으시죠?"

"박 검사는 디테일이 강해. 내 입맛까지 잘 알고."

대중들에게는 재계 저승사자, 재벌에게는 말이 통하는 검사인 박강민은 어쩌면 여권이 내세울 수 있는 최적의 카드였다.

검찰 바운더리 안에서는 날고 기었던 박강민 검사에게도 선거운동은 생각보다 쉬운 일은 아니었다. 오늘만 해도 낯선 사람들과 악수를 천 번 넘게 하였다. 오후가 되자 손이 얼얼하고 부기가 올라왔다. 몇 년 전만 해도 임명직인 법무부장관은 몰라도 정치인이 되겠다는 생각은 한 번도 하지 않았다. 수뢰혐의로 본인 앞에 소환되어 온 초라한 정치인들을 보면서 정치라는 직업에 연민까지 갖고 있었다. 수사를 하면서 받은 돈의 출처를 캐 보면 개인적으로 돈을 쓴 경우는 거의 없었다. 대부분 선거를 치르기 위해 위아래로 돈을 지출한 것인데, 위험을 감수하면서까지 왜 저 일을 하는 것인지 이해할 수 없었다. 어찌 보면 정치자금의 불법성과 합법성을 자의적으로 판단할 수 있는 검사가 정치인보다 훨씬 힘센 사람이 아닐까 생각해왔다.

'검사장 승진에서 물만 먹지 않았더라면, 아버님이 임종하면서 정치 권유를 하지 않았더라면, 이 길에 들어섰을까? 머리 아프다. 이것도 운명이려니 받아들이자. 그만! 무엇보다 오늘은 좀 쉬어야 한다.'

박강민은 승합차의 카시트를 뒤로 젖히며 스마트폰 단축키 7번을 눌렀다.

"최 원장, 오늘 환자 많아? 너무 피곤해서 한숨 푹 자며 좀 쉬었으면 좋겠는데, 보는 눈들 때문에 쉴 곳이 마땅치 않네. 그쪽 병원에서 눈 좀 붙일 수 있을까? 5시쯤 도착할 테니 피트니스클럽 쪽 뒷문 좀 열어 놔 줘. 그리고 하얀 우유도 찐한 걸로 한 잔 준비해 줘."

수행비서에게 말하여 몸살 기운을 핑계로 예정된 지역행사 2개를 취소하고 차병원사거리 쪽으로 차를 돌렸다. 도착한 곳은 피트니스센터뿐만 아니라 성형외과, 피부 클리닉 등이 입주해 있는 8층 건물이었다. 엘리베이터에서 내려 피트니스클럽 입구로 가던 박강민은 비밀문을 통해 아래층에 위치한 성형외과로 내려갔다.

"피곤해 보이시네요."

30대 후반의 최 원장이 양복 재킷을 받아주었다. 그녀는 모르는 이들이 길에서 보면 의사라기보다는 요가 선생님으로 볼 법한 늘씬한 몸매를 갖고 있었다. 그래서 연예인이나 환자의 성형 전후 사진 대신 본인 얼굴을 병원 홍보물에 활용하고 있었다. 외모 되는 의사는 언제나 환영하는 방송계와도 연결되어 작년부터 본인 이름을 내건 '체인지 업-성형프로젝트' 방송도 시작했다. 역시나 방송은 확실히 병원 수익에 큰 도움이 되었다.

"악수가 이렇게 힘든 일인 줄 몰랐네. 이 손 퉁퉁 부은 것 봐. 보좌관

말로는 내가 손을 잡는 요령이 없어 그렇다는데."

"잠시만요, 얼음찜질 해드릴게요."

최 원장이 얼음팩을 거즈수건에 싸서 손에 대주었다.

"두 시간 있다가 깨워줘야 해. 당에서 어떤 일이 있든지 잠은 집에 가서 자라고 하더라고."

"우유주사 준비해줄 테니 우선 샤워부터 하세요. 샤워실에 입으시던 가운 걸어 놓았어요."

박강민은 샤워기의 물을 최대한 뜨겁게 틀었다. 욕조가 있었으면 하는 아쉬움이 들었다.

'최 원장과 인연이 몇 년째지? 프로포폴 수사로 강남 병원들 뒤집고 다닐 때니깐 5년이 넘었네, 벌써.'

형사부에서 올린 1차 수사 자료를 보다가 박 검사의 눈에 와이프의 친한 후배 이름이 띄었다. 1년에 한 번 어쩔 수 없이 참석하게 되는 와이프 지인 모임에서 유달리 시선이 가던 여자였다. 손재주가 좋아서 성형업계에서 일찍 자리 잡았다는 얘기를 건네 들었는데 집사람도 가끔 들러 이리저리 시술을 받는 눈치였다. 담당 부장검사로서 이번 기소는 큰 병원들 중심으로만 하라는 가이드라인을 주어 자연스레 최 원장이 처벌을 피해 가도록 해 주었다.

의사 가운을 벗고 실크 블라우스를 입으니 최 원장의 몸매가 더욱 드러났다. 그녀는 양손에 속칭 우유라 불리는 프로포폴 앰플과 일회용

주사기를 손에 들고 있었다. 박강민이 생각하기에 자제력 없는 연예인들이나 여기에 중독되는 것이지 자신처럼 의지가 강한 사람들에게는 이보다 적당한 피로 회복제는 없었다. 주사 바늘의 따끔함에 이어 하얀 액이 몸으로 들어왔다.

누워 있는 자신의 이마에 살포시 키스를 하는 최 원장의 가슴골이 박강민의 눈에 들어왔다. '이 냄새가 불가리였든가, 샤넬이었든가.'

"어제 언니 다녀갔어요. TV화면에 나올 거 걱정되는지 피부 리프트 시술 관련해서 이것저것 묻고 가던데요."

"잘해줘라. 요즘 평생 안 가 본 대중목욕탕 가서 아줌마들 등까지 밀어주는 것 같던데."

"대단하신 언니입니다."

박강민의 정신이 몽롱해지며 그의 눈에 20년 전 결혼식 사진이 어렴풋이 보였다. 옆에 팔짱을 낀 사람이 와이프인지, 최 원장인지 분간하기가 힘들었다. 엄지와 검지로 사진을 크게 키우려는 순간 스르르 잠이 들어버렸다.

"이 자리 쓰도록 하세요."

그냥 해 보는 소리인 줄 알았는데 더 픽서 사무실에 승원의 자리가 생겼다. 창문 넘어 새문안 교회와 사직도서관이 보였다. 여러 케이스에 참여하면서 어느덧 승원도 한 발 한 발 더 픽서 일에 깊이 관여하게 되었다. 서류 더미에 묻혀 사는 변호사 업무보다는 이곳의 일이 본인과 더 맞음은 분명했다. 전용 머그컵 하나와 작은 필통 하나를 책상 위에 올려놓고 나니 일종의 영역표시를 한 셈이 되었다. 노트북을 켜고 부팅을 기다리고 있는데 '드르륵' 스마트폰 진동이 울렸다.

'모두들 1층에서 차 한잔하시죠.'

멤버 전부를 소집하는 차 대표의 문자였다. 각자 취향대로 커피나 차를 마시며 편하게 의견을 나누는 자리였지만 주제는 결코 가볍지 않았다. 김 전무가 들고 왔던 송암그룹의 박강민 후보 지원 건이었다.

"아시겠지만 선거 쪽 일은 더 픽서에서 그동안 여러 이유로 피했던 것이 사실입니다. 하지만 이번 케이스는 단순한 선거 핸들링이 아니라 복합적인 요소들이 포함되어 있으니 한번 자유롭게 얘기해보았으면 합니다."

물론 수임 여부 결정은 최종적으로 차 대표의 역할이었지만 사전 단계로 모든 팀원들의 의견을 듣는 자리를 마련한 것이다.

"차 대표의 선거 트라우마를 모르는 것은 아닌데, 이번 일의 의뢰인이 송암그룹이라면 맡는 것이 맞지 않나 싶어."

윤식이 먼저 의견을 말했다.

'무슨 트라우마? 차 대표가 선거에 얽힌 일이 있었나? 그런 얘기는 못 들어봤는데….'

승원으로서는 처음 듣는 얘기였다.

"이제 와서 제 과거지사는 크게 중요치 않습니다. 더 픽서 입장으로만 한정해서 생각해주시죠."

"사실 이번 판에서 박강민은 일개 배우고 연출은 따로 있잖아요. 송암 급의 재벌과 집권 여당 모두가 얽힌 일이라면 분명 위험성은 있어 보여요. 지금이야 같은 편이지만 서로 이해관계가 갈리면 중간에서 우리 입장이 난처해질 수도 있어요."

"송암그룹이 박강민의 당선을 진심으로 원하는 것인지, 아님 단순히 여권에 대한 보험 측면으로 바라보는지는 현재로서는 명확하지가 않아요."

회의 중간중간 다양한 측면에서의 리스크들이 거론되었다. 이번 케이스의 이해관계자가 재벌과 권력이기 때문일 것이다.

대한민국 재벌이란 권력자와의 관계에 따라 흥할 수도 있고 망할 수도 있다는 것을 뼈에 새기며 성장한 집단이다. 과거 국제그룹 같은 큰 그룹조차 권력자의 뜻을 거스르려다 공중 분해된 일이 있었고, 남북 권력자의 승인 하에 야심차게 대북사업을 추진하던 현대그룹은 대통령이 바뀌자 총수가 자살하고 그룹이 분해되는 아픔을 겪었다.

당연한 결과로 대한민국 재벌들에게 정권의 의중을 살피고 정권의 표적이 되지 않도록 대비하는 것은 중요한 전략 과제가 되었다. 대체로 정치 자금을 제공하거나 정치권 출신 인사를 영입하는 것이 어느 정도

규모가 되는 재벌이라면 기본으로 해야만 하는 방어 전략이었다. 시대가 바뀌었지만 대상과 규모만 조금 달라졌을 뿐 원리 자체가 바뀐 것은 아니었다.

성수가 속한 송암그룹은 선대부터 권력과의 관계 설정에 많은 노력을 기울였다. 다른 재벌보다 훨씬 큰 규모의 총괄본부나 법무실을 운영하면서 검사장급 검사에서부터 공중파 앵커까지 적극적으로 인력들을 흡수했다. 이들은 위기의 순간에 몸을 던지며 그룹의 든든한 보호막이 되어 주었다. 그 과정에서의 일처리도 매우 세련되어 송암그룹의 대외 이미지는 다른 기업보다 좋은 편이었다. 대학생들이 취직하고 싶은 회사, 사회적 공헌활동에 적극적인 회사, 대한민국하면 떠오르는 회사 순위에서 몇 년째 1, 2위를 다투고 있다. 대통령이 새로 당선되자 정권 인수위원회에 페이퍼를 넣어 차기 국정방향을 제시하기도 했는데, 실제로 국정 어젠다로 반영된 내용 또한 많았다. 이들이 공급하는 콘텐츠가 매력도 있고 설득력도 있었기 때문이었다.

현재 송암그룹의 최우선 과제는 광복 후 직물공장을 세워 그룹이 시작된 성동구에 송암타운을 건설하는 프로젝트이다. 이는 창업자의 유지이며 3세 경영인인 현 오너가 차남 콤플렉스를 지우기 위해서라도 반드시 달성해야 하는 과제였다. 선거 국면이 아니었으면 조용히 진행되었을 일이 재보궐 선거에서 핵심 이슈로 떠오르면서 불필요하게 많은 이들의 관심을 끌기 시작했다. 야권도 처음에는 별다른 목소리를 내지 않다가 재벌에 대한 국민 반감과 경제민주화라는 구도 속에서 반대 입장이 당선에 유리하다 판단하여 부지매입 무효까지 주장하기에 이르렀다. 결국 지역 내 상권 활성화와 고용 창출을 이유로 송암타운 건설에 찬성하는 박강민 후보와 개인의 정치적 스탠스 때문에 반대하는 야권 후보들로 입장이 나뉘었다.

더 픽서 내에서 이번 케이스 수임에 대해 제일 적극적인 것은 윤식이었다.

"솔직히 나는 두 가지가 마음에 들어. 일단 금액이 좋잖아. 우리가 지금까지 맡았던 케이스들 중 최상급이야. 그리고 작업 기간이 딱 정해져 있는 것도 좋아. 선거 기간이라는 것이 정해져 있으니까 말려든다 해도 마냥 붙잡혀 있지는 않는단 말이지."

언젠가 승원은 우주로부터 윤식에게는 돈이 많이 들어가는 사정이 있다는 얘길 들었다. 아마도 그 사정이 윤식으로 하여금 경찰을 그만두고 나와 위험하고 거친 일을 하도록 만들었을 것이다. 승원은 굳이 돌려 말하지 않고 돈을 많이 준다니 하고 싶다고 정확하게 말하는 점이 평소 윤식이 보여준 모습과 잘 맞아떨어진다고 생각했다.

"금액도 분명 매력이 있지만 이번 케이스를 통해서 선거 일도 더 픽서의 전문 분야에 추가될 수 있다고 생각해요. 법률 측면에서 선거 일이 우리나라에서는 위험하다면 해외 쪽 케이스 발굴로 연결도 가능하구요. 그리고 우리도 이제 룰을 피하는 일만 맡는 게 아니라 룰을 만드는 일로 나아갈 수 있다는 점도 생각해볼 부분이에요."

인영의 목소리는 분명 설득력이 있었다. 그냥 웃어넘기려던 우주도 인영의 눈빛 공격을 받고 마지못해 의견을 밝혀야 했다.

"전 다른 측면의 얘기인데요, 김철민이라는 사람, 이제 슬슬 지겨워지네요. 30년 전 얘기로 선악구도 그려 가는 것도 그렇고. 또 유 실장님이 말한 것처럼 그동안 우리의 다양한 필드 경험이 선거 쪽에서도 먹히는지 한번 테스트 해보고 싶은 욕심도 생기구요."

우주의 말이 채 끝나기 전에 승주가 손을 번쩍 들자 다들 놀라는 눈치였다. 이런 회의에서 승주가 적극적으로 발언할 것이라 기대한 사람은 아무도 없었기 때문이다. 게다가 회의 내내 승주는 태블릿 PC를 만지작거리고 있었다. 모두가 승주를 주목했을 때 승주의 입에서 나온 말은 전혀 다른 것이었다.

"그런 얘기들보다 다들 이거부터 봐야 하겠는데요."

승주가 태블릿 PC를 조작하자 벽면에 있던 대형 스크린에 뉴스 전문 채널의 긴급 방송이 켜졌다. 친절하게도 승주는 타임머신 기능을 이용해서 회의를 하느라 놓친 장면을 되돌려서 딱 보기 좋은 시점으로 맞춰주었다. 긴급 방송 하단에는 굵게 강조된 글자로 '충격! 성동 병 박강민 후보 프로포폴 불법 투약 영상!'이 자리 잡고 있었다.

세상에 비밀은 없다. 당사자들은 감쪽같았다고 생각하지만 사람이 하는 일에는 늘 흔적이 남기 마련이다. 처음에는 꼼꼼하게 보안을 챙기던 일도 익숙해지면 틈이 생기기 마련이다. 세상 곳곳에 눈과 귀는 또 얼마나 많은가? 사람이건 카메라건 남의 이목을 피해 투명인간처럼 이동하는 것이 불가능한 시대를 살고 있다. 하지만 세상 모든 일이 그렇듯이 비밀은 늘 아주 가까운 곳에서 새기 마련이다. 이번 경우는 최 원장 병원에서 일하고 있는 간호조무사의 결핍된 인정욕구에서 시작되었다.

엘리트 검사 출신으로 그 어렵다는 여권공천도 손쉽게 거머쥐고 어디서 흘러 들어오는지 선거 자금도 풍족하게 쓰고 있던 박강민 후보는 마른하늘에 날벼락을 맞은 꼴이었다. 언제나 공부 잘한다는 소릴 들으며 쉽게 의대에 갔고 부유층을 상대로 값비싼 시술만을 전문으로 해서 나름 명의 소리를 듣고 사는 최 원장도 아랫것들의 마인드가 예전 같지 않다는 것을 뼈저리게 느끼게 되었다.

최 원장이 합법과 불법 사이의 치료를 오가며 돈을 긁어모은다는 것을 모르는 병원 식구들은 없었다. 합법적인 처방전으로 마약성 약품을 여유 있게 확보한다거나 일찍 들어가라는 지시를 받은 다음 날 출근해서 주사나 처치의 흔적을 치우는 것처럼, 일부 직원은 자의건 타의건 조금씩은 떳떳하지 못한 일에 가담했던 것도 사실이었다. 하지만 일단은 먹고사는 일이 걸려 있고, 다른 병원에 비한다면 최 원장 병원은 조건이 제법 괜찮은 곳이어서 좋은 게 좋은 거라는 식으로 크게 신경 쓰지 않아들 왔다. 꼭 불법이 아니더라도 대한민국의 직장인들이라면 어느 정도는 공범자 마인드로 살아가는 것처럼 말이다.

하지만 출근한 지 채 석 달도 되지 않는, 이제 20대 초반인 간호조무사에겐 그런 직업의식이랄지 공동체 마인드는 존재하지 않았다. TV에 나오는 유명인들이 드나들며 수상한 주사를 맞는다는 것을 알게 된 순간부터 이걸 페이스북에 올리지 못해 안달이 난 것이다. 게다가 그녀는 20대 초반이 대부분인 페친들의 정치적 성향에 영향을 받아, 깨어 있는 시민처럼 보이고 싶었다. 이것을 통해 방송에 얼굴을 내밀 수 있을지도 모른다는 생각도 들었다. 그런 그녀 앞에 주변 모든 이들이 입을 모아 욕하는 여당 후보 박강민이 나타나자 주저하지 않고 몰카를 설치한 것이다.

몰카라고 해서 특별한 장비가 필요한 것도 아니었고 최신 아이폰을 사느라 방구석 어딘가에 버려두었던 안드로이드 폰을 이용했을 뿐이었다. 남의 손을 빌릴 것도 없이 주요 장면만 간단하게 잘라서 자막 좀 넣고 페북에 올렸다. 전문 장비로 도청을 해서 거액을 받고 팔아넘기던 시대와 비교한다면 확실히 세상은 스마트해졌다. 어찌 보면 박강민 후보가 침대에 누워 수액 주사를 맞는 것에 불과했지만 그 주사가 '우유 주사'라는 별명으로 통하는 프로포폴이라면 얘기는 달라진다. 주사를 놓는 최 원장이 가슴이 파인 블라우스 차림으로 이마에 키스를 해주는 장면도 영상을 보는 사람들의 감정을 묘하게 건드렸다. 최 원장 성형프로그램의 열혈마니아인 남성시청자들은 그녀를 빼앗겼다는 이유로 분개하였다.

영상은 순식간에 퍼져 나갔고 방송에서는 특종이라고 소리를 높였다. 생각보다 큰 반향이 일어났다. 병원 식구들이 자신을 찾는다고 전화를 돌려댔지만 안 받으면 그만이고 안 나가면 그만이었다. 직장 따위야 또 찾으면 될 것이고 한동안 쉬는 것도 좋고 어디 여행이라도 다녀올까 싶었다. 지금은 쏟아지는 페친들의 격려와 '민주 간호사 패기 보소' 같은 댓글이 주는 달콤함을 즐길 때였다. 야당 쪽 여성의원들이 식사자리에서 건네는 격려도 나쁘지 않았다. 물론 그녀도 곧 경찰서에 불려가 조서를 쓰기 시작하면 새삼 세상이 만만치 않다는 것을 느끼게 되겠지만 그것도 닥치기 전에는 모를 일이었다.

"프로포폴 주사에, 미모의 성형외과 의사와의 염문이라. 빼도 박도 못 하겠네. 저 양반 너무 조심성 없었던 것 아닌가요?"

"다른 쪽 함정에 낚였을 가능성은?"

"오래전 동영상도 아니고 바로 며칠 전 촬영된 것이니 작업에 낚인 것 같지는 않아요. 오히려 자주 프로포폴을 맞아 본 솜씨 같은데요."

"화질이나 각도로 보면 분명 아마추어 솜씨야."

"그나저나 우리 일은 물거품 된 거네요. 송암그룹이라고 해도 이 상황에서는 박강민을 버릴 수밖에 없을 테니까요."

송암그룹에서는 박강민 후보의 당선을 부탁했는데 지금 박강민 후보는 낙마할 상황에 처했다. 지금까지 더 픽서 팀의 진로를 놓고 나름 치열한 회의를 한 것 자체가 머쓱해질 정도였다. 특히 윤식은 눈앞에서 큰돈이 사라지는 것이 무척 아쉬워 욕인지 한숨인지 모를 소리를 웅얼거렸다.

"에이씨, 선거 나온다는 인간이. 에휴, 말을 말자."

바로 그때 문을 박차고 들어왔다는 표현이 맞을 정도의 기세로 김성수 전무가 들이닥쳤다. 예상치 못한 성수의 등장에 윤식의 굳은 표정이 풀리기 시작했다.

"야, 차민혁! 아니 차 대표! 나 좀 살려줘!"

성수는 며칠 전 거드름을 피우며 진상을 떨었던 사람이 맞을까 싶을 정도로 다급한 목소리를 냈다. 어쨌거나 그의 행동으로 판단하건데 지금 이 자리에서 제일 아쉬운 사람은 적어도 성수 자신이며, 어쩌면 그것은 성수가 속한 송암그룹이 다급한 처지에 놓였다는 뜻일 가능성이 컸다.

"내가 박강민 뺏지 달아주고 우리 편으로 두고두고 활용하자고 회장님 설득한 것이었는데, 지금 위에서 나 보러 책임지라 난리야. 위기관리 컨설팅 해준다는 곳에 전화 돌려보니 이 일은 못 맡겠다고 발들 빼고 있고. 이렇게 가면 나 송암에서 버티기가 어려워져. 차 대표가 나 좀 살려줘."

"전무님도 영상 보셨잖습니까. 그 누가 나서도 이제 와서 박강민을 살릴 수는 없어요."

차 대표는 담담하게 펜스를 쳤다.

"아무래도 그렇겠지? 그렇다면 다른 방법을 찾아줘. 지금 송암한테 진짜 중요한 것은 박강민이 아냐. 송암타운 프로젝트만 원활히 진행되면 박강민 따위는 버려도 돼. 근데 알다시피 야권 두 놈은 작정하고 타운 건립에 반대하고 있잖아. 솔직히 말하면 송암타운 관련 인허가 처리가 내 메인 롤이란 말야!"

"그 모든 것을 박강민 당선을 통해서 풀려고 하셨던 것이고…."

"그 인간이랑 내가 이런저런 인연이 있어서 쉽게 갈 줄 알았지."

"그렇게 절실하셨으면 저런 화면은 유출 안 되게 사전에 막으셨어야죠."

승원이 술자리에 대한 앙금 때문인지 면박 비슷한 어투로 김 전무를 힐난했다.

"자네들까지 죽은 아들 불알 만지는 소리만 할 건가. 그렇다면 더 픽서에 의뢰하는 내용을 바꿀게. 이번 재보궐 선거서 송암타운 이슈만 안 나오게 해줘. 그거면 돼. 이런 일은 당신네 전공이잖아. 다른 문제는 우리 쪽에서 해결할게."

곰곰이 듣고만 있던 차 대표는 오히려 판을 키우기로 생각했다.

"말씀하신 의뢰를 받아들이는 조건으로 옵션 하나 추가해드리겠습니다."

"뭔데?

"송암타운 이슈를 물밑으로 빼는 것에 더하여 불편해하시는 후보들 말고 다른 후보를 당선시키는 조건으로, 보수는 저번에 말한 금액의 두 배로 합시다."

"이 상황에서 다른 후보를 만들 수 있다는 거야? 어느 당으로? 당에서 급하게 공천은 줄까? 생각해 둔 친구는 있는 거야?"

"제가 말한 조건만 받아들이실 수 있다면 그 다음은 저희에게 맡겨 주시죠."

차 대표의 제안은 송암그룹의 가려운 곳을 정확히 짚어주고 있었다. 거절할 이유가 없었다. 수수료는 부차적인 문제였다.

"알았어. 당신이 말한 조건으로 총괄본부 가서 얘기해 볼게. 아니 설득해 올게."

차 대표의 역제안을 듣던 우주, 인영, 승원 모두 걱정하는 얼굴빛이 역력했다. 이 타이밍에 새로운 후보라니?

대화 중 김 전무의 전화가 울렸다.

"네네. 지금 더 픽서 쪽에서 대응책을 마련 중입니다."("위에서 급히 찾는데 가서 뭐라고 말하지?")

전화를 받던 김성수가 입을 가리고 작은 목소리로 물었다. 차 대표는 앞에 종이에 무언가를 적어 건넸다.

'더 픽서: 송암타운 이슈 out, 김철민&오준영 out, 대타 후보 in'

김성수는 민혁이 적어준 대로 말하고 전화를 끊었다.

"일단 돌아가 계시죠. 아까 말한 조건으로 계약서 작성해서 보내드리겠습니다."

민혁의 말에 성수는 고개를 끄덕였다. 구체적인 방법까지는 모르겠으나 더 픽서에서 맡겠다고 나건 것 자체에 안심하는 것 같았다.

거친 폭풍처럼 밀고 들어왔던 성수가 부드러운 바람이 되어 사무실을 빠져나갔다. 승원은 김 전무의 다급함을 수수료 인상으로 연결시키는 차 대표를 보고 내심 놀랐다. 언젠가 신상구 변호사와 나눴던 대화를 떠올렸다. 그는 검사 출신들을 가리켜 똑똑하고 정확하다고 칭찬하면서도 그들에게 근본적으로 결여된 것이 바로 '상상력'이라고 했다. 또한 검사는 본질에 있어 '리얼리스트'들이고 상상력이나 연출력은 검사 반대편에 서 있는 자들의 스킬이라고 덧붙였다. 승원은 자기 사무실로 돌아가는 민혁을 뒤따르며 며칠 전 술자리에서 성수를 보내고 민혁과 나눴던 대화를 떠올렸다. 민혁의 공간으로 들어서자마자 승원이 물었다.

"하나 물어볼게요. 지난번 그 얘기요."

"어떤?"

"우리 모두는 애타게 찾는다고 하면서도 정작 자기에게 필요한 것이 무엇인지를 잘 모른다… 뭐 그런 얘기 했잖아요."

"뭐 그런 쪽이었죠. 협상학 강의 들으면 첫 수업에 나오는 내용입니다."

"웬일로 인생 얘기를 하나 했는데, 일 얘기였군요! 김성수 전무가 들고 온 건을 바로 받지 않은 것은 클라이언트의 요구가 정확하지 않다고 판단한 건가요?"

"픽서라는 간판을 걸고 일을 하면서 제일 어려운 지점은 문제를 고치는 게 아니라 고칠 문제가 무엇인지 정의하는 거예요. 봐서 알겠지만 고치는 건 그리 어렵지 않죠. 거기서 우리 일은 시작되는 겁니다."

승원은 신상구 변호사가 했던, 검사에게 결핍된 상상력 이야기에 '생각의 속도'를 더하고 싶었다. 검사들은 공들여 일하는 족속이고 나름 속도도 내지만 순간적으로 번뜩이는 영감을 잡아 일을 하지는 않는다. 승원은 성수가 치근댄다고 생각될 정도로 민혁에게 집착하는 것도 자신에게 없는 상상력과 생각의 속도를 민혁에게서 보충하려는 의도일지도 모른다고 생각했다. 게다가 지금 성수가 몸담고 있는 기업 판이야말로 속도전의 세계이니 더더욱 그럴 것이다.

오늘 박강민의 영상 유출로 인해 누구보다 난처해진 사람은 김성수 전무였다. 전임 지역구 의원이 2심에서 실형을 받자 재보궐 선거를 바라보고 바로 후보군을 물색하여 박강민을 찾아냈고 여권에 소개한 후 풍족한 선거자금을 5만 원권으로 준비한 이가 김성수 전무였다. 이번과 같은 돌출 변수만 없었으면 충분히 잘 쓰인 성공 시나리오였다. 박강민과는 누이 좋고 매부 좋은 일이었다. 그와의 인연은 6년 전으로 올라간다. 검사 시절 부산에 문상을 갈 일이 생겼는데 대학 선배들을 따라 어디서 구한 전세비행기를 타고 내려가면서 말로만 듣던 세상의 이면을 체험했다.

"김 검사, 이런 전세기는 처음 타보지?"

"네 선배님. 말 그대로 구름 위를 날아가는 기분입니다."

"얼른 검찰청서 줄 타고 올라가. 아님 일찍 나와서 확실한 민간 쪽에서 자리 잡든지."

"형님 줄 말고 제가 다른 줄이 뭐 있겠습니까."

옆에 지나가는 승무원들도 민간항공사에서는 보기 드문 미모들이었다. 저절로 끈적한 시선으로 뒤태를 바라보게 되었다.

"야, 엄한 데 쳐다보지 말고 저 앞에 남부지검에 있는 박강민이 있을 거야. 그 재계 저승사자 알지? 자네보다 연수원 2기인가 선배이니 가서 인사드리고 와. 사실 이 비행기 타고 가는 것도 그 사람 덕이다. 두런두런 알아두면 좋을 거야."

문상은 잠시였고 수영만 요트유람에서 시작하여 해운대호텔 스카이라운지에서의 술자리까지 이틀 동안의 여흥은 모두 최상급이었다. 김성수로서는 처음 겪어보는 호사였고 신세계였다. 짧은 일정이지만 김성수나 박강민이나 서로가 기름칠이 통하는 검사라는 공감대를 형성할 충분한 시간이었다. 모든 비용 결제는 마지막 날 술자리에 참석하여 인사만 하고 사라진, 부산에서 부동산개발업을 하는 시행업체 회장이 했다. 이름이 이수복이었던 것으로 기억한다.

물론 성수도 분명히 알고 있다. 대기업 전무라 해도 평균 임기는 고작 3년 미만이라는 것을. 그리고 성수 정도를 대체할 사람은 생각보다 많다. 그러니 본인이 맡은 임무에 대해서는 반드시 뚜렷한 성과를 내야 한다. 더 픽서에서 어떤 해결안이든 가져오겠지만 분명 아찔한 상황이다. 자신이 박강민을 발굴해서인지 너무 박강민 당선에만 매몰되었던 것일지도 모른다. 민혁이 말하는 전략과 전술들은 돌이켜보면 너도 나도 생각할 수 있는 것들이기도 했다.

'민혁이는 상대방의 요구와 욕구를 구별할 줄 아는 몇 안 되는 놈이다. 그것도 순간적으로 거의 듣자마자 나오거나 어떨 때는 듣기도 전에 알고 있던 것처럼 느껴지는 것이 대단하다. 독심술이 아니라 상대방에 대한 정확한 이해에서 나오는 것이다. 하지만 왠지 그놈도 언젠가는 아군보다는 적군이 될 것 같다. 고등학교 후배라고는 하지만 그런 걸로 컨트롤될 놈도 아니다. 그래도 일단 지금은 녀석이 필요하니까 다음 일은 나중에 생각하자.'

그렇게 생각을 정리했을 때 더 픽서 팀으로부터 계약서 파일이 도착

했다. 빠르게 읽어보니 송암그룹의 가려운 부분과 각각에 대한 대응책
이 적확히 담겨 있었다. 시계를 보니 사무실을 떠나온 지 40분이 안 된
시간이었다.

'역시 빨라, 빠르다니까. 그래서 좋고, 그래서 거슬려. 이제 들고 가
서 총괄본부만 설득하면 된다.'

"좋을 때다. 너희들의 이 열정도 부럽고 젊고 탱탱한 피부도 부럽다."

승원은 자신의 입에서 이런 소리가 나올 줄은 생각도 못했다. 20대
시절 어른들이 입에 달고 다니던 '지금이 좋을 때'라거나 '여자는 나이
가 깡패'라는 얘기를 꼰대들의 잔소리 정도로 흘려 넘겼는데 지금 자신
이 그 소릴 하고 있는 것이다. 입맛이 좀 씁쓸하긴 해도 대학생들이 모
여 있는 활기찬 모습을 보니 그런 소리가 절로 나오긴 했다. 승원도 피
부상태가 비교될까 봐 사무실에서 경리를 맡고 있는 꼬마 아가씨 옆에
는 어지간하면 앉지 않으려 했다. 하지만 20대 초반 청년으로만 가득
찬 이곳에 있으려니 그나마 독점 취재를 나온 방송국 피디 행세를 하지
않았다면 뒤에 서 있기도 부담스러웠을 지경이었다.

창업을 주제로 하는 대학생 연합 동아리에서 강남역 부근에 있는 모
임 공간을 통째로 빌려서 행사를 진행하고 있었다. '멘토에게 듣는다!'
뭐 그런 취지의 행사에 초대받은 주인공인 이현수는 85년생으로 서른
을 넘긴 나이였지만 나름 동안인 데다가 패션에도 신경을 쓰는 타입이

라 젊고 활기차고 세련되어 보였다. 미남은 아니었지만 또렷한 인상이었고 구두를 신으면 180 정도로 보이는 키라서 오늘 행사에 참여하고 있는 대학생 청중들에게는 연예인 못지않은 인기였다. 어떻게 구했는지 국내에 아직은 시승용 차량밖에 없는 것으로 알려진 테슬라의 전기자동차를 몰고 나타났다. 그것만으로도 이미 마이크를 잡기도 전에 대학생들의 마음을 사로잡고 있었다.

확실히 현수는 말을 잘했다. 이미 케이블 채널의 서바이벌쇼에서 입담을 드러낸 적이 있었지만 그건 작가들의 대본이나 연출의 편집 덕을 보았을 거라 생각했는데 오늘 현장에서 보니 원래 말을 잘하는 친구였다. 특히 청중의 반응을 캐치해서 순간적으로 대응하는 능력이 뛰어났다. 청중이나 카메라에 자신이 어떻게 비칠 것인가를 확실하게 알면서도 마치 그런 것 따위는 신경 쓰지 않는 쿨한 사람처럼 자연스럽게 행동하는 것이 일품이었다.

"저기, 대표님께 돌직구 하나 던질게요. 솔직히 오늘 직접 뵈니까 그냥 오빠라고 부르고 싶은 마음이 막 올라오는데요…, 대표님. 페북이랑 인스타에서 이번 주부터 '#이현수 성동 병 출마 지지' 태그가 도는 것 알고 계시죠? 그냥 이 자리에서 재보선 출마 선언해 주시면 안 될까요?"

아역 배우 김유정이 대학생이 된다면 딱 저렇겠구나 싶게 생긴 여대생이 '오빠'라는 필살 단어까지 날리면서 질문을 던지자 객석에서 환호성이 터져 나왔다. '이현수!', '국회로!'를 외치는 목소리가 끊이지 않자

무대에 선 현수는 난처하다는 표정을 지으며 손을 들어 청중들을 진정시키려 했지만 흥분은 쉽게 가라앉지 않았다. 다시 현수가 손가락을 입에 가져가며 조용히 해달라는 사인을 보내자 그제야 청중들은 숨을 죽이며 현수에게 집중했다.

갑자기 조용해지면서 모든 시선이 자신에게 집중된 상황. 보통 사람이라면 이런 집중 자체가 압박으로 느껴지기 마련이다. 하지만 연예인이나 정치인의 기질을 타고난 사람이라면 이런 시선 집중에 오히려 힘을 얻고 쾌감을 느낀다. 현수는 미소를 잃지 않으며 비교적 평온한 표정을 유지하고 있었지만 승원은 현수의 귀가 달아오르는 것에서 대중의 환호에 들뜨고 있다는 증거를 찾을 수 있었다. 흥분은 했지만 표정 관리가 된다는 것 역시 연예인이나 정치인으로 성공할 수 있는 중요한 자질인 것이다.

"오빠가 출마하면 좋겠어?"

반말도 누가 하면 친밀감의 표현이요, 누가 하면 예의가 없는 것이 된다.

현수가 자신에게 질문을 던졌던 김유정을 닮은 여대생을 손가락으로 가리키며 장난처럼 대꾸하자 폭탄이 하나 던져진 것처럼 객석의 열기가 폭발하고 말았다. 김유정을 닮은 여대생은 두 손을 모두 동원해서 연신 부채질을 하고 있었지만 발갛게 달아오른 두 볼을 감출 수 없었다.

"대한민국 국민이라면…."

농담처럼 분위기를 끌어올린 현수는 객석이 조용해지길 기다리지 않고 바로 말을 이어갔다. 이번에는 현수가 무슨 얘기를 할 것인지 듣기 위해서 모두들 숨죽이며 현수를 지켜보았다. 원하는 흐름을 만들어 자신에게 집중하게 만드는 것 하나는 일품이었다. 현수는 이야기를 잠깐 끊었다가 조금 전 꺼냈던 말을 처음부터 다시 시작했다.

"대한민국 국민이라면 선거권과 피선거권을 가지고 있습니다. 그러니까 저도 출마할 수 있고, 여러분도 출마할 수 있죠. 그건 헌법에도 있는 우리의 권리입니다. 그런데 어느새 우리는 투표할 수 있는 권리만 기억하고 투표의 대상이 될 권리는 까먹고 살았나 봐요. 정치는 특별한 사람만 하는 거라고, 그렇게 알게 되었어요. 이현수의 출마 선언? 그런 건 하나도 중요하지 않아. 다만! 다아만! 이현수 출마라는 태그가 우리 모두의 당연한 권리를 일깨우는 팝업창 하나가 되었다면 그것도 나쁘지 않다고 생각해. 최초의 컴퓨터는 크기가 2층짜리 건물만 했다고 해요. 아무나 못 써. 군인들이 총 들고 지키면 박사들만 들어가서 쓰는 거야. 그런데 지금은 그때 그 컴퓨터보다 수백 아니 수천 배나 빠른 컴퓨터를 모두가 손에 들고 다니면서 전화도 하고 게임도 하고, 여자 후배에게 선톡 날렸다가 씹히기도 하고 그래."

여자 후배와 복학생의 카톡 캡처는 수많은 버전이 돌아다니는 고전 짤이겠지만 그만큼 공감대가 있는 농담이었다. 현수가 사람들에게 웃을 시간을 조금 주고 나서 스마트폰을 들어 보이며 말을 이어갔다.

"힘 있는 몇몇 사람만이 쓰던 컴퓨터가 이제는 모두의 손에 있는 것처럼, 누군가 우리 눈을 가리고 우리 손에서 빼앗아간 정치를, 그 정치를 다시 우리 손안으로 가져올 수는 없을까요? 우리의 모든 것을 결정하는 그 정치를, 여의도에 있는 그 양반들이 감춰놓고 나눠주지 않는 그 정치를… 우리 손안으로 돌아오게 할 수는 없을까요?"

현수는 점점 작은 목소리로 속삭이듯 말을 이어갔다. 현수는 반복해서 스마트폰을 들어 보였는데, 현수가 의도한 대로 객석에 있는 대학생들이 하나 둘씩 스마트폰을 따라 들어 올리더니 어느새 모두가 현수를 향해 스마트폰을 들어 보이고 있었다. 정치와 스마트폰의 비유가 적절한가는 이미 중요한 것이 아니었다. 현수는 젊은 층이 가장 좋아하는 스마트폰에 자신의 출마 선언을 입력시켰고, '우리 손안으로'라는 감성적인 문구로 포장했다. 특히 손은 투표라는 행동과 바로 연결되기 때문에 정치적 수사로는 괜찮은 선택이었다. 게다가 이 모든 것이 즉흥적으로 이뤄졌다.

승원은 입에서 자신도 모르게 대단하다는 말이 흘러나왔다. 객석을 쥐락펴락 하는 현수의 자질과 기술은 만약 정치판으로 나선다면 매우 강력한 무기가 될 것이다. 그보다 더 대단한 것은 오늘 이 자리에서 벌어지는 모든 상황을 미리 만들어낸 더 픽서였다. 하지만 더 픽서의 진짜 능력은 현수를 비롯해서 오늘 여기에 와 있는 모든 사람들이 100% 본인 의지로 움직이고 있다는 데 있었다. 김유정을 닮은 여대생, 돌출 질문, 라임이 들어간 현수의 답변 심지어 현수가 타고 온 테슬라 자동차까지 이 자리에 있는 어느 것 하나 더 픽서의 설계를 거치지 않은 것이 없지만 이 모두 직접적인 접촉 없이, 윤식의 표현을 빌리자면 '쓰리쿠션'을 쳐서 만들어냈다. 다행인 점은 오늘 모인 모든 이들은 본인이 정치 변혁의 객체가 아닌 주체라 생각하고 있다는 사실이다.

　일단 회복 불능의 영상이 폭로된 박강민 후보는 이번 선거에서 자연스럽게 퇴장하는 것으로 방향을 잡았다. 혈압과 당뇨가 있어 친분이 있었던 의사에게 개인적으로 치료를 받았을 뿐이라는 해명으로 시간을 끌면서 지병 악화를 이유로 선거 무대에서 퇴장하기로 했다. 여당에서는 새로운 후보를 세우기에는 시간이 촉박하다는 이유를 들어 성동 병을 무공천 지역으로 선언하였다. 사실 박강민 후보를 세운 것에 대한 책임을 회피하려는 측면과 함께 야당의 당선 가능성을 높여 야권 단일화가 이뤄지지 않도록 덫을 치는 양면의 전략이었다. 야당 분열을 다음 대선까지 끌고 가기 위한 고차원의 포석이었다. 여당 입장에서도 새로운 후보 자리를 놓고 승산도 없는 지역구에서 계파 간 힘겨루기를 하는 것보다는 모두가 빈손인 것이 낫기 때문에 생각보다 쉽게 받아들여졌다. 모름지기 정치란 내가 이기는 것도 중요하지만 내 이웃이 이기는 꼴을 보기 싫은 것도 무척이나 중요했다.

　단일화 필요성이 사라지자 서로 간에 일정 선을 지키던 김철민 후보와 오준영 후보 사이에는 이판사판의 비방전이 시작되었다. 같은 학교, 같은 학번의 운동권 출신인 두 사람은 지금까지는 언론이나 대중 앞에서 선의의 경쟁을 이야기하고 결국엔 하나가 된다는 소리를 했지만 서로를 진심으로 경멸하고 싫어했다. 김철민에게 오준영이란 남들 빵에 가면서 투쟁할 때 의사 아버지 덕에 편하게 지낸 놈이며, 오준영에게 김철민이란 1년 남짓한 수감 경력 하나로 능력에 비해 너무 많은 것을 챙긴 놈이었다. 강력한 여당 후보가 사라진 상황이라 두 사람이 속한 당 지도부에서도 야권 헤게모니를 쥐기 위한 총력전이 펼쳐졌다.

더 픽서는 우선 성동 병을 정치 관심구가 아닌 블랙코미디의 버라이어티 무대로 만들기로 했다.

"최대한 많은 후보를 이곳에 투입하도록 합시다. 운동권 스타, 지역 토착의사 구도를 깰 수 있는 인물들을 폭넓게 찾아야 합니다. 정치권과 거리를 두었던 사람일수록 좋아요."

20명의 명단을 리스트업 했고 그중에서 성동구와 이리저리 연고가 있고 대중에게 파급력이 있는 사람을 중심으로 다시 명단을 좁혔다. 공중부양 달인으로 유명한 허용석, 20년 넘게 도시일기 드라마 출연으로 국민엄마 칭호를 얻은 강수미 등의 이름이 명단에 올랐다.

후보등록일을 5일 앞두고 성동 병에서는 아무도 예상하지 못한 인물들이 연이어 출마선언을 발표하였다.

'모든 신혼부부에게 결혼자금 3억원 지원, 재계순위 30위까지 비업무용 토지를 몰수하여 저소득층에게 재분배, 70세 이상의 부부는 일 년에 한 달 무료 하와이 체류권 제공, 초등학교 정규교과에 공중부양 과목포함' 허용석이 출마선언장에서 발표한 핵심공약들이다.

"허 후보님, 공중부양은 언제 보여주실 건가요?"

"기자양반 눈에는 제가 지금 땅을 밟고 있는 것으로 보이나요? 아직 저에 대한 믿음이 부족한 겁니다. 와서 제 손을 잡으시죠."

공약의 실현가능성과 무관하게 SNS를 중심으로 허용석의 인기는 폭발하였다. 그의 선거랩송은 초등학생들까지 따라 부르는 노래가 되었다.

"내 발을 바라봐, 넌 우주를 정복할 수 있어. 내 손을 바라봐, 넌 빌딩을 가질 수 있어. 내 등을 바라봐, 넌 돈 가방을 짊어질 수 있어…."

한 시간 후 성동구청 대강당에서 국민엄마 강수미의 출마선언이 이어졌다.

"국민 엄마 자리에서 이제 성동 엄마로 내려오겠습니다. 제가 20년간 조미료 광고를 맡아왔습니다. 팔린 조미료만 수백만 톤이 될 겁니다. 이제 성동을 위한 조미료가 되어 제 몸을 녹이겠습니다."

그녀는 20년 동안 송암식품의 조미료 광고모델을 하다가 2년 전 드라마 도시일기에서 며느리로 나오던 젊은 친구한테 광고를 넘겨주었다. 아니 뺏겼다는 게 맞는 표현이었다. 지역 아줌마들 중심으로 꾸려진 캠프는 동네 마실방 역할을 톡톡히 하며 열정 면에서는 단연 타 캠프를 앞서 나갔다.

어느 순간 성동 병은 정치 채널보다 연예 채널에서 더 많이 다루어지게 되었다. 투표권이 없는 어린아이들까지 후보들 얘기를 입에 달고 다니게 되었다.

더하여 더 픽서에서는 몇 가지 사이드 작업을 비밀리에 진행했다. 이슈가 되고 있는 모든 사람을 공격하고 비꼬는 것으로 유명한 인터넷 평론가는 야권 후보를 싸잡아 비판하며 야권 성향 지지자들에게 피로감을 주는 역할을 성실하게 수행했다. 미미한 지지율에 조급한 마음이 든 김철민 후보는 이름 모를 자원봉사자가 즉흥적으로 내놓은, 집토끼를 향한 무리한 공약을 현수막으로 동네마다 내걸었다. 통일이라고 쓰였지만 일부에게는 친북이라 읽힐 내용들이었다. 이러한 돌출 행동은 보수 성향 유권자들이 선거에서 이탈하지 않도록 돕는 역할을 해주었다. 물론 이들 스스로는 자의에 의해서 이러한 행동을 하고 있다고 생각할 것이다. 하지만 더 픽서 팀이 인터넷 여론과 지인의 권유와 소액 후원금 등 적절한 수단들을 배합해 만들어 놓은 길을 자연스레 걸어갈 뿐이었다. 승원이 놀란 것은 사람은 자신의 의지보다 다른 사람의 반응에 움직이는 존재라는 사실이었다. 그것도 정치를 하겠다고 나선, 일반인보다 자기중심적이고 강한 의지의 소유자일 것처럼 보이는 사람들이 오히려 격려 전화에 살고 욕설과 야유에 죽는 것이다.

며칠 사이에 선거구도가 완전히 뒤틀어졌다. 전통적인 여야구도도 무의미해지며 희화화된 인기투표로 흘러갔다. 프로포폴 검사 박강민이 떠나면서 생긴 카오스는 야권후보에게 고스란히 피해로 돌아갔다. 금일 공표된 지지율 여론조사도 정치평론가들의 예측을 완전히 벗어났다.

리얼이슈의 성동 병 여론조사 결과. 신뢰도 95.1% 오차수준 + - 1.25%

당신은 금번 성동 병 재보궐 선거에서 아래 후보 중 누구를 지지하십니까?

1위 허용석 19.2%

2위 강수미 17.5%

3위 오준영 13.4%

4위 김철민 11.9%

지지후보 없음 38%

김성수 전무의 바람대로 성동타운 얘기는 선거판에서 한순간 사라졌다. 하지만 민혁의 머릿속에 지금까지의 상황은 특별한 강자를 만들지 않고 누구에게도 주도권을 주지 않기 위한 기초 작업에 지나지 않았다. 결국 선거란 단 0.1%를 앞서더라도 누군가는 승리하는 게임이다. 아직 픽서의 히든카드는 등장하지도 않았다. 공들여 장벽 곳곳에 구멍을 내었으니 그곳을 뚫고 들어갈 무기를 하나 만들어야 할 때가 온 것이다.

"다행히 구도를 바꾸는 데는 성공했습니다."

민혁은 우주가 준비한 자료들을 한쪽으로 치워 버리면서 말했다. 현재 후보 상황, 선거구 유권자 성향 분석, 여론 조사 지지율 추이 등의 자료가 책상 위에서 사라져 버렸다. 우주는 표정을 살짝 찡그리긴 했지만 크게 기분 나빠하지는 않았다. 승원이 지금껏 지켜본 소감도 그렇지만 이런 가벼운 느낌이 우주의 매력이었다. 승원은 인영이 우주의 귀에다 대고 "우리가 만든 수령을 우리가 분석해서 뭐하겠냐."고 속삭이는 소리도 들었다.

"이제 우리 히든카드를 찾읍시다. 나이는 30대? 맥시멈 40대. 직업은 전문직. 남들이 부러워할 인생. 주소야 옮기면 되겠지만 어떤 형태라도 지역 연고. 광고 모델 찾는다는 느낌?"

민혁이 몇 마디 던지지 않았지만 다들 자기 자리로 돌아가 움직이기 시작했다. 민혁이 원하는 것은 성동 병에 투입할 새로운 후보, 그것도 이길 수 있는 후보였다. 이런 일에 제일 어울리지 않을 것 같은 윤식이 큰 소리로 덧붙였다.

"잘생겨야 돼. 키도 크면 좋고. 목소리도 사람들한테 신뢰감을 주어야 해."

민혁이 동감한다는 뜻으로 윤식을 향해 엄지를 들어 보였다. 지금까지 성동 병의 판세를 뒤흔들었으면서 정작 더 픽서 팀은 성동 병 근처에도 가지 않았다. 아마 전통적인 정치 컨설팅이었다면 성동 병에 오피

스텔이라도 하나 얻어서 움직였겠지만 더 픽서 팀은, 아니 민혁의 스타일은 확실히 그런 쪽은 아닌 듯했다.

사실 구체적인 경험과 정보는 오히려 통찰을 방해하는 측면이 있다. 사람이란 자기 경험을 절대화하는 경향이 있기 때문이다. 하지만 구체적인 실정을 무시한 통찰이란 그저 평소 자신의 관점을 투영했을 뿐이라는 위험성도 내포한다. 특히 지역구 선거는 매우 구체적인 세계다. 아직까지는 차 대표 특유의 감각과 상상력이 잘 작동하고 있지만 숲에 들어가지 않고 사냥을 하겠다는 것이 가능할지 승원은 궁금해졌다.

어쨌든 더 픽서 팀은 각자의 방식으로 민혁이 내린 과제를 수행하고 있었다. 인영은 자료를 뒤졌고 우주는 사람을 만나러 다녔다. 윤식은 편한 자세로 소파에 누워서 TV 채널을 돌려댔다. 승주는 모니터 세 개를 동시에 보고 있었다. 왼쪽은 뭔지 모를 데이터를 검색하고 있었고 오른쪽은 아마도 구글 어스인지 위성사진으로 성동 병을 살펴보고 있었다. 가운데 모니터가 승주의 시선을 가장 많이 빼앗고 있었는데 온라인 게임이 열심히 돌아가고 있었다.

민혁도 자신이 내린 과제를 수행하기 시작했는데, 뜻밖에도 그가 택한 방법은 승원과 이야기를 나누는 것이었다. 민혁은 자신의 사무실로 승원을 부르더니 원두를 공들여 갈아 드립 커피를 내리기 시작했다. '예가체프'인가? 아무튼 어딘지 익숙한 커피 향이 사무실을 채웠다. 커피 잔 하나를 승원의 앞에 내려놓고, 또 한 잔은 자기 앞에 내려놓은 민혁이 승원에게 그답지 않게 웃는 눈빛을 보냈다.

"정치에 관심 있으신 분이니 여쭈어보는데, 이번에 어떤 후보를 내세우는 것이 좋을까요?"

"너무 흙탕물이 되어버려 잘 모르겠어요. 그래도 정리해 보자면, 저쪽은 나름 정치를 하는 거죠. 내가 몇 프로고 쟤가 몇 프로다 따지는 거고. 또는 내가 이런 이슈를 선점할 것이다, 명분과 세력의 싸움. 뭐 그런. 그런데 우리는, 아니 여기는 신제품 론칭 하는 마인드로 접근하겠다는 거죠? 급하게 팔아야 되는데 상품이 없으니까 빨리 찾아야 하는데…."

"진짜를 찾기엔 시간이 없으니 진짜 같은 가짜라도 만족해야죠."

"허무맹랑한 소리 해대는 허용석이 일등이라니 웃겨요. 운동권 출신에, 공중부양 사기꾼에, 한물간 여배우에. 이런 블랙코미디가 투표율에 어떤 영향을 끼칠지 모르겠네요."

"재보궐 선거라는 게 지역 유권자의 15%만 받아도 당선이에요. 그러려면 세련되고 핫한 상품을 찾아야 해요."

"그렇다고 해도 세련되고 핫한 것에도 약점은 있어요."

"어떤?"

"아이폰 같은 거죠. 결국 소수의 별스런 취향이 되는 거죠. 게다가 재수 없어 보이기까지 하고. 정치는 그래선 안 되잖아요? 욕하면서도 사게 된다… 정치는 좀 다르지 않나요?"

"수입 차라면 어때요?"

"수입 차? 아, 벤츠 뭐 이런 거?"

"재수 없어 보이는 것은 비슷한데 기회가 되면 나도 갖고는 싶으니까. 아이폰은 돈이 있어도 쓰기 불편할까 봐 좀 주저하게 되는데, 수입 차는 돈만 있다면 다들 사고들 싶어 하니까."

"외제 차 몰고 다니는 사람을 찾아라?"

"그건 너무 직유법이고."

"나 변호삽니다. 잊으셨어요?"

"세련되었다는 것도 사실 상대적이에요. 믹스 커피에 비해서는 에스프레소 머신이 세련이었는데, 그 비싼 에스프레소 머신을 동네 작은 카페까지 들여 놓으니까 이제는 드립이나 더치가 세련으로 보이잖아요."

"전에 특허 소송으로 알게 된 분이 하신 얘기가 있었는데, 사람들은 자기에게 정말 필요한 것인데 몰라서 모르는 경우도 있다고, 아니 그러니까 되게 고급스럽고 그런 거 좋아하지 않을 것 같아도 몰라서 좋아하지 못하는 것일 수도 있다고, 취향을 개발해 주는 것도 필요하다? 뭐 그런 얘기였어요."

"모든 새로운 사상은 외부로부터 투입된다?"

"아니 그건 마르크스고!"

"마르크스가 발명가라면 엥겔스는 마케터인가?"

"그만합시다!"

이스라엘 토론 문화인 하브루타^{havruta} 같은 자리가 더 픽서에서는 자주 일어난다. 그 과정에서 의외의 좋은 해결방법을 찾는 경우도 있었다. 승원에게도 이제 이런 방식의 대화는 오래전부터 그래왔던 일상처럼 느껴졌다.

이현수라는 상품을 찾아낸 것은 TV만 보던 윤식이었다. 제한된 공간에서 두뇌 대결을 펼치는 케이블 프로그램에서 현수를 발견한 것이다. 프로그램을 만들 때 제작진이 의도한 것인지는 모르겠지만 회마다 한 명씩을 탈락시키는 두뇌 대결은 어느 순간 정치적 이합집산으로 변모했는데 현수는 문제도 잘 풀면서 동시에 적을 만들지 않으며 호감을 얻는 노련한 모습을 보여 인기를 끌었다.

현수는 이중적인 측면이 있었다. 경쟁자 중에 변호사 하나는 너무 잘난 척을 해서 공공의 적이 되었고, 나이가 좀 있는 개그맨은 너무 고뇌하고 희생하는 모습을 연출하려다 오히려 가식 덩어리가 되었다. 반면 현수는 어떨 때는 이기적인 행동을 하고 어떨 때는 이타적인 행동을 했는데 선량해 보이는 얼굴로 자신의 입장을 설명하면 현장의 출연자는 물론 시청자들까지 이내 납득해 버렸다. 현수는 최후의 3인에서 탈락해서 3위가 되었는데 1위와 2위의 결승전이 완전히 망해버려서 현수의 3위가 제일 알찬 결과가 되었다. 이 프로그램은 한국을 넘어 아시아권 전체에서도 공전의 히트를 기록했다.

민혁의 장점은 역시 빠른 판단이었다. 보통 다른 후보를 하나 정도 더 찾아볼 법도 하지만 그는 바로 현수를 작업 대상으로 결정했다. 기초 조사를 해 보니 뜻밖에 소득이 있었는데 현수가 어린 시절 금호동에서 초등학교를 다녔다는 사실이었다. 성동구 태생은 아니었지만 어린 시절을 성동구에서 보냈으니 연고도 있는 셈이었다. 사실 성동구는 고등학교가 취약하고 하필이면 강 건너로 교육 특구인 강남구와 마주하고 있어 교육에 대해서 일종의 콤플렉스가 있는 동네이다. 이럴 때 대원외고에 스탠포드를 나온 현수의 스펙은 좋은 미끼가 될 수 있다.

현수는 스탠포드를 졸업하고 돌아와 일찌감치 창업하여 청년 사업가로 유명세를 치렀지만 내막을 들여다보면 사업 실적은 그저 그랬다. 스타트업 몇 개를 연이어 성공시킨 것으로 알려져 있었지만 원천 기술을 가진 것은 하나도 없었고 아이템이나 콘셉트를 가지고 그럴듯하게 포장한 것뿐이었다. 그것도 대부분 미국 유학 시절 인맥들이 도와주었기에 가능했었다. 누군가의 말대로 벤처비즈니스는 골방에서 라면으로 끼니를 때우면서 만드는 것이 아닌, 있는 집 자식들의 엘리트비즈니스라는 것이 맞다면 그에 가장 부합되는 이가 이현수였다. 사업 성과가 없는 것도 크게 문제가 되지는 않을 것이다. 선거에서는 대부분 보이는 상징이 내면의 실질을 이긴다.

"승원 씨가 이현수를 전담 마크해줘요. 일단 행사 하나를 근사하게 만들어 봅시다. 이번 선거 출마가 그의 뜻보다는 지지자들의 요청에 의해 고뇌 끝에 결정한 것으로 그림을 그려가야 해요."

민혁은 실행 계획을 세울 때, 모든 것이 자연스럽게 현수 내부로부터 시작되게 만들라고 강조했다. 직접 접촉하여 돈가방을 주는 과거 방식으로는 현수처럼 보이는 것을 중요하게 여기는 사람을 움직일 수 없다. 또 뒤에서 누군가 밀어준다는 사실이 전제가 되면 현수 스스로가 역동적으로 움직이지 못할 것이다. 시간 여유는 없지만 아마도 성동 병이 어디인지도 정확히 모를 현수를 움직여 출마하도록 만들어야 했다.

갑자기 현수에게는 여러 사람들과 기회가 찾아왔다. 친척의 소개를 받고 현수를 찾아와 예상을 뛰어 넘는 금액으로 현수의 사업체 인수를 제안하는 기업가가 있었다. 외국에서 찾아온 어느 벤처 투자가는 현수에게 미국의 사례를 들면서 정치에 대한 이야기와 사업가의 사회적 책무에 대한 이야기를 던지고 갔다. 누군가는 인터넷에서 운동권 출신들의 지겨운 싸움터가 된 성동 병을 언급하면서 젊고 세련된 사람, 예를 들어 현수 같은 사람이 나서면 좋겠다고 떡밥을 던졌다. 방송에서 현수가 보여주었던 명장면들이 편집되어 유튜브에서 인기를 끌기 시작했고 어떤 인터넷 스타는 현수의 명장면을 정치에 빗대어 실제로 있었던 답답한 사례들을 현수라면 이렇게 풀었을 것이라며 인터넷 방송을 진행하였다. 주변 사람들은 현수에게 이러다 진짜로 출마하겠다거나 아예 의원님이라며 농담을 건네기도 했다. 이제 현수 스스로도 국회의원이 된 자신의 모습을 그려보기 시작했다.

한글과 컴퓨터의 이찬진은 어려운 기업을 살리기 위해 마지못해 정치인이 된 경우였다. 안철수 연구소의 안철수는 벤처 기업인 출신이 보여 줄 수 있는 최고의 상승세를 보여 주었지만 이내 벽을 넘지 못하고 갇혀 버렸다. 이찬진이나 안철수에 비한다면 오히려 이현수에게서 더 많은 가능성을 볼 수 있었다. 지명도나 사회적 성공은 분명 떨어지지만 이현수는 요즘 젊은 사람의 중요한 특징을 가지고 있다. 바로 빼거나 재지 않는다는 점이다. 현수는 필요하다면 그냥 자기가 갖겠다고 손을 뻗을 사람이다. 적어도 정치에서는 남이 밥상을 차려줄 때까지 기다리는 사람은 성공하지 못한다. 일반인 기준으로 좀 염치없다 싶은 정도로 들이미는 사람들이 승리하는 곳이 바로 정치판이라면 현수는 이를 믿지 않게 해낼 재능을 가지고 있었다.

원래는 그리 크지 않은 5층 건물에서 1층 전체를 쓰는 가전제품 대리점 자리였다고 한다. 장사가 잘되지 않아 나간 자리였는데 1층 전체를 쓰려는 세입자가 없어 비워둔 곳이었다. 반을 잘라서 식당이나 술집을 내고 싶다는 경우는 있었지만 건물주는 스타벅스 같은 유명 커피전문점이 들어와서 1층 전체를 썼으면 했다. 하지만 스타벅스가 들어올 만한 메인 도로는 아니었다.

"선거 사무실로 내주면 건물 버린다고 해서 안 내주려고 했는데, 딸아이가 원체 성화니 어쩔 수 없이 내준 거예요. 내 딸도 며칠 전부터 여기서 자원봉사 한다고 하더라고. 직접 보니 젊은이들이 활발하게 움직이는 것이 보기는 좋구만. 후보 이름이 이현수라고 했나? 내 생전 처음으로 1번 아닌 곳에 투표를 하겠구만."

며칠 전 건물주가 와서 둘러보고 가면서 던진 말이다. 물론 시세보다 넉넉하게 임대료를 전액 선불로 낸 것도 건물주의 마음을 우호적으로 만들어 주었겠지만 말이다.

현수는 선거 사무실을 꾸밀 때 애플 스토어를 생각했다. 그래서 통유리로 된 1층을 골랐고 마침 딱 좋은 공간을 찾을 수 있었다. 원래 가전제품 매장이어서 조명이 밝기는 했지만 현수는 모든 등을 LED로 교체했다. 시원한 메탈 느낌부터 따뜻한 원목까지 다양한 크기의 탁자와 의자들을 배치했다. 모두 자원 봉사자를 원칙으로 하는 선거 운동원들은 마치 애플 스토어에서 일하는 직원들처럼 깔끔한 티셔츠 차림이었다. 티셔츠는 여러 색상과 재질이 준비되어 있는 데다가 원하는 문구나 그림도 즉석에서 프린팅 할 수 있었다. 누가 와서 봐도 이곳은 젊고 세련된 곳이었다.

"미키 님, 그 그림은 왼쪽 벽에 붙이는 게 좋을 것 같아요."

"캠프 인원 전체를 캐리커처로 그려 영상 파일로 띄어놓죠. 재미있지 않을까요? 피카소 님, 캐리커처 그려주실 수 있죠?"

"홀라프 파트장님, 홍보파트는 어제 회식했다는데 우리 기획파트도 단합차원에서 오늘 클럽 가는 거 어때요? 비용은 n빵 하면 크게 돈 들지 않을 거예요."

캠프에서는 서로의 이름도 학교도 출신도 묻지 않고 원하는 별명으로 불렸다. 일하는 방식 또한 자유로웠다. 파트장이나 팀장 역할을 하는 사람들도 있었지만 원칙적으로 모든 참가자들은 개별적으로 자유롭게 드나들었다. 오늘 나왔다고 꼭 내일 나오라는 법은 없었다. 각자 편한 시간에 캠프에 들러서 게시판에 있는 일거리를 살펴보고 하고 싶은 일이 있으면 그걸 떼어 들고 나서면 되었다. 그 일거리라는 것도 누군가가 내리기만 하는 것이 아니라 누구라도 좋은 아이디어가 있으면 게시판에 내용을 적어 붙이는 방식이었다. 찬성자가 늘어나면 정식 업무로 채택되고 반응이 없으면 자연스럽게 사라지는 것이다.

이런 방식들이 정말 도움이 되는가는 중요하지 않았다. 이현수 캠프를 움직이는 새로운 모습들이 말 그대로 새로워 보인다는 사실 자체가 중요했다. 이현수 캠프의 일상은 SNS로 퍼져나가면서 이내 전국적인 화제가 되었다. 새로운 희망을 보았다거나 이것이 21세기의 방식이라는 칭찬과 함께, 퍼져 나갈수록 정치 신인 이현수의 정치적 자산은 숨 가쁘게 불어났다.

이현수를 철없는 어린아이 취급하면서 중요한 선거를 방해하는 훼방꾼 취급을 했던 기존 후보들, 특히 운동권 출신의 야권 후보들이 가장 큰 피해를 입었다. 이현수는 네거티브를 할 생각도 없었지만 그럴 필요도 없었다. 자신들이 데모하던 시절을 자랑하며 요즘 젊은 것들은 생각이 없다거나 스펙 쌓느라 중요한 것을 놓치고 있다거나 하면서 어느새 꼰대가 되어버린, 옛 386 세대에 대한 반감이 자연스럽게 폭발하면서 대중들이 알아서 이현수의 경쟁자들을 공격해 주었다.

그렇다고 현수가 꼭 젊은 층에게만 인기를 끈 것은 아니었다. 그래도 TV에 얼굴을 비췄고 최근 공중파에서도 주목할 만한 흐름으로 현수의 선거운동을 소개한 덕분에 먼저 찾아와 인사하는 사람들도 많았다. 현수는 금호동에서 초등학교를 다니다 대원외고와 스탠포드로 진학한 자신의 성공 경력을 드러내며 자신이 그랬듯 성동 병의 아이들에게 성공의 길을 열어주고 싶다며 교육 환경과 4차 산업 등을 공약으로 제시했다. 잘나고 똑똑한 현수가 먼저 웃으며 다가와 고개를 숙이고 손을 잡아 주며 무엇보다 사양하지 않고 함께 셀카를 찍어 주는 것만으로도 손쉽게 사람들의 호감을 얻을 수 있었다.

물론 세상일이라는 것이 그렇게 이상적이고 낭만적으로만 움직이지는 않는다. 보이지 않는 곳에서는 그동안 아줌마 표를 홀딩 하는 역할을 해온 국민엄마 강수미가 후보를 사퇴하는 조건으로 무엇을 받을 것인지 딜이 이뤄지고 있었다. 여러 옵션이 오고 갔지만 아무래도 그녀는 지난 20년간 해온 송암식품의 MSG 광고모델이 제일 탐이 났다. 내친

김에 본인 이름을 딴 편의점도시락을 출시하며 로열티 수익까지 챙겨 갔다. 계약이 체결되는 날 국민엄마는 이현수 캠프를 방문하여 이현수를 안아주고 볼에 뽀뽀까지 해주었다.

"우리 아들이 국민엄마 뽀뽀까지 해줘요."

여당에서는 이미 지역 조직에 오더를 내려 안보관이 의심스러운 세력에게 표를 주어서야 되겠느냐는 논리로 현수에게 투표할 것을 독려하도록 했다. 마침 현수의 부모님이 기독교 신자였기 때문에 대형 교회 목사들을 중심으로 믿음이 있는 현수에게 투표하자는 흐름을 만들어냈다. 현수의 등장으로 정권 심판이라거나 보수와 진보 같은 프레임은 부서져 버렸고 야권 성향의 젊은 층을 순식간에 빼앗아 왔다.

뭐가 어떻게 돌아가는지 감을 잡지 못하고 있던 김철민과 오준영은 위기의식에 다시 단일화 협상을 갖게 되었다. 난생처음 김철민이 먼저 오준영에게 전화를 걸어 만나자는 말을 건넸다. 기자들이 붙을 것을 생각해 허름한 대폿집으로 장소를 정했다. 보좌진들은 가게 밖에서 대기하라 말하고 둘이서만 가게 안으로 들어갔다.

"오준영, 한잔하자."

김철민은 상대방 잔에 소주를 부으며 말했다.

"나 술 안 먹는 것 몰라?"

"그래? 예전에 오준영은 말술이었던 것으로 기억하는데."

"차관님께서 내가 간경화로 고생했던 소소한 일 따위에는 관심이 없던 것이겠지."

"그랬나? 이렇게 너랑 마주 앉아 있으니 89년 8월 14일 날, 무악재 언덕에서 판문점으로 가는 길이 막혀서 가투 중 한참 최루탄 냄새 맡다가 영천시장에서 밤새 술 먹었던 일이 기억난다. 그때는 준영이가 정말 술 잘 마셨는데."

"흘러간 얘기는 그만하고 왜 보자고 한 거야?

김철민은 앞에 앉은 오준영의 손을 덥석 잡았다. 불편한 듯 준영은 손을 뺐다.

"이번에는 나 좀 밀어줘. 이게 뭐냐? 신성한 정치판이 아주 코미디로 흘러가고 있잖아."

"이런 것도 니가 말하는 대중의 신성한 명령이나 도도한 역사의 흐름 아니겠어?"

"그러지 말고 이번에 네가 양보하고 다음 구청장 선거에 나가라. 내가 책임지고 밀어줄게."

"김철민, 어쩜 넌 20년 전이나 지금이나 변한 것이 하나도 없냐? 모든 것이 네 중심으로 돌아가야 하고, 항상 네가 선봉에서 간판이어야 하고."

"준영아, 우리가 청춘을 희생해서 만든 민주주의가 이렇게 희화되는 것은…."

"상대방 말 안 듣고 자기 얘기만 주야장천 하는 것도 여전하구나. 이런 얘기 할 거면 일어난다. 의장님? 차관님? 뭐라고 불러줘야 하나. 난 이 자리서 결심했다. 선거결과가 어찌되든 이번엔 그대로 간다."

"야, 준영아!"

오준영은 대폿집 문을 박차고 일어났다.

"아니 평소답지 않게 오늘은 왜 술을 자제해요?"

평소 마셨다 하면 끝장을 보는 스타일이지만 오늘 성수는 그 정도까지 마실 생각은 없었다. 하지만 회장님과 사장단으로부터 칭찬을 받고 왔으니 간단하게라도 축배는 들고 싶었다. 게다가 민혁까지 불러다가 앞에 앉혀 놓았으니 싸구려 술은 따고 싶지도 않았다. 그래서 비서실에 부탁해 구하기 어렵다는 야마자키 25년산을 특별히 준비해 왔다. 중국인들이 나오는 족족 사버려 시중에서는 돈이 있어도 구하기 어려운 술이라는 것을 차 대표 정도면 알아줄 것이다.

"마담, 여기 치즈하고 햄만 얇게 썰어 갖다 줘."

두 사람은 현수의 캠프가 내려다보이는 맞은편 건물 3층에 있는 바에 자리 잡았다. 활발하게 움직이는 현수의 캠프를 보면서 성수는 새삼 민혁의 감각에 감탄했다. 처음 민혁이 현수로 작업을 하겠다고 상의도 아니고 통보를 할 때는 어린 친구로 되겠나 생각을 했는데 막상 풀어 놓고 보니 꽤 하는 녀석이었다. 민혁이 선거가 끝날 때까지는 접촉을 삼가라고 해서 아직 만나보지는 않았다. 하지만 오늘 아침 나온 공표 금지된 여론조사 결과를 보면 현수가 결승선에 가까이 와 있었다. 이제 선거일이 이틀 남았으니 뒤집어지기는 어려운 상황이었다. 당선 축하 자리에 가서 송암 측 요구조건이 적힌 청구서를 건네고 오는 일만 남았다.

성수가 보기에도 현수의 캠프는 확실히 그림이 좋았다. 젊은 친구들의 열정이란 이중성이 있어서 나이든 사람 입장에서는 거슬릴 때도 있고 좋아 보일 때도 있다. 현수의 캠프는 공간 자체가 세련되어서 젊은 친구들의 활발함을 있어보이게 포장해 주는 효과가 있었다. 성수는 문득 무슨 예전 생각을 떠올리고 피식 웃어 버렸다. 자신의 웃음을 궁금해 하는 민혁의 표정을 보고 성수가 설명했다.

"전에 검찰 그만두고 송암그룹에 조인하기 전에 서울시장 선거에 잠시 몸담았었거든. 산하기관 어디 사장으로 내려갈까 하는 생각도 있었지. 그때 선거하던 일이 떠올라서."

"선배가, 서울시장 선거예요?"

"후보 비선 팀이어서 너도 잘 몰랐을 거야. 그때도 선거 캠프를 애네들처럼 개방형으로 꾸몄었지. 시민들이 자발적으로 드나들면서 스스로 일하는 아름다운 공간, 뭐 그런 컨셉이었는데 말이야. 아 물론 진짜 옛날식으로 일하는 캠프는 다른 빌딩에서 올드하게 돌아갔고. 시민 캠프인가는 일종의 쇼 케이스였지. 실제 의사결정은 후보 방에서 밀실로 이루어졌지만 다들 내가 뭐에 참여하고 있구나 생각들을 하더라고. 그런 기운이 선거 때는 도움이 되잖아. 언론에서도 뭣도 모르면서 개방형 캠프네 뭐네 하고 떠들었지. 문짝 기억나? 신문에도 나고 나름 밀던 아이템이었는데."

"문짝이요?"

"어디서 문짝을 하나 뜯어 와서 책상으로 썼거든. 우린 이렇게 검소하다 리싸이클이다 이런 취지였는데 문제는 문짝이라는 걸 보여주려다 보니까 왜 울퉁불퉁하게 튀어나온 쪽을 책상면으로 쓴 거야. 상식적으로 편편한 쪽을 써야 할 텐데. 눈썰미 좋은 네티즌들한테 걸려서 바로 까였지."

"그래도 그분이 시장이 되셨잖아요."

"그래. 하지만 적어도 문짝 덕분은 아니었을 거야. 아니길 바라지. 그런데 저 친구 말이야. 이현수인가. 책상이고 의자고 좋은 걸로 사서 쓰더라. 그게 마음에 들어. 높으신 양반들 서민 흉내 내는 거 지겨워. 올드하다고. 그리고 이현수가 보니까 확실히 알겠는 게 결국 정치도 탈이 중요한 거야, 탈이."

'탈이 좋다'는 말은 쉽게 말해서 '얼굴이 좀 생겼다'는 의미다. '잘생겼다'는 것을 기본에 깔겠지만 '어떤 일에 적합하다', 특히 '사람들 마음을 움직일 수 있다'는 쪽으로 봐야 할 것이다. '탈'을 얘기하는 곳은 크게 세 분야다. 사기꾼, 연예인 그리고 정치인. 어디가 원조인지는 모르겠지만 이 세 분야에 몸담고 있는 사람이라면 때론 탈이 전부라는 것에 동의할 것이다.

물론 요즘 탈이라고 하면 얼굴이나 몸매뿐 아니라 목소리와 말투는 기본이고 전체적인 분위기와 배경까지 포함하는 개념으로 확장되었다. 이번에 더 픽서가 현수를 선택하고 강화시킨 것도 결국 그가 타고난 것들에서 장점을 발견하고 정치에 어울리는 탈을 갖추도록 가이드를 제시하고 이끈 것이라 할 것이다. 사람들은 뭔가 열광하고 따를 것을 찾는다. 어린 연예인에 대한 표현처럼 굳어졌지만 숭배할 수 있는 '아이돌'을 공급해 주어야 함은 사기꾼이나 연예 기획사나 정당이나 모두에게 꼭 필요한 업무다.

지금도 인기가 좋은 미국의 빌 클린턴 대통령은 마케팅 기법의 도움을 받아 재선에 선공했다. 당시 마이크로트렌드 연구자들은 클린턴에게 '사커맘'에 주목할 것을 권했다. '사커맘'은 미니밴으로 아이들을 축구연습장에 데려가는 엄마들이다. 그게 뭐가 중요하냐고? 아내에게 맞벌이를 시키지 않고 미니밴을 사줄 정도라면 남편은 세단을 몰고 고소득을 올리는 전문직 중산층 이상일 것이다. 대도시 교외에 살면서 자녀교육에 열정적인, 풍족한 백인 여성층에게 지지할 만한 정치인을 하나 던져주면 어떨까? 클린턴은 재선에 도전할 때 사커맘을 틈새시장으로 공략해서 필승 카드로 삼았다.

성동 병에 던져진 현수도 그랬다. 현수가 등장하는 순간 지금까지 통하던 기존의 정치적 행위들이 촌스러운 것으로 둔갑해 버린 것이다.

물론 촌스러워 보이는 것이지 그것이 힘이 없다는 뜻은 아니다. 하지만 급박하게 돌아가는 단기전에서는 순간적으로 몰아치는 유행이 때론 큰 힘을 발휘한다. 게다가 자신들도 모르게 싱크를 맞춰야 안심하는 이들이 바로 한국 사람들이다. 오늘은 모두가 테이크아웃 잔을 들고 다니다가 내일은 모두가 고급 빙수를 먹으러 몰려간다. 어쨌거나 오늘 성동병에서는 이현수를 들고 다니는 것이 유행이다.

성수가 갖고 다니는 두 대의 스마트폰이 아까부터 계속 울려대고 있었다. 성수는 받지 않은 통화와 메시지들을 확인하고는 어쩔 수 없다는 표정을 지으며 일어설 준비를 했다.

"덕분에 그룹에서 내 입지가 탄탄해졌어. 회장님께도 이번 건은 더 픽서 공이라고 분명히 말해드렸고. 완공되면 송암타운 전망 좋은 방으로 초대할게."

성수는 따라 일어서려는 민혁에게 천천히 나오라는 손짓을 하고 나서려다 문득 뭔가 생각난 듯 봉투를 하나 민혁 앞에 내려놓았다.

"내가 생각을 좀 해 보았는데 네가 정치 쪽 일을 굳이 피하는 거, 혹시 그때 그 사건 때문인가 하는 생각이 들더라. 아 잔소리하려는 건 아니고. 네 입장에서야 충분히 억울하다고 생각해. 이거 당시 검찰에서 입수한 첩보 일부다. 전체 그림을 그린 것은 아니지만 팩트 몇 조각은 들어 있어. 네가 나를 어떻게 생각하는지는 모르겠지만 내 나름의 성의 표시야."

성수가 나가고 민혁은 잠깐 봉투에 손을 대어 보았지만 열어 보지는 않았다. 지금이야 대기업 임원처럼 굴지만 성수도 현역일 때는 속된 말로 눈빛만 마주쳐도 상대를 지리게 만드는 검사였다. 민혁이 좋아하는 스타일은 아니었지만 어쨌든 성수 입장에서는 나름대로 성의를 표시한 것은 사실이었다. 어쨌거나 고맙다면 고마운 거다.

민혁은 다시 현수의 캠프를 바라보았다. 늦게까지 남아 홍보물을 만들고 있는 젊은 남녀들이 뭐가 재미있는지 까르르 웃고 있었다. 그들은 자신들이 좀 더 가치 있는 일을 하고 있다고 생각하겠지만 방송국 공개 녹화를 앞두고 응원 소품을 준비하는 여고생들과 같은 상태인 셈이다. 적어도 학술적으로 본다면 말이다. 하지만 지금 웃고 있는 웃음은 진실이며 그들의 삶은 분명 행복한 상태다. 사람들마다 정도는 좀 다르겠지만 우리 모두는 뭔가 자신보다 높은 것을 믿고 따르면서 안도하고 만족하는 것이다.

문제는 아이돌이 주는 안도와 만족에는 유통기한이 존재한다는 사실이다. 내 취향이 바뀌기도 하고 아이돌이 변질되기도 한다. 하지만 걱정할 필요는 없다. 그럴 때를 대비해서 또 다른 아이돌이 대기하고 있으니까. 그런 것을 찾아내고 준비시키고 공급하는 것은 이미 거대한 산업이다. 사기 범죄나 연예 산업이나 정치 활동이나 심지어 성스러운 종교까지도 말이다. 물론 민혁도 그 산업에 속한 사람임이 분명하다.

아니, 이번에도 확인되었듯이 그냥 속하기만 하는 것이 아니라 아주 잘 하는 사람인 것이다.

에필로그

　본 소설의 등장인물은 전적으로 작가의 상상력에 의해 창조되었음을 밝힌다. 에피소드 구성은 미국 드라마 스캔들Scandal과 스콜피온Scorpion, 케이스를 조작하는 방법은 하우스 오브 카드House of Cards와 굿 와이프The Good Wife에서 많은 힌트를 얻었다.

　어릴 적부터 책을 접할 환경을 만들어 주신 부모님, 집에서 책을 쓸 수 있는 환경을 만들어준 전혜영, 매일 책을 쓸 영감을 안겨준 정담원에게 감사의 마음을 전한다.